「お二人とも、お元気で何よりですね……」
莉莉《リーリー》
「はっはっはっ、そうだな！
俺も先ほど、穴釣りをしようとしたら
氷がだいぶ薄くなっていて、
危うく水に落ちるところだったと
恐怖を噛み締めたぞ」
黄景行《こうけいこう》
「ああ、実に刺激的な道中でしたね。
王都では知りえぬ遠き春の訪れを、
あちこちに感じました」
もなんのその！ 黄家兄妹、大自然を満喫中！

「……陛下自ら？　それも、
朱慧月のほうではなく、
黄玲琳のほうを？
それって、陛下も慈粥礼に
同行するってことですか」
朱《しゅ》慧《けい》月《げつ》
中身…黄《こう》玲《れい》琳《りん》
丹《たん》／アキム
皇帝直属の
隠密
過酷な道中

ふつつかな悪女ではございますが
~雛宮蝶鼠とりかえ伝~
8
中村颯希
イラスト：ゆき哉
一迅社ノベルス

人物紹介

黄《こう》 玲琳《れいりん》

黄家 雛女。美しく慈悲深い。
皆に愛され、「殿下の胡蝶」と呼ばれる。
病弱で伏せりがち。

入れ替わり

朱《しゅ》 慧月《けいげつ》

朱家 雛女。そばかすだらけで厚化粧。
「雛宮のどぶネズミ」と呼ばれる、嫌われ者。
玲琳を妬んでいた。

詠《えい》 尭明《ぎょうめい》

皇太子。
玲琳とは従兄妹。

辰宇《しんう》

後宮の風紀を取り締まる
鷲官長。

莉莉《リーリー》

慧月付き上級女官。

黄《こう》 冬雪《とうせつ》

玲琳付き筆頭上級女官。

黄《こう》 絹秀《けんしゅう》

皇后。
玲琳の伯母。

金《きん》 清佳《せいか》

金家 雛女。

玄《げん》 歌吹《かすい》

玄家 雛女。

藍《らん》 芳春《ほうしゅん》

藍家 雛女。

黄《こう》 景行《けいこう》

玲琳の長兄。
黄家の武官。

黄《こう》 景彰《けいしょう》

玲琳の次兄。
黄家の武官。

丹《たん》／アキム

皇帝直属の隠密。

詠《えい》 弦耀《げんよう》

皇帝。
尭明の父。

《相関図》

西領を治め、金を司る一族。

象徴する季節は「秋」、方角は「西」、色は「白」。

木を剋し、また水を生じる。

現実的な商人肌の者と、芸術家肌の者に二分される。直系の者ほど芸術家肌で、美や哲学を重視する。

美を讃えながら、それで儲けることもできる人々。


北領を治め、水を司る一族。

象徴する季節は「冬」、方角は「北」、色は「黒」。

火を剋し（打ち勝ち）、また木を生じる（助ける）。

冷淡で、非人道的な行為も平然とこなす者が多い。反面、特定の対象には強く執着することも。

武芸に優れる者が多い。

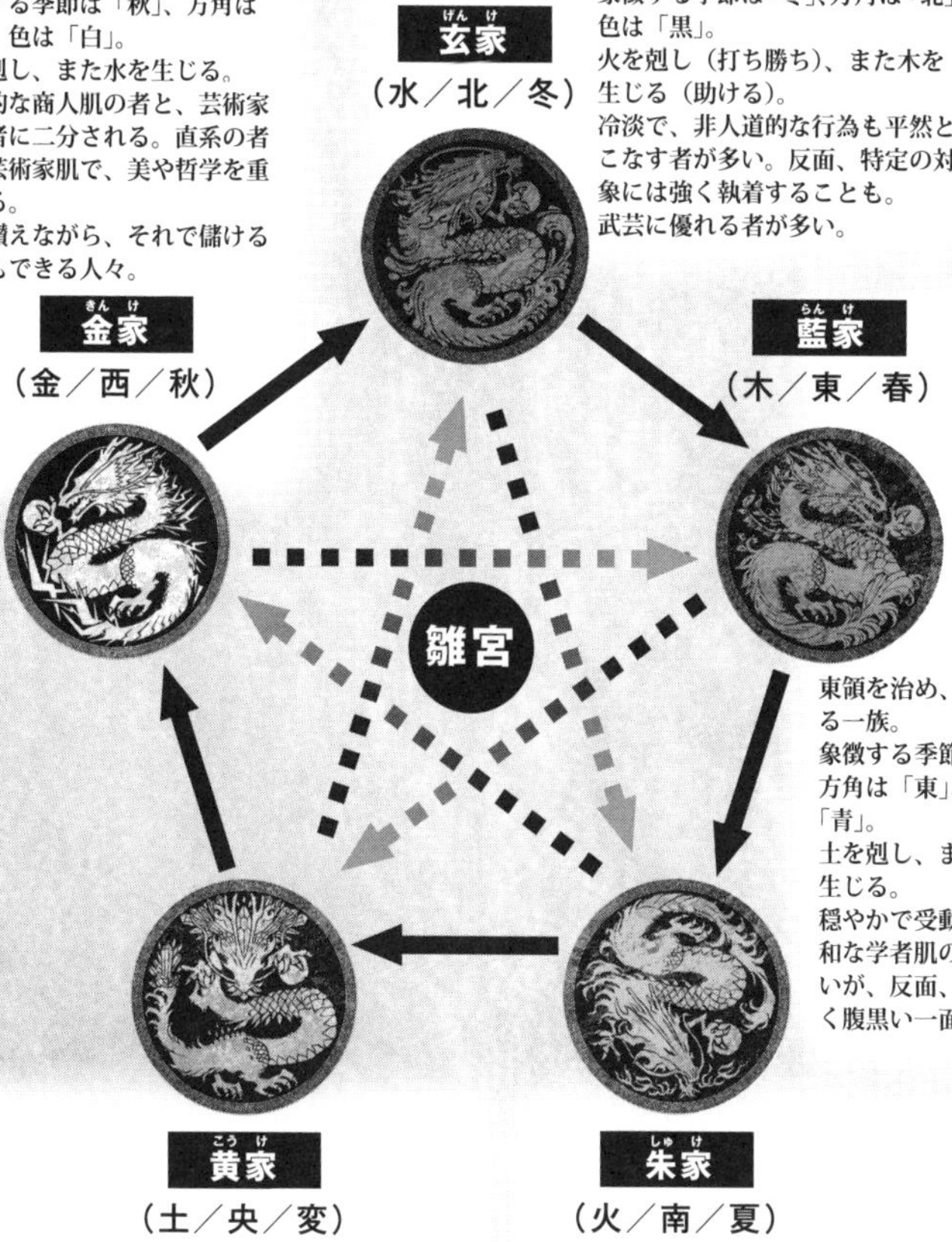

東領を治め、木を司る一族。
象徴する季節は「春」、方角は「東」、色は「青」。
土を剋し、また火を生じる。
穏やかで受動的、柔和な学者肌の者が多いが、反面、計算高く腹黒い一面も。

直轄地を治め、土を司る一族。

象徴する季節は「変わり目」、方角は「中央」、色は「黄」。

水を剋し、また金を生じる。

朴訥で実直、世話好きな者が多い。直系の者ほど開拓心旺盛で、大地のごとく動じない。

どんな天変地異も「おやまあ」でやり過ごせる人々。


南領を治め、火を司る一族。

象徴する季節は「夏」、方角は「南」、色は「紅」。

金を剋し、また土を生じる。

苛烈な性格で、派手好きな者が多い。感情の起伏が激しく、理より情を重んじる。

激しく憎み、激しく愛する人々。

相生
相剋
※( ) 内は象徴するもの

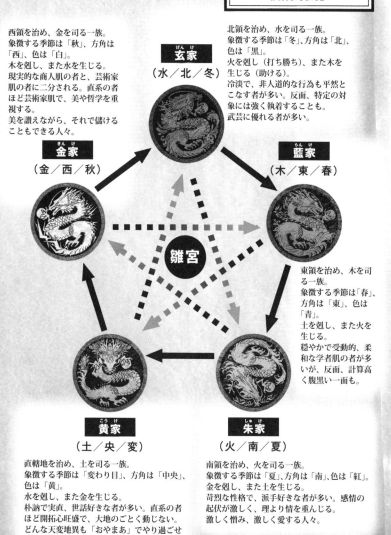

《詠国 概略地図》

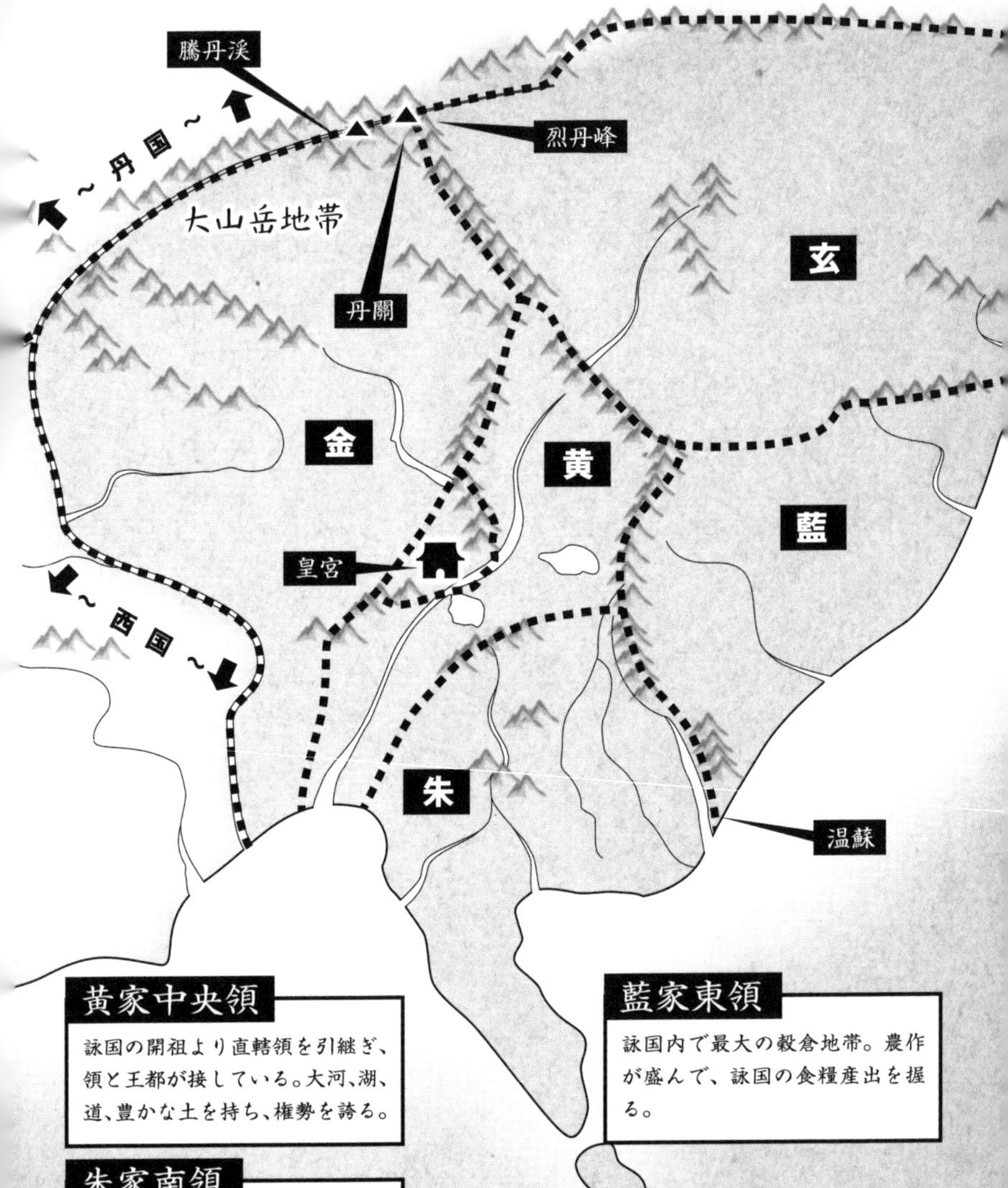

黄家中央領

詠国の開祖より直轄領を引継ぎ、領と王都が接している。大河、湖、道、豊かな土を持ち、権勢を誇る。

朱家南領

川と平原が多く温暖。
土地は広いが王都への交通の便が悪い。

金家西領

西側諸国とつながる、交通の要。文化融合の地として経済、芸術が栄える。

藍家東領

詠国内で最大の穀倉地帯。農作が盛んで、詠国の食糧産出を握る。

玄家北領

農耕地は僅か。武器産業が盛ん。ほぼ山で占められ、雪も多く降る厳しい風土。

目次

前巻までのあらすじ――

道術《どうじゅつ》で、たびたび心と体を入れ替えてきた二人――黄《こう》玲琳《れいりん》と朱《しゅ》慧月《けいげつ》。「鑽仰礼《さんぎょうれい》」では五家の雛女《ひめ》と力を合わせて、金家・藍家の両妃と、祈祷《きとう》師《し》を断罪。しかしそのせいで二人は、道士弾圧を是とする皇帝から目をつけられてしまう。

そこで玲琳たちは、皇帝の目の届かない場所で入れ替わりを解消するべく、城下町に降り立った。しかしその道中、皇帝直下の隠密部隊が、玲琳と慧月を監視していることを知り、目的を果たせぬまま雛宮《すうぐう》に戻るのだった……。

プロローグ

城下町で口にした火鍋は実に美味かったなと、朝食に供された粥《かゆ》を食《は》みながら、尭明《ぎょうめい》は思った。

銀色に輝く食器に端然とよそわれ、最高級の調味料を恭しく注がれたところで、冷め切った粥ほど味気のないものはない。

「鮑《あわび》の蒸し物にございます」

今また、蒸し物が新たに食卓に並べられたが、銀の箸で幾度となく貫かれ、時間を掛けて毒味されたそれは、すっかり乾き、固くなってしまっていた。

くつくつと煮えた餅が溶け出すようだった火鍋とは大違いだ。

「お味はいかがでしょうか、皇太子殿下」

「美味だ」

「記録を。鮑の蒸し物、良」

「良」

町で取る食事には小姓がいないからいい。

いちいち味や反応を記録する尚食官がいないからいい。そして、もうひとつ。

「どうした、尭明。箸がなかなか進まぬようだ。体調が優れないか？」

同席する相手を警戒しなくて済むからいい。

「とんでもないことです、父上」

上座の卓に着く相手――父帝・弦耀《げんよう》に対し、尭明は精悍《せいかん》な美貌を笑ませて応じた。

「菜《おかず》以上に、久々に父上と食事を共にできる喜びを噛み締めていただけです」

「おや。誰に似たのか口が上手い」

朝議の前、すでに正冠まで身に付けた弦耀は、相変わらず、薄く笑んだまま。

尭明は、己の父が微笑以外の表情を浮かべているところを、ほとんど見たことがなかった。声を荒らげたり、味気ない朝食にうんざりと嘆息したりするところもだ。

弦耀は、後宮内に構えた居室である梧桐殿《ごとうでん》には滅多に足を伸ばさず、政務空間である本宮内に紫雨《しう》殿《でん》と呼ばれる殿閣を設け、そこで寝食を済ませていた。

尭明は早々に皇太子として冊立されたものの、紫雨殿への自由な出入りを許されたわけではなく、それが突然「たまには親子で食卓を囲もう」と招かれたなら、警戒もしようものだろう。

もっとも、階《きざはし》で隔てられた二つの卓で、それぞれ食事を取ることを「食卓を囲む」と表現してよいのかは疑問だが。

弦耀と尭明は親子であったが、それ以前に、君主と臣下に等しかった。

「若いおまえには、粥に蒸し物だけの、それも冷め切った朝食では物足りなかろうな。たまには民のように、できたての菜を市で買いたくもなろう」

「いいえ。古来より、朝食を簡素にすることで穏やかに一日の始まりを迎えられると申します」

まあ、町に下りたことは当然ばれているな、と尭明は笑顔の下で考えた。

黄《こう》 玲琳《れいりん》や朱《しゅ》 慧月《けいげつ》と城下町で落ち合ったのは、今からもう二十日ほども前のことだ。

雛宮《すうぐう》を監視しているらしい父帝の目を逃れ、秘密裏に入れ替わりを解消しようとしたのだが、それこそが弦耀の罠《わな》であったと悟り、結局入れ替わりを維持したまま帰城したのだった。

大規模な術を行使する際には、どうしても異常現象が発生してしまうし、それを見咎《みとが》められれば、処刑は免れない。

そこで一同は、城下町行きの翌月に予定されていた、「鎮魂祭」という国家行事を利用することにした。

異常現象を、儀式で高められた尭明の龍気によるものと偽り、それが炸裂する瞬間に合わせて、こっそり入れ替わりを解消しようという計画である。

そこから二十日、玲琳と慧月は接触を控えつつ秘密裏に打ち合わせを重ね、尭明もまた、多大な政務を前倒しで片付け、鎮魂祭で確実に「奇跡」を起こせるよう、舞台を整えてきた。

本番は、もう八日後。儀式の場で龍気が昂《たか》ぶっても自然と思われるよう、尭明は今朝もさりげなく、鎮魂祭への思いを強調してみせることにした。

「それに、被災者の魂を鎮める鎮魂祭も、もうじきのこと。鎮めの儀を要するほどに飢え苦しんだ民がいるというのに、彼らに思いを馳せず、豪華な朝食を求めるなど、許されぬことです」

「ほう。民想いなことだ」

弦耀は静かに粥を掬《すく》うだけだ。

「民想い、と仰《おっしゃ》るなら、それは父上のことでしょう。鎮魂祭を筆頭に、被災地や戦地に進んで施しを与え、視察までなさるのは、歴代皇帝の中でも父上だけと聞き及んでおります」

「過分な評価だ」

称賛にも、さして心動かされぬ様子で頷くだけ。

「過分など。慰問先では、目や体の不自由な者に御自ら水を飲ませ、お言葉を賜っているではありませんか。父上の慈悲深さに、民も日々深く感謝しております」

「――被災地や戦地には」

尭明が今一度称賛を口にすると、ふと弦耀が匙《さじ》を置いた。

「体中が干からびるようにして息絶える者がいてな。どうしても、見過ごせぬのだ」

「不遇の民に、同じく思いを致す所存です」

皇太子として如才なく相槌を打ちながら、尭明は密かに父帝の様子を観察した。

詠国《えいこく》皇帝・弦耀。

感情を窺《うかが》わせない端正な面差しと、学者然とした静粛な佇《たたず》まい、武芸以上に楽《がく》を好む性格から、一般的には「穏やかで思慮深い皇帝」と思われている男。

五家の均衡に配慮し、家臣の意見を従順に受け入れる姿は、悪く言えば弱腰のようにも見える。

一方で、過度な異民族排斥や異教弾圧を控え、弱者にも進んで手を差し伸べる姿は、穏健であり寛容とも評せた。

特に被災地や戦地への視察回数は歴代皇帝の中でも群を抜き、それらの事実だけを並べれば、臆病ながら心優しい皇帝、と誰もが思うものだろう。

(だが……「十星奪嫡《じゅっせいだっちゃく》」)

粥に加えた黒酢を混ぜ広げながら、尭明は考えを巡らせた。

十星奪嫡。それは、弦耀が皇帝となるまでに起こった、熾烈《しれつ》な権力闘争のことである。

各家の妃が産んだ皇子七人と宮外に儲《もう》けた婚外子三人、合わせて十人が、皇帝の座を巡って殺し合い、末皇子だった弦耀が唯一生き残ったというものだ。

中には、競争から離れて継承権を放棄した皇子もいれば、異国にある生母の故郷に移って難を逃れようとした者もいたが、弦耀の即位までに例外なく殺害されていた。

いや、記録には「病死」「事故死」などとあるので、「殺害された」と表現しては、それだけで謀反の罪に問われることになるだろうか。

(記録がどうあれ、生き残ったのが父上一人という以上、そういうことなのだろうな)

皇帝の地位を手にするために、兄弟を皆殺しにした。

それが事実なら、勝者側の血を引く尭明でさえ空恐ろしい思いがするものだが、弦耀が罪悪感や葛藤を滲《にじ》ませたところなど見たことがない。

当時は、弦耀の母の玄《げん》皇后――今では玄太后となっている――が玄端宮《げんたんぐう》から後宮を操っていたそうだから、手を下したのは権力欲の強い母后だけで、息子の弦耀は彼女の操り人形に徹し、一切関知しなかったということか。

だが、落ち着き払った態度を崩さず、常に笑みを絶やさない父親の姿を見ていると、尭明はむしろ、強い自制心と、底知れない冷酷さを感じ取ってしまうのである。

(だいたい、異母兄が次から次に死んでおいて、まったく関心を払わずにいられるものか？)

現在、十星奪嫡に関しては箝口令《かんこうれい》が敷かれており、かつ、箝口令が敷かれていること自体が隠匿されている。

弦耀より先に生まれた九人の息子たちについては、不自然にならぬ程度には記録が残され、けれど、死因や時期などの肝心なところについては、巧妙に情報が伏せられていた。

本宮に居を構えるほど政務熱心かと思えば、政策は家臣任せ。

積極的に民を救う慈悲深さがあるかと思えば、兄たちを皆殺しにして平然と玉座に座っている。

そして――先帝とは異なり異教に関心がないのかと思えば、隠密を使ってまで、道術のことを探り出している。

(わからない、父上という人が)

これまでは、それでよいと思っていた。

なにしろ彼は皇帝。普通の父親とは異なるのだ。この国で最も礼を尽くすべき相手であり、彼との間には、親しみも、相互理解も不要だと思っていた。

だが、これから尭明自身が選び取ることになる家族、すなわち婚約者たちを彼が傷付けうるというなら、話は別だ。

「して、今朝おまえを呼んだのは、まさに鎮魂祭についてだ」

粥を食べ終えた弦耀がそう切り出したので、尭明は背筋を正した。

「は」

「まず、鎮魂祭の趣旨は理解しているな？」

「一年の内で最も陰の気が強まり、魂が身から離れると言われる大陰の日に、儀式を執り行い、身の内に魂を鎮め戻すというものです。転じて慰霊の役割を帯びるようになり、前年に被災地や戦地で没した魂を鎮めるために、毎年、皇城内にて執り行われています」

淀みなく答えながら、脳内で詠国の地図を思い浮かべる。

北は異国からの移民の流入、南は冷害。東の穀倉地帯は時折干魃《かんばつ》に見舞われ、西は輸送を巡る小競り合いが絶えない。天候が荒れれば、さらに各地で水害や蝗害《こうがい》も加わる。

詠国は大陸一の広さを誇る大国だが、ゆえに対処すべき禍《わざわ》いも数知れず、その禍で命を落とした民の数はさらに知れない。

そこで皇族は、各被災地や戦地への支援を手厚くするとともに、救いきれなかった民については、大陰日にまとめて弔いの儀式を行っているのである。

特に昨年は西の戦地への手当てがようやく落ち着いた一方で、夏の嵐が激しく、各地で水害が多い年であった。水辺に近い農村では土砂崩れも起き、例年以上に多い死者が出た。

氾濫地域の高台移住や土木工事を推進したり、定期的に兵団による視察を行ったりしてはいるものの、予算も人員も無限ではない。

政治的に優先順位の下がる辺境地には、十全に手が回らないことも多く、尭明としても常にもどかしさを噛み締めているのだった。

「鎮魂を望む民は多いことでしょう」

皇太子が物憂げに付け足すと、父帝は一つ頷いた。

「その通り。しかもこたびの大陰日には二十五年ぶりの皆既日蝕《かいきにっしょく》が重なり、いよいよ陰の気が極まる極陰日に当たる。ゆえに、鎮魂祭も例年以上の規模で執り行う必要がある」

「はい。すでに、供物も被災地への施しも例年の五倍となるよう手配しております。鎮魂祭の主眼である祈禱《きとう》についても、祭壇を史上最大のものに仕上げました。また雛女《ひめ》たちも、鎮魂歌を捧げる『捧歌』を行うことになっていますが、こちらも、例年以上に練習に力を入れているようです」

「おや、歌うのは雛女だけか。歴代の皇太子の中には、共に歌声を披露した者もあったのに」

珍しく弦耀が、からかうような視線を寄越したのは、尭明が歌を苦手としているからだ。

この詠国が誇る美貌の皇太子は、その身に龍気を帯び、文武に通じていたものの、楽の才にだけはさほど恵まれなかった。口さがない者は、芸事を好まぬ皇后の血を引いたのだろうと噂する。

「お戯れを」

だが、尭明は特に恥じるでもなく、にこやかに話を受け流した。

この親子間に、親しげな軽口や、それに対する照れ笑いなど、挟まる余地もないのだ。

弦耀も特に盛り上げようとする意図はなかったらしく、あっさりと話題を切り替えた。

「捧歌はそれでよい。ただしこたびはそれらの演目に加えて、鎮魂祭の当日までに、陰の気の強い被災地に赴き、『慈粥礼《じしゅくれい》』を行ってもらおうと思う」

滑らかに返事を紡ぎ続けていた尭明の唇が、わずかな間、動きを止めた。

「……『慈粥礼』？」

ここ詠国において、儀式の名は規模に従って三つに区分される。

宗教的な役割を持つ、ないし国家の威信に関わる重大な儀式は「祭」、特定の形式を要する伝統的な儀式は「儀」、そして、それより小規模であるか、私的な側面のある儀式は「礼」である。

ほとんどの場合、「祭」は国を挙げて行い、「儀」ならば皇帝皇后のどちらかが主導し、「礼」ならば皇帝夫婦よりも格式の低い者に任されていた。

すなわち、政務であれば皇太子や臣下に。

そして後宮のことであれば、妃か――雛女に。

嫌な予感を前に、声音を平静に保つのに苦心した。

「それは、皇太子たる私に、民へ粥を施す儀式を追加で執り行え、という意味でしょうか」

「いいや。陽の気に関わる儀式は男が、陰の気に関わる儀式は女が行うべきだ。民を癒やし育むたびの儀式は、皇太子ではなく、その妻である雛女に担ってもらう。おまえは王都で、鎮魂祭の準備に専念するがよい」

ありていに言えば、雛女を被災地に送り込んで、炊き出しを行わせるということだ。

同時にそれは、鎮魂祭の日まで、玲琳や慧月を王都から――尭明の近くから引き離す、という意味である。

ただでさえ、八日前になっての重大な儀式の追加。

後宮外に雛女を送り込む手はずを整えるとなれば、本来ならひと月は準備期間を要する。

どれだけ準備を急いだところで、遠方の被災地ならば、移動するだけでも数日かかる。そんなところに赴いて、玲琳たちははたして、無事に鎮魂祭当日までに戻って来られるのかどうか。

慈粥礼の導入は、入れ替わり解消計画の破綻を意味していた。

「……恐れながら、雛女たちはいまだ雛鳥《ひなどり》。『儀』として、妃様方に主導いただくほうがよいかと」

「四夫人のうち三人もが不在の現状で？」

冷ややかに問われ、さすがの尭明も押し黙る。

朱貴妃は蠱毒《こどく》使用のかどで追放。金《きん》淑妃と藍《らん》徳妃はそれぞれの宮で「謹慎」中だ。

「ですが慈粥礼を挟んでは、捧歌までに雛女たちが王都に戻れぬかもしれません。せめて、慈粥礼は半月後に。ことを急いて不十分な施《せ》しをしても、民は喜びますまい。まずは、鎮魂祭における捧歌を完遂させるべきでしょう」

「極陰日ありきの鎮魂祭なのだ。それに準じる慈粥礼が、極陰日を半月過ぎてよいわけがなかろう。だいたい、未来の皇帝の妻ともあろう者たちが、この程度の変更に応えられずどうする」

弦耀は滑らかに反論を封じると、「そうそう」と、宦官《かんがん》に地図を取り出させた。

「すでに被災地の選定と、雛女の担当区域の決定は済ませておいた」

「ここは……丹關《たんかん》ですか」

「ああ。険しき山と峻烈な川を有し、夏には毎年のように水害に苦しめられる極陰地だ。学者によれば、今年は特に凶相が出ている」

記された内容を見て、尭明は歯噛みしそうになる。

慰問先として選ばれたのは、王都にほど近い北西部。金家西領と玄家北領との境に位置する山岳地帯だ。

山を抜けた先にある、遊牧民らが多く住む地域・「丹」へと繋がる場所であることから、丹への入り口——丹關と呼ばれる。

丹關は、昔から水害が頻発しがちだというのに、領の境界となる山中にあるばかりに、金家領とも玄家領も断定されてこなかった、難しい土地だ。

丹闕が輸送路としての価値を発揮するときには、両家ともが統治権を主張し、移民が押し寄せたり、水害に見舞われたりして支援を要するときには、両家はこぞって顔を背けた。

結局、この土地に関してはなし崩し的に皇家が直接管理している。状況次第で、欲しがられもすれば厄介がられもする、政争の種のような土地と言えた。

さらに問題は、その丹闕内に散らされた、点の位置だった。

慈粥礼の担当区域を示す赤い点のうち、四つまでは、「丹原」や「丹平」、「丹央」や「丹谷」など、まだ麓に近く、王都からも向かいやすい地域に打たれている。

広い道や宿営地も整備されており、宿営地までは馬で駆ければ王都から二日ほど、馬車でも二日半。そこから各被災地までも、せいぜい馬車で半日といったところだろう。

だが、最後の一つ――横に「朱家、朱 慧月」と付記された点だけが、「烈丹峰《れったんほう》」と呼ばれる場所、すなわち険しい山中に設定されていた。

宿営地からも、烈丹峰だけは馬車で丸一日ほどと離れている。

しかも、山への入り口は大通りとは繋がっておらず、宿営地での前泊を挟むとかえって時間が掛かる状況だ。

ということは、烈丹峰に向かうならば、宿営地があるのとは別の道を経由し、他の雛女たちよりもう一日を加え、三日半ほどをひたすら移動に費やさねばならなかった。

「秋の豊穣祭では、朱 慧月は見事な活躍を見せたという。鑽仰礼《さんぎょうれい》でも、実に堂々たる口上を述べた。

ゆえにその実績を見込み、最も険しい被災地を任せたいのだ。遠い土地ゆえ、彼女だけ宿営地での前泊を挟めず、厳しい旅程にはなるがな」

あたかも優しく褒めるような口調で弦耀は言うが、その真意は明らかだ。

(父上は、俺と雛女を引き離すだけでなく、「朱 慧月」を孤立させようとしている)

つまり、標的はほとんど「朱 慧月」に絞っているということだ。

尭明の庇護下から移動させ、一人山間部に追いやってしまえば、あとは尋問も処刑も好き放題ということか。

「慈粥礼は雛女に任せるとよい。おまえは本祭の準備を、抜かりなく頼むぞ、尭明」

依頼の形を取った命令に、尭明はごくわずかな間、父帝を見つめ返した。

本祭の準備を投げ出して被災地に駆けつけることは許さない、という意味だ。

(——考えろ)

ここで怯んではならない。どのみち皇太子が反論したところで、翻るような決定ではないのだ。ならば、あくまで粛然と命を受け入れ、その上で相手の裏を掻かねばならない。

(むしろこれは機会だ)

弦耀は、王都で本祭の準備を任された尭明が、まさか被災地に同行できるはずがないと踏んでいるし、一人遠い被災地に追いやった「朱 慧月」ならば、簡単に手出しができると考えている。

だが、彼は息子の実力を甘く見ているようだ。

尭明にかかれば、儀式の変更など、一日でいかようにでも処理できる。それに、入れ替わったほうの「朱 慧月」も、残念ながらやすやすと寝首を掻かれるような性格ではないのだ。

(俺が政務を前倒しして被災地に急ぎ、玲琳が「朱 慧月」として早々に慈粥礼を片付ければ、宿営地で落ち合うことができる。それも、今度こそ父上本人の目が届かぬ、王都外でだ)

つまり、かえって入れ替わり解消の好機と言える。

王都外で入れ替わりを解消し、そのうえで当日までに王都へ戻り、ぬけぬけと鎮魂祭を執り行えばよいのだ。常人ならばまず不可能な計画だったが、幸い、膨大な政務を捌《さば》く能力と、駿馬を自ら操る技量には恵まれている。

素早く判断した尭明は、神妙な表情で礼を執った。

「……御意」

あえて粥を半分ほど残したまま、「果たすべき務めがございますので」と断り席を立つ。

いかにも焦りを滲ませたほうが、相手は油断するだろうと考えたからだった。

(いい。どうせ、粥はまずかった)

町中で食べた火鍋の味を思い出す。

無理を言って玲琳から分けてもらった粽子《ちまき》の旨さも、景彰《けいしょう》とともに、朱 慧月をからかいながら頬張った芝麻球《ごまだんご》の甘さも、そのときの彼女たちの、生き生きとした表情も。

尭明は、それらを守りたいのだ。

脳内で段取りを付けながら、有能な皇太子は、素早く紫雨殿の回廊を去っていった。

急いた足取りで息子が立ち去るのを、弦耀は冷ややかな表情で見届けていた。

やがて、食べ終えた皿を掲げた女官も、緊張しながら食事の評価を待っていた尚食官も、恭しく後ずさりながら室《へや》を去ってゆく。

ただ一人、尚食官に従っていた記録官だけが、手際が悪そうに筆を片付けていたが、彼が俯《うつむ》いたままあたふたと退室しようとすると、弦耀はそれを呼び止めた。

「待て、『丹《たん》』」

「――はいよ」

途端に、丹と呼ばれた記録官は、それまでの臆病そうな気配を消し去り、ひょいと顔を上げる。

好色そうな厚めの唇を、くいと笑みの形に持ち上げたその人物は、先日、賭博場で玲琳の相手をしていた男だった。

「お呼びで？」

周りに誰もいない、と見て取るや、男は冠を外し、整えていた鬢《びん》をぐしゃぐしゃと崩す。

どうやらかっちりとした装いは嫌いなようだ。

あるいは、横髪を大きく掬い上げた際に、右のこめかみに小さな刺青《いれずみ》が覗いたところを見るに、髪を下ろしているほうが、正体が気取られず安心なのかもしれない。

髪に隠れるようにして彫られていたのは、一目見たら忘れられない、火を吐く蜥蜴《とかげ》だった。

「なぜ記録官などに扮している。いつものように、梁《はり》の上に隠れでもしているかと思ったが」

「梁の上にいてもよかったんですがねぇ、寝そべりやすいし。でも、今朝は殿下が来るって話だったから、怪しまれてもなと。龍気なのかなんなのか、気配に聡《さと》いでしょ、あの方は」

大国の皇帝を前にしているというのに、まるで幼なじみに話しかけるような気安さだ。

だが、弦耀は不敬を咎めるでもない。

それがこの男――隠密の頭領の性格だと知っていたし、そのふてぶてしさを補って余りあるほどに、彼が有能であることを知っていたからだった。

「たしかに、あれの聡さは厄介だ」

弦耀はそれ以上の反論をせず、食卓を立つと、ゆっくりと隣室へと移動する。

朝議前に寛《くつろ》ぐためのその場所には、照真鏡をはじめとした最高級の調度品に紛れて、選び抜かれた楽器が並べられていた。どれも皇帝の蒐集品《しゅうしゅうひん》である。

弦耀はその中から、今日は笛を取ると、文机に向かい、慣れた様子で手入れを始めた。

彼が「音楽を愛する皇帝」と評されるゆえんである。

「あれの仕事を増やしておけ。宿営地まで追いかけて行けぬよう」

「すでに増やしてますよ、倍に」

目も合わせずに告げられた命に、弦耀を追って室《へや》を移動してきた隠密は肩を竦《すく》める。

忘れ物ですよ、と、食卓に広げたままだった地図を、ひょいと文机に投げて寄越した。

「たとえこんな直前に雛女たちの慈粥礼をぶち込んだとしても、彼なら悠々と処理してしまうんじゃないですかね？」

「ならば五倍に」

手に掛かった地図をわずらわしげに端に追いやり、弦耀は笛を磨き続ける。

「手頃な贈賄事件の主犯を揺さぶって、尭明に探らせろ。皇太子宛の奏上文の一部を握り潰せ。刺客への警備を緩めろ。どうせあれは多少のことでは死なぬ。ちょうどいい、金家と藍家からの嘆願もすべてあれに押し付けてしまえ。あとは火事でも起こすか、早馬を殺せ」

息子の妨害策を次から次へと並べ立てる皇帝に、隠密の男は思わず嘆息した。

「面倒な。疑わしい雛女さんを両方拷問に掛けてしまったほうが手っ取り早いんじゃ？」

弦耀は淡々と笛を持ち上げ、輝きを検分するだけだった。

「まったくだ。だが、後宮内のことは、皇后が常に目を光らせている。特に黄 玲琳は、あやつの逆《げき》鱗《りん》だ。尋問にせよ処刑にせよ、宮外に連れ出したほうが面倒がない」

「やれやれ、皇后と言ったって、妻でしょうに。弱腰の夫もいたもので」

常人が口にしたならば、一族郎党処刑間違いなしの不敬発言にも、弦耀はまるで怒りを滲ませなかった。いや、それどころか、なぜか薄く笑み、そっと笛を撫でた。

「……私は今度こそ、慎重を期さねばならぬのだ」

自嘲と呼ぶべき笑みだった。

「それに、皇后は害さぬと、あの方と約束した。少なくとも後宮内で、黄家の血は流さぬ」

穏やかながら、揺るぎない口調。

じっと笛を見下ろす相手を見て、壁際に佇んでいた男は、小さく「ダール」と呟く。詠国の言葉ではない、異国の響きだった。

耳ざとくそれを聞きつけた弦耀が、一瞬丹を振り返った。

だがすぐに視線を戻すと、卓上に放置された地図を冷ややかに見下ろす。

「地図を見て、故郷が恋しくなったようだな、アキム」

「おやまあ、懐かしい名前を。本人も忘れてましたよ」

「よく言う。いまだに母国語が口を衝《つ》くくせに」

隠密――ときに「丹の旦那」と呼ばれ、ときに「アキム」と呼ばれる男は、たしかに肌の色も一般的な詠国の人間よりは濃く、彫りの深い精悍な顔立ちをしていた。

今着ている地味な官吏服を脱いで、金糸の刺繍がきらびやかな民族衣装をまとい、彼の一族がそうするように、幅広の布でできた額飾りでもすれば、即座に異国の民、すなわち遊牧民族を多く擁する丹地方の人間だと認識できたはずだろう。

移民出身の隠密、というのは珍しいようで、実はそうでもない。

諸外国の動向を探る際に便利だからだ。

「一国の皇帝に刃を突き付けまでした無謀の男が、そう簡単に復讐心を手放せるはずもあるまい」

「復讐心？　うーん、詠国の言葉、難しい。アキム、さっぱりわからない」

アキムはいけしゃあしゃあと、詠国語に不慣れな外国人を装って非難を躱《かわ》す。

だが弦耀はそれに流されることはせず、ぽつりと呟いた。

「……復讐を果たしさえすれば、存外、憎しみなど簡単に忘れてしまえるのかもしれぬな」

「遠回しに責めないでくださいよ。すみませんね、先に上がってしまって」

すぐに元の口調を取り戻し、アキムはひらりと両手を掲げる。

それでも皇帝は、隠密のひょうきんな態度には応じず、今度は視線を窓に巡らせ、外を見た。

「どんな気分だ？」

「え？」

「復讐を果たした後というのは」

黒い瞳は、窓の外に広がる梨園《にわ》を見つめている。

今年の寒さは厳しく、すでに新年を迎えたというのに、木々は暗く沈んでいた。

葉は揺れもせず、じっと息を潜めているかのようだ。

「そうですねえ」

アキムは、髭で覆われた顎を軽く掻き、わずかに首を傾げる。

言葉を選ぶように「んー」と唇を歪《ゆが》め、しかしややあってから、諦めたように肩を竦めた。

「どんな気分かは、自分で確かめてくださいとしか言えないですね」

待たせた挙げ句のいい加減な回答に、弦耀が冷ややかな表情で振り返る。

薄い唇が非難を紡ぐ前に、アキムは任務の話題を振ることで話を逸《そ》らした。

「で、朱 慧月を引き続き監視させればいいですかね？　興奮させて、道術を使ったら即捕縛と。黄 玲琳のほうも同様」

「いや」

だがそこに、弦耀が不意に声を上げる。

「黄 玲琳のほうは、おまえは手を出さなくてよい」

「え？」

「私が自ら、黄 玲琳が道術使いかどうかを確かめる」

言葉を何度か反芻《はんすう》し、アキムは珍しく怪訝な顔になった。

「……陛下自ら？　それも、朱 慧月のほうではなく、黄 玲琳のほうを？」

「さよう。城下町で泳がせたとき、朱 慧月のほうは最後まで術を使わなかったのだろう？　今私は、朱 慧月より黄 玲琳のほうを疑っている。朱 慧月への疑いも、晴らしたわけではないがな」

「疑うのは結構ですがね、それって、陛下も慈粥礼に同行するってことですか？　八日後に迫る本祭を放り出して？」

「さよう。繰り返すが、黄 玲琳を尋問するなら、宮外でなくてはならぬ。皇后の目が届かぬところでなくては」

不穏な内容をさらりと告げ、弦耀はゆっくりと立ち上がった。

「それに……二十五年ぶりの極陰日だ。この希少な機会に、やつは必ず極陰地にやって来る。必ず、私は行かねばならぬ」

わざわざ拭き布を手に取り、恭しく文机から布越しに笛を持ち上げてみせる。

彼はそれを、まるで玉璽でも扱うような丁重さで、元の位置に戻した。

「私が赴くことは当日まで厳重に伏せておくように。朱 慧月への揺さぶりはおまえに任せた」

「へいへい」

やる気なく片手を挙げて応じると、弦耀は釘を刺すように言い加える。

「この件は部下に任せるな。おまえ自身が当たるように」

「そりゃまあ。なんてったって、皇帝陛下だって御自ら臨むわけですしね」

当てこすりだ。

弦耀がそれに対し、「行け」と振り向きもせぬまま返すと、アキムは軽く肩を竦めた。

大国の皇帝が、重大な儀式を前にして遠地に赴くなど、あってはならない。

とはいえ、アキムはそれを諫《いさ》める立場にはなかった。

復讐というものがもたらす切実さを、彼は知っていたから。

短く返事をしたアキムが、今度こそするりと姿を消すと、紫雨殿には静寂が満ちた。

弦耀はしばし楽器の前で立ち尽くし、それから、美しく手入れされた笛に、そっと腕を伸ばしてみる。

一つ一つの指穴をなぞり、筒に巻き付けられた樹皮の繊維を優しく撫でると、笛に話しかけるようにして呟いた。

「……もう、二十五年ですか。やっと巡った機会を、やつは待ち侘《まわ》びてきたでしょうが、それはこちらも同じです。ようやく、尻尾を掴める」

笛には山吹色の房飾りが付けられていたが、美しい結び目には、赤茶けた染みが付いている。

弦耀はその染みをことさら、愛おしげに撫でた。

「逃がしはしません。黄 玲琳が関わっていようが、いまいが、必ず術師を捕まえる」

感情を滲ませぬ薄い唇が、このときばかりは、切なる声を紡いだ。

「必ず取り返してみせます、兄上」

1. 玲琳、気合いを入れる

「馬車はこちらに並べて。室《へや》から直接長持ちを詰め込むわ」

「荷持ちたちはこれで全員なの？　編成表はどこ。出発までもう時間がないわ！」

　昼下がりの朱駒宮《しゅくぐう》は大騒ぎだった。

　それもそのはず、鎮魂祭を八日後に控えたその日の朝、皇太子尭明《ぎょうめい》が訪ねてきて、いきなり「慈粥礼《じしゅくれい》」、すなわち被災地での炊き出しを命じてきたからだ。

　王都外の被災地に赴き、しかも鎮魂祭に間に合うよう皇城に帰還せよとは、とんだ無理難題だ。

　だが聞けば、慈粥礼の追加は皇帝・弦耀《げんよう》の命であるらしく、逆らうことなどできない。

　他家の雛女《ひめ》たちにも同様の命が下されているそうだが、「朱　慧月《けいげつ》」の担当地域はとりわけ遠方にあり、鎮魂祭までに帰還しようとするなら、今日の夜にでも王都を発《た》たなくてはならないという強行軍ぶりだった。

　お陰で、ここ最近は、雛女が蔵に謹慎していたため静まり返っていた朱駒宮だというのに、今や、上は銀朱女官から下は荷物持ちの宦官《かんがん》まで、大慌てで廊下や梨園《にわ》を走り回っている有り様だ。

炊き出しを敢行するには、まず被災地までの移動手段を確保し、大量の米や大鍋、燃料に調味料、女官に護衛まで用意しなければならないのだから、一大事である。

「礼武官の確保が無事に済みました、雛女様！　黄《こう》 景行《けいこう》様が引き受けてくださるそうです」

「まあ。ありがとう、莉莉《りーりー》」

今その廊下の一画で、赤毛の女官・莉莉は、早文を握り締めて息を荒らげている。

寒い時分だというのに、額に汗まで滲《にじ》ませた銀朱女官を、その主人――の顔をした黄 玲琳《れいりん》は、微笑んで労《ねぎら》った。

「突然のことだったので心配していました。慧……『黄 玲琳』様のほうは、無事、景彰《けいしょう》殿が？」

「はい。殿下がもともと、『黄 玲琳』様には黄 景彰様を、そして『慧月』様には黄 景行様を付けるように、指示を飛ばしてくださっていたそうです」

「ありがたいこと。殿下ご自身もお忙しくていらっしゃるのに、このように食料や馬車、護衛の手当てまでしてくださって、頭が上がりませんね」

莉莉に返しながら、玲琳は朱駒宮を走り回る使用人たちを見つめる。

順調に準備が進んでいるのを見て取ると、周囲に断りを入れてから蔵に引き返した。

最近ずっと蔵で寝泊まりをしており、雛女用の荷物のほとんどがそこにあるためだ。

ついでに言えば、元々打ち捨てられた食料庫だったその蔵は、あまりに粗末で、人が身を潜めようもないために、そこでなら盗み聞きを恐れることなく会話ができるのである。

人でごった返す朱駒宮の本宮を抜け、静かな蔵に戻ってくると、莉莉はほっと肩の力を抜いた。

「すごい速さで準備が進んでいますが……本当に、今夜には出発するんですよね。信じられない」

「ええ。さすがに予想しえぬ展開でした」

玲琳は蔵に置いてあった着替えを集めながら、神妙に頷く。

手はてきぱきと動かしながらも、このめまぐるしい展開を振り返っていた。

皇帝に監視されているかもしれない――隠密部隊がすでに動き出しているかもしれないと察知して、入れ替わりを解消せぬままお忍びを終えてから、二十日ほど。

尭明や兄と相談し、鎮魂祭で入れ替わりを解消することに決めると、玲琳は朱駒宮の蔵に謹慎し、慧月は病を口実に日々の雛宮《すうぐう》参内を控え、公での接触をほぼ断った。隠密に怪しまれぬようにするためだ。

同時に、他家の雛女たちに密かに話を通し――というか「道術の件が知られたら、皆さまもれなく道連れです」と朗らかに脅し――、道術や入れ替わりを隠すための協力を取り付けた。

以降順調に準備を進め、あとは捧歌の練習をしながら、八日後の本番を待つだけ。

そのはずだったというのに、ここにきて、慈粥礼などという変則的な儀式を加えられたのだ。

おかげで、鎮魂祭に間に合うよう帰還するため、今夜にも王都を発たなくてはいけなくなった。

まるで鎮魂祭での入れ替わり解消計画を妨害するような、そして「朱 慧月」を孤立させるような、この下命。

皇帝・弦耀が気まぐれに命じたものとは、とても思えなかった。

「……やはり、陛下は、道術の件を確信されているのでしょうか」

同じく荷造りをしていた莉莉が、こわごわと呟いたが、玲琳は少し考え、首を振った。

「もし道術使用を確信しているなら、泳がせたりなどせず、すぐ捕縛するはず。ということは、先方には確証がない。『朱 慧月』を追い詰めて、尻尾を出させたいだけですわ。術師は、気を乱すと術を暴走させるようですから」

少なくともこの二十日、「朱 慧月」は一切道術を使っていない。

ならばと、突然重大な任務を与えたらどうなるか、王宮外の苛烈な環境に放り込んだらどうなるか、と、こちらの動向を窺《うかが》っているのだろう。

「穏やかに過ごしてもこれほど警戒されてしまうなら、いっそ城下町で解消を強行すべきだったかもしれませんが……後の祭りですね。物事のよい面を見ましょう。これは機会ですわ」

「機会？」

目を瞬かせた莉莉に、玲琳はにっこりと微笑んだ。

「ええ。実は殿下は、政務を前倒しして、宿営地に駆けつけてくださるおつもりです。わたくしもまた、迅速に炊き出しを済ませ、旅程を前倒しにして、宿営地に赴く予定です。そこで、雛女たちは民を思って歌を捧げる。すると感動した殿下が、龍気を迸らせる――と」

つまり、と、いつでも朗らかな雛女は、きゅっと勢いよく風呂敷の結び目を引っ張る。

「頑張って宿営地で落ち合うことさえできれば、むしろ陛下の目が届かない場所で、入れ替わり解消ができるのです」

「なるほど……」

「まだ調整中ですが、殿下は早馬を駆って、烈丹峰《れったんほう》までわたくしを迎えに来てくださるつもりだそうです。そうすれば、より確実に宿営地で三人が落ち合える。その作戦でいこうと、すでに慧月様にも秘密のお手紙を出しておりますわ」

感心した様子で頷く莉莉に、玲琳は悪戯《いたずら》っぽく片目を瞑《つぶ》ってみせる。

「今回はどの方を経由したのですか？　やはり、あの方？」

「……ええ、まあ。不本意ですが、一番その手のことに長《た》けていらっしゃるのですもの」

尋ねられると、微笑が売りのはずの雛女は、すうっと表情を消して応じる。

蔵の外から、静々とした足音が聞こえてきたのは、ちょうどその時だった。

「もし。ごきげんようございます。出立前のご挨拶に伺いました」

続いて響くのは、少し甘えたような、可憐な声である。

声の主を理解した玲琳は顔を顰《しか》め、まるで嫌いな菜《おかず》に手を付けるべきか、残すべきか、と悩むような風情でしばらく扉を見つめていたが、

「残念。いらっしゃらないのです？　せっかく、『黄 玲琳様』にお届けしたのと同じお菓子をお持ちいたしましたのに」

含みある発言を聞き取ると、観念した様子で蔵の扉を開け、外にいた人物——藍家《らんけ》の雛女・芳春《ほうしゅん》を内へと引き入れた。

「芳春様、ようこそおいでくださいました。歓迎いたしますわ」

「まあ……それにしては、扉の前でずいぶん悩まれていたようですけれど」

「単に動きが鈍くなっていただけです。まだ寒い時期ですからね」

芳春がにこやかに首を傾げれば、玲琳もまた頬に手を当てて非難を躱《かわ》す。

ふふ、うふふと微笑み合う雛女たちを、莉莉は顎を引いて見守っていた。

最近、この二人はいつもこんな調子だ。玲琳は日頃優しく細めている目に殺伐とした色を浮かべ、一方の芳春はなぜかそれが嬉しいらしく、きらきらと顔を輝かせている。

莉莉が念のため外を確認し、蔵の扉をきっちり閉めると、途端に芳春が素の口調を取り戻し、笑みを意地悪そうなものに変えた。

「相変わらず言い訳が雑すぎて笑っちゃうんですけど。慧月様の手紙入りと聞いた途端、まあ、くるくると掌をよく返しますよね」

「芳春様が素直な方なら、こちらも最初から掌を差し出すだけで済むのですが。手首の鍛錬が今日も捗《はかど》りますわ」

嫌味に対して、玲琳はどこか脳筋な発言で応じ、「それで」と、芳春の持つ包みに視線を向けた。

「こたびはそのお菓子が『それ』ですの？」

「ええ。栗糕《りっこう》にしてみました。切り分けますね」

芳春は勝手知ったる様子で椅子のひとつに腰を据えると、懐から短刀を取りだし、手際よく栗糕を切り分ける。

すると、中から小さく折りたたまれた紙片が出てきた。

「占いみたいで楽しいでしょう？」

「食品に異物を混入するのは……。ですが、ありがとうございます」

玲琳は少々微妙な顔つきになったが、礼儀に則《のっと》り、芳春に感謝を述べた。

そう。公での会話をなくす代わりに、玲琳と慧月は、こうして芳春たち他家の雛女を通じて、入れ替わり解消に向けた打ち合わせを重ねていたのである。

なにしろ、悪知恵の働くこの雛女は、秘密の文通が大層得意なのだ。

あるときは厨《くりや》女官の運ぶ盆の裏に手紙を忍ばせ、またあるときは沓《くつ》の裏に文章を記して相手に読み取らせ、またあるときは教本の読み解きを尋ねる態《てい》で、中に書かれた暗号に気付かせる。

小細工に疎い玲琳からすれば、「よくぞ次々とそんな手を思いつくものだ」と感嘆するような、呆れるような思いだったが、芳春の並外れた小ずるさに救われているのはたしかだった。

ちなみに、慧月側の取り次ぎは、黄麒宮《こうきぐう》からも気に入られている金《きん》清佳《せいか》が主に行い、玄《げん》歌吹《かすい》は三人での茶会を頻繁にこなすことで、芳春と清佳の手紙交換に貢献している。

前代の妃たちには諍《いさか》いも多かったようだが、少なくとも今代の雛女たちは、皆協力的だ。

玲琳は、この面々で雛宮に上がれたことを感謝せずにはいられなかった。

「早速先ほどのお返事が来たのですね。いったいなんと——」

「まあ、玲琳お姉様。中の『餡《あん》』だけ先に手に取ろうなど、お行儀が悪いですわ。皮もきちんと召し上がりませんと。ほら、わたくしが食べさせて差し上げます」

いそいそと紙片を開こうとすると、芳春がついとそれを取り上げ、代わりに栗糕を摘《つま》んだ指先を口元に近付けてくる。

あーん、と小首を傾げてくる相手に、玲琳は鉄壁を思わせる笑みを浮かべた。

「わたくしに、あなた様からの、食事の介助を受けろと？」

自立をなにより尊ぶ黄家の女にとって、それは侮辱にほかならない。

ちなみにもし慧月がこれをされたら、彼女はひとしきり照れた後、満更でもない顔で受け入れるだろう。それはそれで大変愛らしく、ぜひ見てみたいと玲琳は思う。この行為に対する怒りと期待は、彼女の中で矛盾なく両立していた。

「指を下ろしてくださいませ。それが礼儀と仰《おっしゃ》るなら、もちろん栗糕を先に頂きます。自らの手で」

玲琳は芳春から栗糕を奪い取り、軽く眉を顰《ひそ》めながら食べたが、芳春はそれすら「堪《たま》らない」といった様子で眺めるだけだ。

相手が嫌がるからこそそしたくなる——藍 芳春は骨の髄までいじめっ子体質なのだなと、傍で見て

いた莉莉は思った。

さて、栗糕を飲み下し、無事に手紙を手に入れた玲琳は、今度こそ心弾んだ様子で紙片を開く。

中には、慧月特有の右上がりの筆跡で、作戦を了解した旨と、

『それにしたって突然の炊き出しなんて無理難題よ。捧歌の練習で精一杯だったのに、被災地支援の準備なんて無理も無理。何を用意すればいいかさえわからないわ。教えなさい』

との愚痴が書かれていた。

「まあ、慧月様に頼っていただけるなんて」

「うわ、慧月様ったらすぐ甘えるのだから」

同時に紙片を覗き込んだ二人は、片やきゅんとした様子で口元を押さえ、片や呆れかえった様子で仰《の》け反《ぞ》っている。もちろん前者が玲琳で、後者が芳春だ。

返事をしたためるべくいそいそ立ち上がった玲琳に、芳春はしかめっ面をしてみせた。

「ご自身の状況、わかってますー？　わたくしたちだって明朝には出発ですけど、お姉様にいたっては、今夜にも、王都を発たねばならないのでしょう？　しかも一人だけ遠方地。ご自身が大変なときに搾取されて喜ぶなんて、ほんと奇特な方ですね」

「搾取？　とんでもない、頼られているのです。だって慧月様は、ご自身で用意をしようとしているではありませんか」

呆れ声での非難にも、玲琳はどこ吹く風だ。

棚から書道具を取り出し、慧月宛にうきうきと細かな助言を書きはじめた。

「頑張り屋さんなのです、とても。そして頑張るときに、他ではなくわたくしを真っ先に思い出してくださるなんて、嬉しい限りですわ。慧月様の魅力を、いずれ必ず、皆が理解するはずです」

「一年半一緒に過ごしていても、全っ然理解できませんけどねー」

まがりなりにも客人のはずなのに、すっかり放置されてしまった芳春は、むっとした様子で頬杖をつく。自分だって、出立を翌日に控えた忙しい中、手紙の仲介にやって来たというのに。

「あーあ。わたくしも慧月様くらいに馬鹿で無能だったら、玲琳お姉様に親身にお世話してもらえたんですかね」

「……芳春様。お言葉が過ぎるようですね。慧月様がなんですって？」

静かに筆を置いた玲琳に、芳春は一瞬怯んだ顔になったが、すぐに露悪的な笑みを浮かべた。

「だってそうでしょー？　捧歌の練習が、歌詞も解せぬ彼女のせいでどれだけ遅れているか。いくら鎮魂祭の主眼は祈禱《きとう》で、雛女の捧歌など余興に過ぎぬとしても、百の重臣、千の来賓に見られるのですよ。これでは雛女の格が下がります。それも、『黄 玲琳』の格がね」

相手が表情を険しくしたのを見て、芳春は胸弾む思いで卓に身を乗り出した。

品行方正な「殿下の胡蝶《こちょう》」の視線を、できるならこちらに釘付けにして、朱 慧月に捧げるような友情を向けてほしい。

けれどそれが叶わないなら、いっそ滾《たぎ》るような敵意を向けてくれるのでも構わなかった。彼女と交わす舌戦だって、自分は大好物なのだから。

「玲琳お姉様は、ずっと蔵に『謹慎』しているからご存じないでしょうけど、雛宮で歌の合同練習をしているときなんて、ひどい空気ですよ。清佳様は苛々《いらいら》して、歌吹様は講師をごまかすのに苦心してばかり。ま、おかげで怒りっぽく見える清佳様の評判が下がって、結構ですけど」

実際には、今の雛宮の雰囲気はそこまで悪いものではない。清佳や芳春は妃の圧政から、歌吹は復讐から解放され、かなり精神に余裕があるからだ。

清佳は容赦なく他者をこき下ろすが、同時に、相手が芸事に取り組もうとしている限りはけっして見放さないので、歌の練習に明け暮れる一同の雰囲気は、殺伐というよりも、白熱というのに近いかもしれなかった。

だが、もちろんそれを玲琳に教えてやるつもりはない。

朱 慧月は落ちこぼれ、問題児でいなくては困るのだ。

そうであってこそ、知識があり、知恵が回る藍 芳春の、友人としての価値が輝くのだから。

「慧月様も、『ずっと病床に伏している黄 玲琳』を通せばよかったのに、鎮魂祭を前に急に焦って、中途半端に練習に出てくるから、こういうことになるんですよね。この前だって、女徳の問答にちっとも答えられず、本当に知性のないお方――」

「何を語るかが知性、何を語らずにいるかが品性、と申します」

まくし立てる芳春を、玲琳は凛とした声で遮った。

「経典の内容を語れぬ慧月様に知性がないと仰るのなら、それを悪し様に喧伝する芳春様の品性は、いかばかりなのでしょうね」

鏡をお持ちしましょうか？　と微笑まれ、芳春はかっと頬を紅潮させてしまった。

そしてそんな自分に驚いた。

ここは、嫌味の応酬に興をそそられるべきところなのに。

「……鏡をご用意いただくより、旅支度を進めたほうがよいでしょうね、お姉様。『朱　慧月』に宛てがわれた烈丹峰は、わたくしたちの担当地域より、かなり劣悪な環境と聞きますから」

反射的に皮肉で応戦するが、思いのほか心が弾まない。

それどころか、なによ、と心がざらついた。

朱　慧月、朱　慧月とそればかり。どれだけ相手の格の低さを教えてやっても、友情にひびが入るどころか、ますます絆を見せつけられるばかりで。

この、いつも泰然として高みにある女を見ると、芳春の胸には、どうにか彼女を引きずり落とせないものかという欲が湧き上がる。

みっともなく動揺して、絶望し、泣き叫べばよいのにと。

「水害、と聞いても、箱入りのお雛女様たちは、それがどういうことなのか、想像もしないでしょうねー。単に数日、家屋が水浸しになるだけではないんですよ。土砂が崩れ、川の水が汚染され、魚や家畜が流されて腐り、ひどい臭いを放つ」

藍家は知識を尊ぶ家だ。そして芳春は、娼妓《しょうぎ》の娘だ。

ほかの雛女たちよりよほど世事に通じているし、水害地への理解も深いという自負があった。

だからこそ、被災地や病への嫌悪も人一倍強いのだ。

「水それ自体が引いたとしても、痢病が流行るし、眼病も流行ります。濡れた家からは黴《かび》が舞い、そこから咳病《がいびょう》だって流行る。そんなところに炊き出しに行って、無事に戻れるといいですけど。ふふ、それ以前に道中が厳しすぎて、たどり着けなかったりして」

芳春の話を聞き、ようやく水害地のなんたるかを理解したらしい赤毛の女官が青ざめている。

そう、それが普通の反応だ。言葉や想像力は、人の心を容易に追い詰める。

だというのに、なぜこの優雅な女は、脅しを聞いてもなお、動揺の一欠片《ひとかけら》も見せないのか。

「水害対策の土木工事には莫大な費用が掛かるせいで、辺境地はいつだって後回しです。飢えた民の心はさぞ荒れているでしょうね。そんなところに粥《かゆ》一杯を差し出して、喜ばれるでしょうか。かえって逆撫で――なんてことにならないといいですねー？」

もし相手が朱 慧月なら、真っ青になって崩れ落ちているところだ。

黄 玲琳もそうなればいいのに。そしてそんな彼女に、芳春が手を差し伸べてやる。木の守護を持つ東領では、高品質な薬草が潤沢に取れるのだから。

彼女が一言頼りさえすれば、きっと自分は、惜しみない援助をするだろう。

「まあ、雛女なんてしょせん、舞って微笑むのが仕事ですし。どうせなにもできない、無力な存在なんですよ、って現実を噛み締める訓練としては、ちょうどよいかも――」

黄 玲琳ご自慢の自立心と自負心を、ぽっきり折ってやろうとした芳春だったが、そのとき、唐突に口になにかを押し込まれて、「むぐっ!?」と悲鳴を上げた。

「仰る通り。人は飢えると心がすさみ、攻撃的になるものですね。芳春様も、さぞかしお腹が空いているのでしょう」

突っ込まれたのは、芳春が持ち込んだ栗糕だった。

「よく噛んでくださいませ。皮を召し上がったなら、餡もご一緒にどうぞ」

餡、と言って彼女が手に握らせてきたのは、早くもしたため終えた返事だ。芳春が最初に手紙を「餡」として扱ったのだから、同じく「餡」である返事も持ち帰れということだろう。

芳春はいっそ拒否してやろうかと考えたが、声を上げるよりも早く、玲琳は棚を振り返り、手巾《しゅきん》に包まれたなにかを取り出すと、「はい」と押し付けてきた。

「なんです、これは?」

「独自に配合した薬です。抗菌作用に優れていますし、お腹もよく膨れるのですよ。芳春様用です」

手巾を開いてみれば、そこにあるのは真っ黒な丸薬だ。

戸惑って眉を寄せた芳春に、玲琳は静かに話しかけた。

「本当は、被災地に赴くのが恐ろしいのでしょう?」

思わず、顔を上げてしまう。

「なんですって？」

「芳春様は、追い詰められたときこそ、ぺらぺらとよく話すお方ですから。それに、温蘇《うんそ》の件でも、不浄さや病をひどく恐れていらした。元々、その手のことが苦手でいらっしゃるのでしょう？」

苦手なのではない、嫌いなだけだと、喉元まで言葉が出掛かった。

だが、反論が音を得るよりも先に、手が薬入りの手巾を握り締めてしまう。

たしかに、十分な準備期間もなく、荒廃した土地を訪れるのは恐ろしかった。黄玲琳ほど病弱ではないものの、芳春だって線が細いほうなのだ。口ばかりが達者になったのは、肉体の強さに自信がないからだった。

藍家の者は、たいてい小柄で細身だ。

「手指の消毒と、清浄な水の確保。そして移動中にしっかり眠ることだけ心がけてください。そうすれば大丈夫。芳春様の慈粥礼が無事に済むことを、お祈りしておりますわ」

「…………」

「ご自身も慈粥礼の準備で忙しい中、隠密の目を欺いてまで手紙の仲介をしてくださっていること、これでも感謝しているのですよ」

こちらの目をまっすぐに見つめ、微笑む姿は、ただただ気高い。

「…………」

芳春はしばし押し黙った後、手巾を懐に収めた。

丸薬からは、ほんのりと癖のある草の香りがする。

だが、嫌いではなかった。

「……まあ、ありがたくもらっておきます。玲琳お姉様も、くれぐれもお気をつけくださいね。被災地にも、隠密の罠《わな》にも」

自分でも意外なほどすっきりとした気持ちで、席を立つ。

元々、明日の出立を前に、黄麒宮にいる皇后に挨拶をするつもりではあったのだ。そのついでに、「黄 玲琳」の顔をした朱 慧月に密かに文を託《ことづ》けることなんて、造作もない。

「ありがとうございます。どうか慧月様のことを支えてあげてくださいね」

だが、背後からそんな一言が掛かったので、思いきりしかめっ面になってしまった。

朱 慧月、朱 慧月と、そればかり。

扉の前でくるりと振り向き、幼稚と知りつつあかんべえをする。

ぷいと扉に向き直り、しかし一呼吸置いて完璧な「おずおず顔」を作り上げると、芳春は今度こそ、蔵を去って行った。

「ほんっと、面倒なお方ですね。挨拶と言いながら、脅すようなことばかり言って。なにをしに来たのやら」

足音が完全に消えた後、背後で控えていた莉莉がどっと疲れたようにぼやく。

「さあ……。伝言、兼恫喝《どうかつ》、兼激励といったところでしょうか。彼女なりの」

玲琳は苦笑し、頬に手を当てた。

「すぐに慧月様を馬鹿にする態度は許しがたいですが、被災地支援に覚悟がいることや、雛女がさほど役に立たないといった主張は、べつに嘘ではないと思います」

「そんな、玲琳様」

「莉莉。寄りたい場所ができました。後宮外れの、霊廟《れいびょう》に参りましょう」

「霊廟？」

珍しく自虐的な主人を慰めようとした莉莉は、思いがけぬ提案に目を瞬かせた。

「しかも外れのほうの？　なぜです？」

「それはだって、旅の前には、先祖と始祖神に祈りを捧げるべきですもの」

問いに対する完璧な答えになってはいないが、玲琳は悪戯っぽく微笑むばかりだ。

莉莉は当惑しつつも、さっさと蔵を立ち去る主人に続いたのだった。

＊＊＊

後宮の奥深くにある霊廟は、昼でもなお薄暗く、不気味な雰囲気を漂わせていた。

それもそのはず、ここで弔われているのは、堂々とは祀《まつ》れない死者の魂——つまり、生まれる前に流れてしまった妃の子や、不審死を遂げた皇子、早逝してしまった公主など——ばかりだからだ。

いわば後宮の暗部を押し込めたような霊廟は、本宮にある輝かしいそれとは異なり、調度品も極端に少なく、人気《ひとけ》もない。

盗聴の心配がないのはありがたかったが、それ以上に恐ろしさが勝り、燭台《しょくだい》に火を入れ終えた莉莉はこわごわと二の腕を擦《こす》った。

「な、なんだか、暗いし、隙間風が人の悲鳴みたいに聞こえますね」

「ええ、こちらの声を掻き消してくれて、便利ですよね」

「いや、便利とかではなくて……。ここには、不審な亡くなり方をした方々も多く祀られているのでしょう？　なんだか祟《たた》られそうじゃないですか。どうしてそんなに寛《くつろ》げるんです」

のんびりと霊廟を見回している主人に思わず突っ込むと、玲琳は「ふふ」と得意そうに微笑む。

「実はね、ここは、昔から後宮の子どもたちに密かに人気の場所なのですよ。わたくしも幼い頃、皇后陛下へのご挨拶で後宮に上がるたびに、兄たちと探検したものです」

「はい？」

胡乱《うろん》げな顔になった女官に、玲琳は「ほら」と柱の裏を燭台で照らしてみせた。

そこには幼い筆跡で、「講義にはうんざり」「史官たちはみんなハゲ」などの落書きがある。

暗い空間によく目を凝らせば、石床の間のくぼみには色とりどりの小石が詰められ、柱の木目模様にはおどけた表情が描き足され、もっと大胆なものでは、祭壇の木枠に詩が書き付けてあった。

詩の筆跡はあまり巧みとは言えず、字の練習でもしたのか、横にいくつも同じ漢字が書き込まれている。

作者はよほどこの詩が気に入ったのか、すぐ近くの柱には、同じ内容が書かれるどころか、刀で抉ったと思しき字で彫られていた。

やりたい放題だ、と莉莉は顔を顰める。

「なんですか、これ」

「皇子や公主は、幼少時を後宮で過ごしますでしょう？　暇を持て余した彼らが、度胸試しに霊廟に忍び込んでは、あちこちに痕跡を残しているのです」

この落書きは先代の第三皇子の作、この小石は先々代の第五公主の仕業、この顔の絵はさらに前の代の第二皇子の作。

玲琳が淀みなく指摘できるのは、まるで書画に落款でも押すように、いたずら書きの横に、誇らしく名が添えられているからだ。

神聖なる霊廟で行ういたずらは、いつの時代でも、後宮の子どもたちにとって格別な勲章だったのである。

「うちの兄たちも落書きしていましたよ。『最強兄弟参上』と。皇后陛下に知られて、『皇族でもないくせに柱を狙い、しかもその年で最強を名乗るとは何事だ』と叱られて、削らされていましたが」

「いや、柱だからいけない、とかいう問題じゃないと思うんですが」

後宮の住人でもないくせに、神聖な霊廟に落書きをするなんて、一般的には処刑されてもおかしくない所業だ。

それを平然とやってのける兄弟にも、妙な部分だけ叱って済ませる絹秀《けんしゅう》にも、莉莉としては背筋が寒くなる。

だが、最も恐ろしいのは、この一見おっとりとした玲琳が、そうした黄家の血をしっかりと引いているという事実なのかもしれなかった。

彼女はてきぱきと香を焚《た》き、祭壇に手を合わせると、あっさりと祈りを終えてしまった。

この速さ。おそらく始祖神や先祖の加護などまるで求めていないし、信じていない。

(玲琳様は現実主義者だからな……。なんでそんな人が、霊廟に来たんだろう)

莉莉が不思議に思っていると、玲琳はなぜだか祭壇の前に敷かれていた、祈禱用の座布団をめくり、その下の床板をなぞりはじめた。

妙に慣れた手付きだ。

「何してるんですか?」

「待ってくださいね。たしかこのあたりに……ああ、よかった。まだありましたね」

するりと指を差し入れると、なんと床板が持ち上がる。

厚い板の下には机一台ぶんほどの広い空間があり、そこには、折りたたまれた紙や冊子が大量に収められていた。

「なんです、これ?」

「ふふ。これも、幼き皇子たちが残した宝物です」

玲琳は悪戯っぽく笑い、ひらりとそのうちの一枚を取り上げる。

燭台にかざすと、それは、下手くそな字を連ねた詩文であり、横には「及《よくない》」との評価が朱墨で書き込まれていた。

「これは……?」

「後宮で学んだ方々が残した――というより隠した、赤点の答案用紙や不要な教材です」

思いがけぬ答えに、莉莉は目を丸くする。

女官の驚きを察すると、

「尊い血筋の方々だからといって、生まれた時から必ず優秀というわけではありませんから」

玲琳は優しく口元を笑ませて答案を撫でた。

「今代は実質、尭明殿下しか後宮に皇子がいない状態でしたが、先代までは、それは多くの皇子たちが、幼少期に後宮で学び、競い合っていたそうですよ。宮ごとの競争が激しかったために、悪い成績を取ってしまった方は、答案を隠したり、教材を紛失したと偽ったりしたそうです」

「高貴な方々でも、そういうことをするんですね」

莉莉は少し微笑ましい気持ちになって肩を竦《すく》めた。

顔も知らぬ、遠い雲の上の皇族たち。

高貴な印象ばかり強かったが、彼らもまた、落書きをしたり、失敗を隠したりする、血肉を備えた人間であったのだ。

「ええ。ですがこれには、失敗を隠す以外にも目的がありまして。皇子たちが隠した教本を、公主たちがこっそりここにやって来ては、読んでいたそうです。皇后陛下も、雛女だったときはしょっちゅう、ここで教本を拾い読みしていたそうですよ」

だが、続いた言葉に目を丸くする。

「そうなんですか」

「ええ。公主や雛女は、殿方が受けるような講義には、参加できませんから」

当代一の雛女と呼ばれる女は、軽く目を伏せて微笑んだ。

家父長制の色濃いこの詠国《えいこく》では、女は家督を継げないし、学問を究めることも好まれない。

求められるのは、そう、芳春が言った通り、たおやかに微笑み、歌い舞うことだけ。

女に要求される「教養高さ」とは、どれだけ古典や芸術、妻らしい道徳観に通じているかということであって、政治や経済を動かすための実践的な知識を身に付けることではないのだ。

「『女には、大きな流れを変える力などない』。そう言われ続け、それでもなお諦められなかった者たちが、大河の一滴にも意味があると信じて、ここで書をめくったのです」

異なる筆跡で書き加えられた文字、何度もめくられすり切れた紙。玲琳はそれらを愛おしげに撫でた。

「見てください、莉莉。詳細な地形図がありますわ。わたくしたちがこれから行く丹闕《たんかん》はここ。烈丹峰はこちら。まあ、ずいぶんと大きな川がありますこと。本流はここで、支流はここ……」

分厚い地形図を見つけると、玲琳は、先ほどまでの物憂げな雰囲気からは一転、目を輝かせて図をなぞる。

その当時の人口規模や、周辺の国の成り立ち、森林の地勢図など、横から覗き込んでいる莉莉からすれば、難解すぎてどこから読めばいいかわからないほどだったが、主人にはこの上なく興味深い読本に見えているようだった。

「川の深さは？　泳ぐ魚の種類は？　まあ、生えている木の種類まで記されている。これで、訪問する土地のことを少しでも知れますわ。素晴らしいですね。なんて素晴らしい……」

なるほど、彼女は藍 芳春に残酷な現実を突き付けられたことで、怯えるどころか発奮し、対策を求めてこの場に来たのだ。

「過去の水害の時期は？　規模……位置……、ああ、そうですか、なるほど」

夢中になって、次々と書物を繰る姿を見ていると、この主人は、本当に学ぶことが好きなのだなと思わせられる。

「ねえ、莉莉。こんな機会でもなければ、知らなかったことばかりです。しかもすぐに、実地で検証できる。少しはお役に立てることがあるかもしれない。烈丹峰に伺えるのが楽しみですね」

嬉しそうに振り返った主人に、莉莉は眩《まぶ》しさを覚えた。

(この方の溢れんばかりの探究心は、もしかしたら、ずっと寝台に押し込められてきたからこそなのかもしれないな)

貪るように知識を吸収するのは、外の世界に焦がれているから。嫌がらせのようにねじ込まれた炊き出しにも全力で取り組むのは、病弱な身でも周囲に貢献できると実感したいから。

そう思うと、きゅっと胸が引き絞られるかのようだ。

ろくな準備もなく被災地に赴くのは恐ろしいし、皇帝の罠が潜んでいるのかもしれないが、せめてこの経験が彼女にとっても有意義なものになるよう、できる限りの協力をしたいと思った。

莉莉は玲琳と顔を合わせ、しっかりと頷いた。

「そうですね、楽しみですね」

「道中は険しいようですが、逆に言えばよい鍛錬になりますし、崖滑りなども体験できますものね」

「そ、そうですね？」

逆に言ったとしても、崖滑りは楽しい体験なのだろうか。

「ただ……」

とそこに、主人が「やはり押し殺しきれない」とばかりに表情を暗くしたので、莉莉は気を引き締めた。底抜けに明るい彼女であっても、悩みはあるのかもしれない。

「慧月様と一層離れてしまうことだけが気がかりです」

ただし、実際に続いたのはそんな言葉だったので、ぽかんとしてしまった。

「はい？」

「手紙以外での交流を断って、すでに二十日。細々と交わすお手紙が日々の彩りでしたのに、後宮を離れてはそうもいきませんでしょう？　そのうえ、わたくしが遠方の被災地に向かっているその間、慧月様はほかの雛女様方と仲よく宿営地でお泊まり」

玲琳はもう地図を把握し終えたのか、教本を床下に戻し、ほうと切なげな溜め息を落とした。

「きっとお茶をしたり、夜通し枕を投げ合ったりして過ごすのでしょうね」

「いや、あの四人はそんな仲じゃないですよね。特に清佳様なんて、毎日慧月様と罵り合ってるって、さっき芳春様も言っていたじゃないですか」

「毎日罵り合っているだなんて……羨ましいです……わたくしもしたかった」

「もしもし？」

うぅ、と両手で顔を覆ってしまった主人に、莉莉は半眼になった。

どう見ても慧月と他家三雛女の仲は殺伐としているというのに、まさかそれを羨むだなんて。

（玲琳様も、少し変わられたなあ）

入れ替わる前までの黄玲琳は、他家の雛女たちと比べても図抜けて高貴な存在で、他者が彼女に焦がれることはあっても、その逆の状況など想像もできなかった。

それがまさか、遠足の班分けで友人と別々になってしまった子どものように肩を落とし、寂しがっているなんて。

「せっかくの外出ですのに。徹夜でおしゃべり、したかったです。一緒に茸《きのこ》狩りをしたり、薪を取ったり……。飯盒炊爨《はんごうすいさん》、野宿、渓流釣り。氷に穴を穿《うが》ってね、釣り糸を垂らすのです」

「なんでそんな活動的なことばかりに憧れるんですかね」

困惑しつつも、しょんぼりとした主人が可哀想で、莉莉はこう付け足した。

「まあまあ。慈粥礼を前倒しで片付ければ、宿営地に立ち寄る時間ができるわけですから」

三日で現地に駆けつけ、一日で慈粥礼を無事に済ませれば、慧月に会えるというわけだ。

「そう……そうですね。民のためにも、友情のためにも、気合いを入れて臨まねば」

慰めが奏功したらしく、玲琳はぐっと顔を上げる。

いつだって、困難こそが彼女を輝かせるのだ。

「せいぜいわたくしに隠密の目を引きつけて、民を救いつつ、まんまと入れ替わり解消をしてみせるまでです」

声を出していきましょう、と呟くと、玲琳は裾を払い、優雅な仕草で立ち上がった。

＊＊＊

同じ頃、後宮から離れた本宮の一角、その外門付近に位置する雑事房《ざつじぼう》に、気だるげな足取りで踏み入る者があった。

雑事房とは、その名の通り雑事をこなす使用人たちが集まる場所のことである。

宮中の掃除や食品の運搬、調味料の製造に明かりの管理と、彼らの業務は多岐に渡り、房それ自体は広々としている。

ただし、使用人たちに与えられた寝室は狭く、ぎゅうぎゅうに身を寄せ合わねばならない。

彼らは毎夜、劣悪な環境にうんざりしつつも、疲弊した体を癒やすため、気絶するように眠りに就くのであった。

そんなわけで、夜更けにひっそりと房にやってくる者の正体など、誰も気には留めない。

男は、周囲の視線を警戒する素振りもなく、寝室の連なる廊下を堂々と歩いた。

最奥の室《へや》の前で立ち止まる――と見せかけ、予備動作もなく、ひゅっとその場に飛び上がる。

梁《はり》の付近には小さな取っ手があり、そこを掴んだ状態でさらに壁を蹴れば、巧妙に隠された天井の隙間から、屋根裏の空間に上ることができるのだ。

男は手慣れた様子で屋根裏に潜り込むと、天井を元通りに塞ぎ、やはり滑らかな仕草で燭台に火を入れた。

ささやかな明かりに照らされた屋根裏は、階下の寝室を三つ貫いた広さと、大の男が歩いても頭がぶつからない高さがある。

男は悠々と室内を横切り、「さて」と呟きながら室《へや》の隅に腰を下ろした。

なんとそこには、妃嬪《ひひん》のものと言われても驚かぬような、立派な鏡台がある。

ただし鏡の前には、化粧品、と呼ぶには少々違和感のある品が置かれていた。色ごとに分かれた人毛の束や、血の色をした糊、大量の綿、鍼《はり》までもがある。

鏡台の脇に放られた衣も、宦官のもの、武官のもの、商家のもの、使用人のもの、はては女官のものと様々だった。

そう。これは彼の仕事道具の一部だ。

「今度の『顔』はどうしたもんかねえ」

がりがりと髪を掻き上げながらぼやく男のこめかみには、火を吐く蜥蜴《とかげ》の刺青《いれずみ》が見える。

男は隠密――この朝までは記録官に扮していたアキムだった。

しばらく腕を組んで鏡を眺めていたアキムだが、やがて心を決めたか、座ったまま手を伸ばし、ずるずると目的の衣を引きずり出した。

手早く着替え、次に手に取ったのは、肌色を変えるための粉と、鍼だ。

鏡を見ながら、躊躇《ためら》いなく顔や喉に鍼を打っていく。

だいたいの年齢、そして声は、化粧と鍼で操ることができた。

もっとも、基本的な骨格までは変えられないので、演じやすい身分や役職をいくつか用意し、状況によってそれらを演じ分ける、といった場合がほとんどだったが。

それでもアキムは、これまで周囲に正体を見破られたことはなかった。獲物は気付かれる前に殺していたし、それ以外とは特に深い交流を持たなかったからだ。

ここ数年、演じることの多かった「顔」を整えてしまうと、続いて旅支度に取りかかった。

役柄に相応しい小道具のほか、愛用の武器をひょいひょいと麻袋に放り込んでいく。

ただし、飛鏢《ひひょう》と呼ばれる飛び道具を投げ入れた瞬間、びりっと微かな物音が響いたため、肩を竦めて中身を引っ張り出した。

鋭利な刃物に無残に裂かれてしまったのは、丹闕を示す地図だった。

ひらりと床に落ちた紙片を、アキムは無感動に眺める。

峻険な山と急流に囲まれた、領境にある厄介な土地。自領で行きどころを失った移民たちが、吹きだまりのようにして群れを成す。

自身の故郷と、なんともよく似た環境だ。

そうとも、アキムはこの手の土地のことを、よく知っていた。

水はけの悪い土地を踏みしめる感触も、森の暗さも、冬の寒さも、夏のたびに起こる水害の激しさも。

山を駆ける峻烈な川と、海と疑うばかりの湖。豊かな自然に浮かれて、意気揚々とやって来た人間が、どのような末路をたどるのかということも。

(『復讐を終えた人生は、どんなものか』、ねえ)

床に落ちた地図の傍に屈《かが》み込み、だらしなく膝に頬杖を突いてみる。

自身の復讐を、皇帝の力を借りて果たしてから、二十年。いや、もう二十年を過ぎたか。

いつの間にか、大切な人の命日を数えることもやめていた。

かつては絶望が全身を苛《さいな》み、憎悪が彼に刃を握らせ、若気の至りとしか思えぬ暴挙に駆り立てたというのに。

――一国の皇帝に刃を突き付けまでした無謀の男が。

(そういや、そうだっけ)

朝方、弦耀から掛けられた言葉を思い出し、無意識にこめかみの蟖蝪を撫でる。

この刺青を得る契機となったのは、恐れ知らずにも皇帝暗殺を試みたことだった。

復讐心に瞳を燃え上がらせ、無鉄砲にも皇居に忍び込んだ過去の自分を、齢《よわい》四十を超えた今のアキムは、ただ若かったなあと思う。

弦耀のほうはといえば、あのとき――出会った日からすでに、冷め切った目をしていたものだった。

首元に刃を突き付けられても、まったく動じない程に。

二十余年前のあの日、刺客だったアキムに向かって弦耀は淡々と話しかけた。

たしか、皇帝に刃を向けて許されると思っているのか、といったようなことを。

それに対して、若き日の自分はなにかを言い返したはずだ。向こう見ずで感情的な言葉を。

（もう、思い出せねえなあ）

水底に沈んだ人々。腐臭の漂う土地で過ごした壮絶な日々。それが今の彼に隠密としての人生を歩ませたというのに、生々しかったはずの憎しみは、時を経るごとにすり切れ、今やざらりとした感触を微かに伝えるだけだった。

「どんな気分かって？　退屈だ、皇帝さんよ」

しゃがみ込むのをやめ、アキムはどさりと椅子に掛けなおす。

背もたれに身を預け、ぼんやり鏡を眺めると、そこには半月ごとに顔の変わる男が映っていた。

退屈そうな顔。かといって、特別何かがしたいというわけでもないけれど。

恩があるから弦耀に仕え、彼の命じるまま政敵を屠《ほふ》っているわけだが、特に思い入れもない相手を手に掛けるとき、時々、「自分はなにをやっているのだろう」と素朴な疑問を覚える。

今さら罪悪感を抱くほど初心《うぶ》ではないが、べつに人を殺してまで生き延びたい人生でもないのにな、と。

だが彼の故郷の神は、自死を許さない。命への誓いを果たすなら、退屈という名の魔物を飼い慣らしてでも、最後の瞬間まで自ら呼吸していなくてはならなかった。

そして世に数ある暇つぶしのうち、「思い上がった貴族を殺す」という行為は、他に比べればまだ、気晴らしになった。

（その点、あいつはいいよなあ。ずっと復讐の「現役」で）

滾るような憎悪を胸に秘める弦耀を思い浮かべる。

敵の首を引きちぎる想像をするとき、胸はさぞかし躍るだろう。

戦略を練るとき、向こう見ずな策を実行するとき、渦巻く恨みを思うさま解放するとき、頭は冴え、全身は研ぎ澄まされ、生を実感できるに違いない。

かつてのアキムがそうであったように。

(……いや)

だが、鏡台の隅で炎を揺らす蝋燭《ろうそく》を見て、彼はふと考えを改めた。

溶けて垂れる側から、蝋は寒さでみるみる冷え固まっていく。

永遠に滾り続ける憎悪がない以上、永遠に情熱を燃やせる復讐もないのだ。

残るのは、冷ややかに凝り固まった恨みと、自分でも持て余すほどの執念。

終わりなき復讐の最中にいる皇帝・弦耀は、かれこれ二十年以上も、同じ場所に留まっているように、アキムには見える。

あの男の抱える憎しみは、まるで冬の氷河のようだ。

凍てつき、幾重にも層を成して流れを止め、ただひたすらに停滞を続ける。

「あいつも、楽になればいいのにな」

彼の復讐が無事に果たせればいい。

そうして、自分と一緒に、今度は復讐を終えてしまった退屈な日々に、うんざりと溜め息を吐けばいいのだ。

とはいえ、弦耀本人にすら、二十年以上事態を進展させることができなかったから、この現状があるわけだが。

（誰か、氷河にひびを入れてくれればいいけどなぁ）

結局、そんな感想を最後に、アキムは物思いを投げ出した。

性に合わないことはするべきではない。

外からの作用で流れが変わるなんて奇跡は起こらないのだから、せいぜいアキムは、弦耀の復讐が少しでも実現に近付くよう、任務をこなすだけだ。

当面の仕事は、「朱 慧月」を追い詰め、道術を使わせること――。

最後に髪形を整えて刺青を隠し、彼はするりと、屋根裏の空間から立ち去った。

2. 慧月、しごかれる

王都から北西に馬車を走らせること二日半。

郊外に設けられた宿営地「雲梯園《うんていえん》」は、皇帝の巡幸などに使われることもあって、予想以上にしっかりとした造りだった。

広々とした回廊を備える殿閣や、いくつもの橋を渡した人工池、趣深い奇岩などもあり、風光明媚《ふうこうめいび》な避暑地と呼んで差し支えないほどである。

礼武官や荷持ちを掻き集め、夕方やっと宿営地にたどり着いた四人の雛女《ひめ》——金《きん》清佳《せいか》、玄《げん》歌吹《かすい》、藍《らん》芳春《ほうしゅん》、そして「黄《こう》玲琳《れいりん》」——は、女官たちに荷解《にほど》きを命じると、自らは、池の中心に建てられた四阿《あずまや》へと集合した。梁《はり》もなく、見晴らしのよい四阿であれば、周囲に人影さえ見えなければ、盗聴の心配はないからである。

念のため「雛女たちだけで鎮魂歌の練習をしたいから」との口実を設け、礼武官や鷲官長《しゅうかんちょう》・辰宇《しんう》のことまで四阿内から追い払い、声の届かぬ場所へ下がってもらう。

いや、口実というよりは実際に、この雛女たちは歌の練習を必要としていたのである。

特に、黄 玲琳の体に収まった、朱《しゅ》 慧月《けいげつ》は。

「『星辰の下　夢の庭』……」

「なんですの？　そのめちゃくちゃな音程は」

「『勇壮の士よ　永久《とわ》に眠れ』……」

「一度止めて。その、羽虫がふらふら飛ぶような弱々しい歌い方をやめてくださる？」

「なによ、うるさいわね！」

目を閉じながらいらいらと難癖を付けつづける金家の雛女・清佳に、慧月はとうとう怒り任せに卓を叩いた。

振動で、夕陽を映した茶器の水面がゆらゆらと波紋を作る。

「清佳様。あなたこそ、その嫁をいびる姑のような物言いは『やめてくださる』？」

嫌みったらしく清佳の口調を真似てみせたが、真似られた本人はと言えば、ますます嘲りを深めたように、ふっと息を吐き出すだけだった。

「おお、いやだ。それでわたくしを真似たつもり？　まったく、表面を少しなぞっただけで、本人に成り代われると思い上がる、その精神が卑しいのよ。そんなみっともない歌声を、『黄 玲琳』様として出しているだけでも腹立たしいことだわ」

彼女はとにかく、憧れの黄 玲琳の体に、慧月の魂が収まっている現状が不満でならないようだ。

鑽仰礼《さんぎょうれい》の間は、慧月の道術の才を認めてか、態度が軟化していたように見えたが、こうして芸事をけてくる。

認めるべき才能を持つ相手には礼を尽くす。そうでない相手のことは切り捨てる。

金 清佳の一貫した姿勢には、ある種の清々しさがあったが、常に批判され蔑まれる側の人間からすれば、堪《たま》ったものではなかった。

「べつにいいでしょう？　鎮魂祭の当日までには、どうせ入れ替わりは解消されているのだから」

「そういう舐めきった態度が目に余るのよ。今この瞬間、そして体を戻した後の朱 慧月としても、芸を高めたくはありませんの？　向上心を持たぬ人間など豚以下よ」

「豚ですって？　よくもそんなことを。わたくしだって努力しているのよ。旋律はまだ怪しいけど、少なくとも歌詞はすべて覚えたじゃない」

「成果を伴わない努力なんて、努力と呼んではいけないの。だいたい、一曲を覚えるのに何日掛けているのやら」

ぴしゃりとした物言いに、慧月は思わず手を振り上げそうになった。

ああ、監視さえされていなければ、この居丈高な女の髪に火を付けて、ご自慢の艶を奪い去ってやるのに！　極陰日に向け気が暴走しやすくなっているから、さぞや豪快に火は燃えるだろう。

（黄 玲琳なら、こんな風には言わないわ。覚えた歌詞の字数分だけ必ず褒めて、こちらがやる気になるよう仕向けるのに。この女には、人を育てる才能がないようね）

そのあたりを叫んでやろうかと思ったが、冷静に考えて、金清佳に慧月を育てる義理などない。

結局、黄玲琳への甘えをさらけ出すことになるだけだと考えた慧月は、代わりに「殿下の胡蝶《こちょう》」らしく上品に座り直し、ほほほと笑ってみせた。

「言っておくけど、旋律が染みこまないのは、わたくしではなく、歌のせいなの。いいこと？　歌とは呪。『本物』の旋律は、まるで始祖神の吐息のように自然に耳に染みこみ、魂を揺さぶる。けれどこの鎮魂歌の旋律は『いびつ』だから、呪を得意とするわたくしは、かえって覚えにくいのだわ」

「なんですって？」

清佳が切れ長の目を見開く。

この合理性重視女のいいところ、というか甘いところは、一見筋が通ってさえいれば、かえって真っ赤な嘘でも受け入れてしまうところだ。

「本当なの？」

「ええ。思うに、この鎮魂歌は歌詞と旋律が噛み合っていないのね。違和感が募るからこそ、歌うのに抵抗を覚えて、声が小さくなるの」

神妙な顔になった清佳に、慧月はいけしゃあしゃあと言い切る。

実際のところ、旋律がなかなか覚えられないのは、漢字だけで構成された楽譜の読み方がわからないからだ。

ただ、歌っていて「なにかしっくりこない」と感じることがあるのは事実だった。

以前、黄 玲琳に指導してもらったとき、歌も得意な彼女は、「本当に素晴らしい歌というのは、歌詞の音韻と、旋律の音階がぴたりと一致しているものです」などと言っていたから、たぶん学問的な理由があるのだろう。

もっとも、音楽的素養のない慧月には、詳細はわからないけれど。

というかもう、この自分が覚えにくい歌は、すべて「だめな歌」ということでいいではないか！

そんな発想のもと堂々と訴えると、清佳は考え込む素振りを見せた。

「たしかに……古来より、優れた芸術は人の魂をも揺さぶる点で、呪としての側面を持つ。道術に通じた人間が、それに敏感に反応するというのは、ありえない話ではありませんわね……」

なまじ頭の回転が速いだけに、余計な情報を織り込んで納得しているらしい。

「でしょう？　そういうことなのよ。わたくしは術師として、こんな不完全な歌を歌うわけにはいかないわ。だから――」

「なるほど」

このまま清佳を丸め込んでしまおうと、慧月が身を乗り出したそのとき、皆のための茶菓子を切り分けていた藍 芳春が、感心したような声を上げた。

「古来より、『言葉とは呪』とも申します。ということは、不完全な言葉は呪として『いびつ』なわけで、だから慧月様は、話すのにも抵抗を覚えて、お声が小さくなるのですね」

ぽんと両手を叩き合わせ、小動物のような目をきらきらと輝かせて頷く芳春。

傍から見れば、「他家の雛女の主張に、無邪気に同意する素直な少女」とでも見えるだろうが、ある程度付き合いの深まった慧月に掛かれば、正しい翻訳はこうだった。

――なるほどですねー？　その理論で行くと、正しい宮廷言葉遣いができない慧月様は、話すのに抵抗を覚えて、声が小さくなるはずなんですけどねー。その大音量の金切り声で？　へー。

宮中の話法に長《た》けた清佳は、当然のように芳春の意図を読み取ってしまい、せっかく見開いていた瞳をすっと細めて、慧月のことを睨み付けた。

「わたくしを騙そうとしたわね？　その理論でいくなら、あなたが日々堂々と怒鳴り散らせるはずがないではないの」

「うっ」

「本当に、どこまで怠惰な御仁ですの？　言い訳ばかり、よく頭が回りますこと」

一層慧月への不信感を募らせた清佳は、舌打ちせんばかりに吐き捨て、ついで、潔癖な彼女の視線は、隣の芳春を逃さず射貫《いぬ》いた。

「芳春様。鏡作りのあたりから薄々感じてはいたけれど、笑顔でその手の発言ができるあたり、あなたも腹に一物抱えた人物のようね」

「えっ、せ、清佳様、わたくし、そんな……。なにかご不快な思いをさせてしまったなら、誠に申し訳ございません」

だが敵も然《さ》る者、芳春はあくまで「高圧的な清佳に怯える小動物系雛女」の路線を崩さない。

玲琳や慧月に本性を知られたからと言って、まだまだ尻尾を全部見せる気はないようだ。震えながら袖で口元を覆う姿を見れば誰だって、「金剋木《きんこくもく》」の概念も相まって、芳春が清佳に追い詰められているように思うだろう。

言っていることは割と真っ当なのに、清佳にこうも高飛車な印象があるのは、芳春のせいなのかもしれないと、慧月は思い至った。

「まあまあ。慧月殿の主張の真偽はさておき、そこまで捧歌の練習に躍起にならなくても、というのはその通りではないか」

とそこに、静かに茶を啜《すす》っていた歌吹が、水のように涼やかな声で切り出した。

「捧歌とは、魂を鎮めるために歌を捧げること。霊魂が鎮められるのなら、誰の歌がどんな質であろうとよい。それに、他人の体では練習が捗《はかど》らないというのも、自然なことだ」

「それは、そうですが」

淡々とした口調の、それも最年長の歌吹に言われると、清佳も強く出ることはできない。

ただ、彼女は未練がましくこう付け足した。

「明日の慈粥礼《じしゅくれい》を終えた後、殿下がこの場に駆けつける手はずになっていますでしょう？　ならば宴を、ならば余興に歌を、ということもありえるではないですか。そのときに、この質では」

「殿下は事情をご存じだ。建前通り『婚約者の様子を見に』いらっしゃるわけではない。おそらく、入れ替わり解消さえ済ませたら、先に王都に引き返されるだろう。宴など求められるものか」

歌吹は常に淡々として人間味のない女だが、その冷静さが、今はこちらに味方したようだ。

こっそりと歌吹に「よく言ってくれた」と目配せを送っていた慧月だったが、そこで、皆に皿を配膳していた芳春が、再び話を蒸し返してきた。

「歌はよいとしても、外見や仕草には気を付けなくてはなりませんね。遠巻きとはいえ、護衛や女官も見守っていますもの。わたくし、見破られないか心配で……」

おずおず、といった様子で眉尻を下げてはいるが、これを慧月流の翻訳に掛ければ、『歌は見逃してあげるけど、あなたに玲琳お姉様みたいな優雅な仕草ができるんですかねー？』といったところ。にやにや笑いが滲《にじ》み出ていそうだ。

（相変わらず嫌らしいわね、この腹黒リス！）

せっかくまとまりかけていた話を、あっちにふらふら、こっちにふらふらと。

以前から茶会に参加するたびに、誰の味方をしているのかわからないまま、結論のない話を続ける芳春のことを、「ぐずね」と見下していたが、今はっきり理解する。

彼女は、臆病で心配性なふりをして、その実、会話を掻き回していたのだ。ただ、弱い者が追い詰められる光景を楽しむために。

「心配するフリなんかしてくださらなくても？　わたくし、彼女に比べればよほど、擬《ぎ》態《たい》には自信があるわ」

ねちねちと陰険な相手には、正面から睨み付けるのに限る。

差し出された花糕《かこう》に、折れそうな勢いで楊枝《ようじ》を突き刺してやると、芳春はちょっと驚いたように顎を引いた。

「まあ、そうなのですか？」

「ええ。まず、背筋はぴんと伸ばすでしょう？　視線はやや下。睫毛《まつげ》の長さが際立つように」

まるで信じていなそうな周囲に見せつけるため、慧月はあえて「これぞ黄 玲琳」という仕草をしてみせる。なにしろ、この体でひと月過ごしてきたし、あの女の本質を誰より知っているのはこの自分に違いないのだから、こんなのお手の物だ。

「手は指先を揃えて頬に当てて、話すときはしっとりと。『まあ、恐縮でございますわ』」

ほう、と吐息を絡めたような呟きを漏らすと、雛女たちは目を丸くする。

「まあ」

「やるわね」

「これはなかなか」

三人がまじまじとこちらを覗き込むのに気をよくし、慧月はさらに物真似を続けてみせた。

「『皆さまにご心配をお掛けして、申し訳ない限りでございます』」

気分は歌劇女優だ。なおコツは、小さな声を出すときでも、丹田と腹筋を意識することである。

「たしかに、これは玲琳殿だ」

（そうよ。わたくしは「黄 玲琳」）

歌吹が感心して頷くのに、内心でふふんと応じた、その瞬間である。

――ぞく……っ。

なぜか背筋が粟立《あわだ》つ心地を覚えて、慧月ははっと顔を上げた。

視線を感じた、というわけではない。体の内側から込み上げる、言いようのない不快感だ。

「どうしましたの、慧月様？」

「え？　ああ」

清佳が怪訝な顔で尋ねてくる頃には、奇妙な悪寒はもう消えていた。

（今のは……？）

なんでも、と曖昧に呟くと、清佳は「演技に集中なさいよ」とあからさまに不服顔になる。

「たしかに仕草や表情はよく練れているけれど、いまいち隙がありますわ。もっと咄嗟《とっさ》の受け答えを磨かなくては」

芸事となると途端に厳しくなる彼女は――金　清佳にとっては「擬態」も芸事の一種である――すいと白い手を持ち上げ、水辺に咲く蓮《はす》の花を指し示してみせた。

「たとえばあの蓮。散策中にふと見かけたとして、さあ、玲琳様ならなんと仰って？」

「『まあ、素敵。摘《つ》んで愛でたいものですね』」

「愚かね。心優しい玲琳様は、美しい花を見たら摘もうとするのではなく、育てようとするはずよ」

「なら……『まあ、素敵。大切に育てて、立派な蓮根《れんこん》を収穫したいものですわ』」

「収穫しないで！」

かなり真に迫った回答だと思ったが、「殿下の胡蝶」に心酔する清佳は、柳眉を吊り上げた。

「玲琳様が蓮根を掘るとでも？　今のは、経典にある『花を好む者はそれを摘み取り、花を愛する者はそれを育てる』という一節にちなんだものよ。まったく、知性というものがないのだから」

「ふん、偉そうに。『何を語るかが知性、何を語らずにいるかが品性』というでしょう？　わたくしは品性を鍛えているのよ」

「どうせそれも玲琳様に教えていただいたのでしょう。他人の言葉で、よくも誇らしげに」

清佳は不快げに鼻を鳴らし、ついで、夕闇の迫る空を指差した。

「次。あそこに一番星が浮かんでいるわ。玲琳様ならなんと切り出して？」

「『あの白い星と、右側の小さな星を結ぶと、芋の形に見えますね』」

「そんなはずがないでしょう！」

顔を真っ赤にして怒られたが、慧月からすれば、「これで正解だ」と訴えたいところだ。

黄 玲琳は、病弱さゆえに、いつも物静かに微笑むばかりだが、その天女のような微笑の下では、大抵ろくでもないことを考えているのだから。

「たしかに玲琳様には、鋳金を嗜《たしな》んだり、炉を組んだりと、意外な一面もある。けれど、あらゆる芸事に通じたうえでそうである以上、それは『芸の幅が広い』と表現すべきよ。彼女は、繊細でありながら、芯の通った部分を持ち合わせているの。それだけ。べつに豪快なわけではないわ」

「あなたも大概、思い込みの強い女ね！」

鑽仰礼で黄 玲琳の猪めいた本性を知っただろうに、清佳の中では、「果断な一面もある」と強引に処理されているようだ。頑固なものである。

「まあ、そうですね……」

「そうだな……」

ちなみに、過去に玲琳の人となりに触れた芳春や歌吹は、思うところがあったようで、曖昧な表情を浮かべていた。

「とにかく」

水掛け論になりつつあると悟った清佳が、こほんと咳払《せきばら》いをして話を戻す。

「歌よりはましだけれど、擬態のほうも、油断していい代物ではありませんわ。明日の慈粥礼も、せいぜいぼろを出さずに臨むことね。懸かっているのはあなたではない、玲琳様の評判よ」

「ふん。少なくともあなたよりは、わたくしのほうが黄 玲琳をよく理解しているし、うまく演じられるわ」

「なんですって？　その程度の技量でよくも大口を」

偉そうな物言いへの反発で、つい慧月が顎を反らせると、清佳は眉を跳ね上げた。

せっかく出された花糕に手も付けず、二人は険悪な空気で言い合いを続ける。

「さて、もう日も暮れてきたので、そろそろ室《へや》に戻りましょうか、歌吹様」

「そうだな。明日は朝から移動して粥《かゆ》を炊かねばならないし」

芳春は、怯えるふりも面倒になってきたのか、さりげなく切り出し、歌吹もまた、席を立つために残りの茶を啜りはじめた。


「慧月様ときたら」

さて。

池の四阿から少し離れた茂みでは、見張り役の藤黄女官《とうおうにょかん》・冬雪《とうせつ》が、重い溜め息を吐いていた。

「また清佳様と言い合いを……穏やかな玲琳様が間にいらっしゃれば、きっとこんなことにはならないのに」

「あの四人も、ずいぶんと会話をするようになったものだ」

「ほんと。盛り上がってるよね」

するとすぐに、傍らから相槌が返る。

同じく茂みで腕を組み、周囲を見張るのは鷲官長・辰宇。そしてその横で適当な葉を摘み、くるくると弄んでいたのは、この突然の被災地行きで護衛に指名された黄家の次男、黄景彰《けいしょう》だった。

「なにをあんなに熱心に怒っているんだろう。玲琳が見たら、きっと悔しがるだろうなあ、参加したかった、って」

「参加したがりますか？　あの殺伐とした空気の中に？」

「もちろん。きゃっきゃとしていて楽しそうじゃないか」

喧噪を嫌う冬雪が眉を寄せると、景彰は「聞き返されるほうが不思議」とばかり首を傾げる。

黄家の血を濃く継ぐ者からすれば、嫌味の応酬や罵り合いなどじゃれ合いに過ぎないのだ。

そして彼らは、人が感情を剥き出しにして「じゃれ合い」に臨む姿を何よりも好んだ。

「ねえ、鷲官長？」

「さあ」

同意を求めて景彰は辰宇を見たが、寡黙な彼は素っ気なく受け流すだけだ。

そんな態度もいつものことだったので、景彰は特に気にする様子もなく、「つれないねえ」と笑って葉を捨てた。

「その点、陛下と殿下の攻防なんていうのは、もっと迂遠で嫌らしくて……はあ、殿下のご尽力には、本当に頭が下がるよ」

溜め息を吐くと、白い靄《もや》が淡く顔の前に立ち籠める。季節はすでに春に向かっているとはいえ、山にほど近いこの一帯は、まだ寒さが厳しかった。

「ただでさえ例年の五倍規模の鎮魂祭を行うところに、突然の慈粥礼。さらには政務までどんどん増やして、ひどい妨害だ」

「陛下も相当、殿下の介入を警戒しているものと見える」

このぼやきには、辰宇からも同意の頷きが返る。

本宮の動向を知る男二人の様子に、冬雪は心配になって眉を寄せた。

「殿下は、無事に宿営地まで駆けつけられそうでしょうか」

「できるだろう。有能な方だ。『さすがに身動きが取れない』というふりをしながら、密かにこちらに駆けつける準備を整えている」

「秘密裏に皇城を抜け出せるかどうかだけが問題だけど、それさえくぐり抜けてしまえば、陛下は皇城にいる以上、後はこちらのものだよ」

辰宇は淡々と、そして景彰は安心させるように、笑みを浮かべて応じた。

「殿下はちょうど、王都を発《た》っている頃だろう。明日の夕方に玲琳のことを烈丹峰《れったんほう》まで迎えに行き、深夜には雲梯園に着く手はずだ。王都から烈丹峰までは、馬車だと丸三日かかるが、殿下には剛蹄馬《ごうていば》がある。必ず首尾よく入れ替わりを解消し、鎮魂祭にも間に合うよう帰還してみせるさ」

剛蹄馬とは、遠征の成果として皇太子に捧げられたもので、崖をも悠々と下り、一日に千里をも駆けると言われる駿馬だ。

それを聞いた冬雪は、ほっと胸を撫で下ろした。

「剛蹄馬を。烈丹峰からの移動は危なかろうと気を揉んでおりましたので、それはようございました。では、この被災地行きは、かえって陛下の目を逃れられて、よかったのかもしれませんね」

「そうだねえ」

景彰はのんびり応じたが、傍らの辰宇は、ふと空を見上げた。

視界の端に、白い影を捉えたからだ。

彼の青い瞳は、夕闇の迫る空でも、遠くのものをよく捉えるのである。

「鳩が飛んでいる」

それを聞いた景彰は、息を吹きかけていた手からぱっと顔を上げる。

「おっと。もしや、兄上の鳩かな？」

今回、不測の事態に備えて、景行《けいこう》は王都と道中にそれぞれ子飼いを配置し、こまめに鳩で情報をやり取りできるようにしていたのだ。

その鳩がやって来るということは、すなわち、不穏要素に他ならない。

軽妙な口調とは裏腹に、景彰はすっと目を細めたが、

「いえ」

遅れて頭上を見上げた冬雪が、すぐにそれを否定した。

「どうやらかの鳥は、景行様の鳩ではございませぬ」

「え、そうなの？」

「顔や翼ぶりが違います。おおかた、あまり伝書鳩ばかり飛ばしては隠密に気取られるからと、偽物を交ぜて飛ばしているのでしょう。あの方なら、監視が緩んだ頃に烏《からす》や鷲《わし》を使いそうです」

見透かすような発言をした女官に、辰宇は無言で一瞥《いちべつ》をくれただけだったが、景彰は考え込むよう

に顎を撫でた。

「あのさ」

「はい」

「冬雪ってもしや、兄上とすごく相性がいいんじゃない？」

発言を聞いた途端、氷の筆頭女官は、真顔のまま振り返った。

「……お戯れを」

「うわやだ、殺気？」

冷静沈着なようでいて、その実苛烈な冬雪に、景彰は思わず噴き出してしまう。

それから、再び手に息を吐きかけながら、妹お気に入りの女官に忠告を寄越した。

「ならば忠告だけど、兄上の前で、その手の発言はしないほうがいいよ。でないと、本気で気に入られちゃうから」

「………………」

冬雪は、しばし無言で空を見上げる。

それからふっと、白い息を滲ませながら剣呑に微笑んだ。

「もし鳩が来たら、締め殺して鳩鍋にしましょう」

「大事な伝令、殺さないであげてー」

景彰はのんびり突っ込んだが、辰宇が先ほどから黙り込んでいるのに気付き、首を傾げた。

「鷲官長殿、どうかした?」

「いや」

辰宇は青い瞳を伏せ、ぽつりと呟いた。

「景行殿は、愚直に見えて――腹芸のうまい男だなと」

どうやら、景行の意外な抜け目なさに、思うところがあったらしい。

「うん? そうだね。まあ、あんなのでも、一応黄家の嫡男だし」

真意の読めぬ答えに、景彰はそんな相槌を返しつつ、物憂げに空を見上げた。

「……鳩、来なきゃいいけど」

「そうですね」

冬雪も静かに頷く。

それは、哀れな鳩のため。

そして、雛女たちと他愛のない会話で盛り上がる、慧月のためにも。

何事もなく済むことを願いながら、三人はそれぞれ四阿を見守っていたが――残念ながら、翌日、
彼らのもとには、急を知らせる野鳩がやって来ることになる。

3. 玲琳、匙を投げる

「あちらが烈丹峰《れったんほう》の避難所でございます」

夜の内に王都を発《た》ち、どんどん険しくなる山道を、馬車から駕籠《かご》に、駕籠から徒歩に替えながら移動すること丸三日。

夜明けの薄暗い視界に、ようやく集落を発見した朱家《しゅけ》の一行は、ほっと胸を撫で下ろした。

「ああ、ようやく着いたわ」

「足が痛い。倒れてしまいそう」

大きな声を上げるのは、主には朱家付きの銀朱女官や鉛丹女官たちだ。

なにしろもとは良家の子女たち。こんなに長距離を歩かされたことなどなく、ほとんどその場に崩れ落ちる勢いで足をさすったり、杖にもたれかかったりしている。

ずっと馬車や駕籠に同乗させてもらっていた莉莉《りーりー》も、護衛役や駕籠持ちの男手たちでさえ、この強行軍に疲れを隠せずにいたが、そんな中、朗らかに伸びをする者がいた。

「ああ、実に刺激的な道中でしたね。王都では知りえぬ遠き春の訪れを、あちこちに感じました」

この場で最も高貴なはずの、朱家の雛女《ひめ》――の皮をかぶった黄《こう》 玲琳《れいりん》である。

「どこにですか？　川や湖なんて凍っていましたよ」

「まあ、莉莉。氷も少し薄くなっていたではありませんか。それに道中、冬眠明けの蛇さんや、熊さんにもうっかり遭遇しかけ、春の訪れを体感できましたよ」

「それ、体感すべきは春の訪れじゃなくて恐怖ですから！」

傍らの莉莉は素早く叫ぶ。

そう、この道中というもの、林を抜ける際には蛇に怯え、夜に山に泊まる際には獣の鳴き声に悩まされと、まったく心の休まる暇がなかった。

だというのに、病弱の身ではまず味わえないそれらが趣深いのか、玲琳は終始ご機嫌だ。

「はっはっはっ、そうだな！　俺も先ほど、穴釣りをしようとしたら氷がだいぶ薄くなっていて、危うく水に落ちるところだったたと恐怖を噛み締めたぞ」

と、横から暑苦しい声が降ってくる。

「まあ、寒中水泳も乙なものだがな。うーむ、だが、わかさぎが釣りたかった。未練！」

大きな口を開けて笑うのは、「朱 慧月」の礼武官に急遽《きゅうきょ》指名された黄 景行《けいこう》だ。

彼は礼武官として馬車にも乗らず、ひたすら馬と徒歩だけで三日間の山道を踏破したというのに、まったく疲れた様子を見せなかった。驚異的な体力だ。

莉莉はもはや突っ込む気力も失せ、「そうですか……」と曖昧に頷いた。

黄家兄妹の、わかさぎ釣りに懸ける情熱はなんなのだろうか。

この道中だって、なにかにつけ吸い寄せられるように、川ばかり覗こうとするのだ。それも、氷が張った川ばかり執拗《しつよう》に。

深さや水流の速度が関係しているのか、氷の厚みは様々で、床のように堅固なところもあれば、今にも溶けそうなところもある。

一歩間違えば冬の川で溺れるというのに、この兄妹は作戦会議まで開き、きゃっきゃと足を乗せては、「ここは立てるな！」「ここは割れますね！」とはしゃいでいたのだ。

火性の者にとって、水は天敵。朱家としては末端の莉莉ですら、河川はうっすら苦手だ。

だというのに、土剋水《どこくすい》の理《ことわり》がそうさせるのか、やたらと水を制圧しにかかる二人に、つい呆れるような、感心するような思いを噛み締めるのだった。

「お二人とも、お元気で何よりですね。付き添いの女官があれだから、玲……雛女様も心が安まらないかも、と気を揉《も》んでいたんですが」

心なしかやつれた莉莉は、ちらりと背後を振り返ってみせる。

玲琳たちの後ろでは、女官たちがまだ愚痴をこぼしながら、ぐったりと地面に蹲《うずくま》っていた。

今回この突然の外出に付き添った朱家の女官は、たった十名ほど。

貴妃追放の際に、女官の多くが去ってしまったため、これでも頑張って掻き集めたほうだ。

ただし、朱駒宮《しゅくぐう》の女官のほとんどは、慧月が過去一年の間に散々いびってきたため、雛女のことを毛嫌いしている。今ここにいる女官たちは、いびられてもなお職に留まり続ける、気骨ある――言い方を変えれば負けん気の強い――人間のため、主への敵意を隠しもしなかった。

慧月も慧月で、これ以上女官を失うわけにはいかない、という危機感が強まっていたのだろう。これまでの高圧的な態度からは一転、秋の外遊の頃には、女官が少々仕事を怠けても、強く注意できない状態になっていた。

おかげで女官たちはどんどん図に乗り、面倒な仕事は莉莉に押し付け、自身は手を抜く有り様だ。加えて、最近の「朱 慧月」が蔵で謹慎しだしたのをいいことに、もはや最上位の銀朱女官でさえ、悪びれもせず職務を放棄していたのである。

今回だって、道中ずっと、やれ自分たちも馬車に乗せろだの、朱 慧月は本当に人使いが荒いだの、こんな雛女が慰問で活躍できるのかだの、聞こえるように陰口を叩いていた。

徒党を組む姿を見るたびに、莉莉などは恥じ入る思いで顔を顰《しか》めたものである。もしかしたらこの疲労は、苛立《いらだ》ちによるものも大きいのかもしれない。

「真冬に水を浴びせられて、梨園《にわ》に立たされたあたしとしては、彼女たちの気持ちもわかりますけど……でも、女官が雛女に敬意を払わないというのは、よくないと思います。すみません」

「まあ。莉莉が謝ることではありませんわ」

玲琳はおっとりと取りなす。

慧月が、実際に女官たちにきつく当たったという事実は聞いていた。女官たちも人間なのだから、すべてを水に流せと言われても、すぐには受け入れられないことだろう。

だが同時に、己の所業に向き合い、少しずつ変わろうとしている慧月のことも、どうか見ていてほしいと願う。玲琳は慧月に、もっと多く愛されてほしかった。

（とはいえ、ここでわたくしが「朱 慧月」として出しゃばるのも、なにか違いますものね。よほどのことがない限りは、関係改善は本人たちにお任せし、わたくしは静観いたしましょう）

過去の外遊や鑽仰礼《さんぎょうれい》を振り返り、玲琳は密かに頷く。

慧月はあれで、自分のことは自分で決着を付けようとする、自立心に富む人物だ。

玲琳が彼女の頭越しに女官たちを叱ったりしたら、絶対に怒る。

本当は、親友を睨み付けたり、悪し様に罵ったりする人間のことは、別室に呼んで、じっくりと、それはもう時間を掛けてじっくりと話し合いたいものだが、ここは我慢すべきだろう。

（慧月様のために頑張りすぎると、なぜか慧月様本人に怒られるのですもの。学ぶべきです。ここは我慢。我慢ですよ、玲琳）

玲琳はこれでも、初めてできた親友が喜んでくれるよう、日々自重しているのだ。

（ですがとりあえず、道中で慧月様の陰口を叩いた女官のことは、顔や特徴をしっかり覚えて、経歴や苦手な食べ物くらいまでは把握しておきましょう）

わずか一拍後には自重を台無しにする決意をし、じっと女官たちを見つめていた玲琳だが、そのとき、集落のほうから足音と声が響いた。

「あれは……お触れにあった、朱家の雛女さんか？」

「間違いねえ。召使いたちもいる。粥《かゆ》を持ってきてくれたんだ」

「おい、董《とう》先生を呼んでこい。慈粥礼《じしゅくれい》がもうすぐ始まるって！」

振り向いてみれば、それは、よろよろと戸を開けて出てきた男たちだ。皆、泥で汚れきった衣をまとい、髪も髭も整え切れず、痩せ細っている。

間違いなく彼らは、毎年のように水害に襲われ、それに伴って広がる伝染病に悩まされながら暮らすという、この地の住人たちだろう。

声が呼び水となったように、点在するあばら家からは、まだ夜明けだというのに、次から次へと人が出てくる。

腰の曲がった老人、肺を患ったのか力なく咳《せき》をしている男性、折れそうな細腕で赤子を抱えている女性。領境ということで、明らかに異国風の顔立ちをした子どももいた。

栄養状態が悪いのか、皆顔色は冴えず、歯が欠けたり、眼帯や包帯をしている者も多い。

(書にあった通り。民族対立に敗れた遊牧民や、定住の地を求めた移民たちが、詠国《えいこく》に入れば助かるとこの地にやって来て……けれど水害が起こるたびに、玄領《げんりょう》も金領《きんりょう》も、関わるのを避けてきた)

純粋な詠国人よりも、少々彫りの深い顔立ちをした彼らを見ながら、玲琳は霊廟《れいびょう》で読んだ書の内容を思い出す。

一般的に、領土は広ければ広いほどよく、どの領も土地を激しく奪い合っている、と思われがちだが、実際には少し異なる。

領主は、交通の要所となる土地が欲しいのだ。あるいは資源の豊かな土地、開墾のしやすい土地、価値ある住人がいる土地が。

辺鄙《へんぴ》で、人口も乏しく、開墾も難しく、住人は優れた産業技術も持たず、しかも頻繁に水害を起こして支援ばかり要するこのような土地は、玄家も金家も欲しがらない。

抱えてしまえば、領境を巡る争いを警戒して、それなりの手当てが必要になるからだ。

(被災の上奏ひとつを取っても、玄家に断られ、金家に断られ……、王都に届くまでずいぶんな時間が掛かったと聞きます。住人の皆様もさぞ、不安に思っていることでしょう)

結局この土地は、五家のどれかではなく、王都の管轄となっている。

だが、王都から兵団の視察が来るのは数年に一度だ。今回は、長年の嘆願が叶い、ようやく炊き出しが決まった、といったところだろう。

(この慈粥礼で振る舞うのは、単なる一杯の粥ではない。「天は烈丹峰を見捨てない」という意思を込めた、恩寵を模した神聖な粥です。しっかり住人たちに届けなくては)

恵まれた立場にある者としての責任感、そして、黄家特有の使命感に、玲琳は背筋を伸ばした。

ところが、そのときである。

「ひ、雛女様！　誠に申し訳ございません！」

あばら家前の一角に止めてあった荷車から、一人の男が狼狽《ろうばい》も露《あらわ》に駆け寄ってきた。

素早く跪《ひざまず》き、深々と頭を下げるその人物は、この慰問に先駆けて材料を運んでいた、荷持ちの一人だった。

きっちりと髷《まげ》を結い、額当てをしていることから、多少上の地位にある者のようだ。

「お言いつけ通り、米を先に運んでおりましたが……調味料や釜を含め、荷がまだ半分しか届いておりません」

「え？」

「なんだって？」

男が告げた衝撃の一言に、その場がざわつきはじめる。

玲琳も驚きつつ、ひとまず顔を上げさせると、男は、人が善さそうな垂れ目に焦燥の色を浮かべ、このように説明した。

「実は、烈丹峰に至る道が険しく狭いことから、荷を途中で二手に分けていたのです。我々はなんとか荷を運びおおせたのですが、後発部隊は、山道で足を踏み外し、荷を崖下に落としてしまい」

「まあ。その者たちは無事なのですか？」

思わず尋ねると、男は少し驚いたように目を見開き、一層恐縮した様子で平伏した。

「お、恐れながら。崖から生えた枝や石に掴まるなどして、助かりました。ただ、彼らの荷はすべて、荷車ごと崖下に」

見れば、額当てをした男の背後、あばら家のすぐ傍では、遠目にもわかるほど震えた男たちが、深く叩頭《こうとう》している。彼らが、荷を落とした後発部隊ということだろう。

「そうですか……。まずは、皆が無事でよかった」

玲琳は呟いたが、背後の女官たちは一斉に声を尖らせはじめた。

「そんな！　じゃあ慈粥礼はどうなるの？」

「半量ではとても行き渡らないわ」

荷持ちたちの安全というよりも、慈粥礼の成否を案じているようだ。

「なんということなの。粥を炊く前からこれでは、先が思いやられるわ」

「さすがは『どぶネズミ』よ。幸先のよろしいこと」

いいや、それとも、「朱 慧月」が失敗するのは、むしろ溜飲が下がることなのだろうか。

単純に気を揉むというより、声にはどこか、この事態を嘲るような気配があった。

「どうしましょう、雛女様。崖下を捜索して、荷を回収しますか？」

焦りに呑まれはじめた莉莉が、おずおずと尋ねる。

だが玲琳は少し考えると、首を横に振った。

「いいえ。ただでさえ時間の限られた慈粥礼。回収に人手を割いていては、間に合いません。半量であっても、今すぐ炊き始めなくては」

そう。彼女は直感したのだ。

一人だけ遠方地の世話を命じられた「朱 慧月」。険しかった道のり。そして、届かない荷。

ここで取り乱しては、敵の思う壺だと。

(今この瞬間も、監視されているのかもしれません)

道術を警戒し、どうやら「朱 慧月」を疑っているらしい皇帝・弦耀《げんよう》。

強引に拷問に掛けようとしないあたり、確証を得てからことを進める気質のようだが、では確証を得るために、人はどんな行動を取るだろう。

(きっと危機感を煽《あお》って、道術を使ってしまうような状況に追い込むはず)

思えば、慧月は感情が昂《たか》ぶったときに道術を暴走させていた。道力は魂から紡がれるものである以上、同じく魂から紡がれる感情は、術に影響を与えるものなのだろう。

ということは、今後もなにかと「朱 慧月」を追い詰めては、気を昂ぶらせようとするはずだ。

道術の使えない玲琳に、気を暴走させる恐れはなかったが、そうした場面こそきっちりと、今の自分は「道術の使えない」「朱 慧月である」ということを強調すべきはずだった。

「隊を分けようと提案したのは私です。この責任はいかようにも取るつもりです」

荷持ちの男は、可哀想にすっかり青ざめ、地面に額を擦《こす》り付けている。

「顔を上げてください。あなたのお名前は?」

ひとまず顔を上げさせ、名を尋ねると、額当ての男は震える声で「安基《あんき》と申します」と答えた。

「姓《な》なしの奉公人ね」

「どうやって責任を取るつもりかしら」

「飢えた民が暴動を起こしたっておかしくなくてよ」

女官たちは、自分には非がないと強調したいのか、しきりと安基を責め立てている。

聞き耳を立てていた住人たちは、ただならぬ展開を前に、徐々に声を荒らげはじめた。

「おい……ということは、俺たち全員に粥は行き渡らねえってことか？」

「ふざけるな。なんのための慈粥礼だよ」

男たちは怒りに顔を赤くし、その背後で女たちは涙を浮かべはじめている。

この土地で生まれ育った子どもたちは、もはや何もかも諦めきってしまったのか、「ほらね」と言わんばかりに俯《うつむ》くだけだった。

「落ち着きなさい。いったい、なんの騒ぎですか」

そのとき、奥のあばら家から一人の男が出てきて、一同の前に歩み出た。

年は、五十ほどだろうか。落ち着いた雰囲気の壮年の男だ。

皆と同じく、粗末な衣に身を包んではいるが、体格がしっかりとしていて、顔は髭に覆われながらも、灰色がかった目にはどこか知性が滲《にじ》む。

落ち着いた声で彼が呼びかけると、住人たちは次々に振り返った。

「董先生！」

「聞いてくださいよ。せっかくの慈粥礼だってのに、米が半分しか届かなかったって！」

「それは……」

事情を聞くと、董、と呼ばれた男は眉を寄せたが、軽く首を振り、皆に言い聞かせてみせた。

「残念なことです。ですが、施しを頂く身で、不平を唱えるわけにもいきますまい。半量であれ、粥を賜る陛下のご慈悲に感謝せねば」

「でも先生！　ほかの被災地には、たっぷり粥が行き渡るんですよ？」

「そうですよ。どうして私たちだけ、こんな目に」

住人が怒りのまま身を乗り出したのを制し、董は頭を下げた。

「まずは、遠路はるばるお越しいただいたことに感謝を、朱　慧月様。私は、この集落の相談役のようなものをしております、董　順徳《じゅんとく》と申します」

姓があるところを見るに、それなりの家の出であるらしい。元は西領で町医者をしていたが、薬草を求めて放浪しているうちに、今はここに落ち着いたのだと、董は簡単に自己紹介をした。

「今は、だなんて。ずっとここにいてくれていいんですよ、董先生」

「そうですよ。まあ、先生があちこちを放浪して、物資を持ち込んできてくれたおかげで、俺たちはずいぶん助けられましたけど」

「また、ふらりといなくなったりしないでくださいよ。ずっとここにいてください」

住人たちは董のことを慕っているようだ。おそらく被災後特有の病が流行っているところを、彼に救われてきたのだろう。

それに引き換え、と、男たちは憎々しげにこちらを睨み付けた。

「王都はどうも、民を助ける気はないようだ。どうせ、被災民に移民の寄せ集めだもんなあ」

「そうだよ。一日ぽっち、形ばかりの炊き出しで、なにが『ご慈悲』だ。それも、その粥すら満足に用意できずによ」

「落ち着いて。陛下への不敬ですよ」

董が宥《なだ》めるが、住人たちは矛を収められずにいる。

怒りと不満は見る間に波紋を広げ、もはや指で触れられそうなほどに、空気が硬く張り詰めた。

「どう収めるのかしら、これ」

「耳を塞いでおいたほうがいいわよ、きっと怒鳴るから。『わたくしのせいじゃない！』ってね」

度しがたいのは、背後に佇《たたず》む女官たちが、主人と共に焦るのではなく、この状況を冷やかしていることだ。

間に挟まれた莉莉は、カッとなったが、それ以上の焦燥に呑まれ、胸元で両の拳を握った。

（実際、どうするんだよ、これ……）

険悪な空気が肌に痛い。

男たちが向けてくる敵意もさることながら、その背後で、諦めたように肩を落としている子どもたちの姿が、一層胸を締め付けた。

「どうしましょう」

すぐ隣に立つ玲琳が、珍しく項垂《うなだ》れ、ぽつりと漏らしたのに、ますます追い詰められる。

あの泰然自若とした黄 玲琳でさえ、この状況を前にして、途方に暮れているのだ――。

「まさか、機会のほうからやってくるだなんて……っ」

「んん？」

だが、励ますべく身を寄せてみると、俯いた彼女は小さくそう呟いていたので、莉莉は思わず変な声を上げてしまった。

今、なんと言った？

「あっ、いえ、べつに全然喜んでいません。不遇の民を前に、誰がそんな軽薄な感情を抱きましょう。全然、ちっともわくわくなんてしておりませんよ。本当に」

主人はぱっと顔を上げ、なぜか焦り顔で言い訳をすると、こほんと咳払いをした。

「まったく、わかっていないわね！」

ついで、「朱 慧月」を演じているつもりなのか、ばさっと髪を掻き上げる。

「荷が半量届かなかったのは、わたくしのせいではないわ！」

いかにも彼女らしく、傲慢な口調で叫ぶと、男たちは一斉に気色ばんだ。

「はっ、あそこの家来たちに責任を取らせようっていうのかよ」

「そして彼らのせいでもないわ！」

だが、威勢よく続けられ、皆、出鼻を挫かれたかのような顔になる。

「え？」

「念のため付け加えるなら、もちろんあなた方が移民や被災民だからというわけでもないわ！　あえて言うなら険しい山道、つまり天のせい！　けれど天には責任が取れません。困ったわね！」

ちっとも困っていない様子で言い切ると、彼女は「こんなとき」と、露悪的に唇の端を吊り上げてみせた。表情だけはやけに板に付いているのが、むしろ不思議だ。

「人はどうするべきか。まさかわからないと言うの？」

「え？」

問いかけられて、男たちが困惑に顔を見合わせる。

「ど、どうするんだ？」

「半量だけ炊いて済ませるんだろ」

「日を改める？」

すっかり雰囲気に呑まれた住人たちが、おどおどと囁《ささや》き合っていると、「朱　慧月」の顔をした女はふっと笑みを深め、こんなことを言い放った。

「このあたりの水質が悪くないことはわかっているわ」

誇らしげに告げると、続いて彼女は、きりっとした様子で背後を振り返った。

「大――景行殿」

「おう。手頃な枝の目星は付けてあるぞ」

護衛のはずの景行は、なぜかその時点で近くの茂みに移動し、枝を物色している。

十分な長さとしなりを持つものを見つけると、彼はごきっと片手の一振りでそれを折り、にこにこところちらに戻って来た。

「この種の木がいいだろう。大量にあるし。糸なら衣を解《ほど》けば十分あるから、後は餌と針だな」

「粥の調味用に海老を持ち込んでいます。あれを崩して使いましょう。針は裁縫用も鍼灸《しんきゅう》用も大量に持っておりますのでご心配なく」

雛女もまた自信ありげに応じるが、莉莉を含め、その場にいる者たちには、なんの話をしているのかわからない。

「えっと……？」

「なにを、しようと？」

住人を代表し、董が怪訝な顔で尋ねると、「朱 慧月」はつんと顎を上げ、鼻を鳴らす。

「やれやれ、まだわからないの？」

そうして、歴史上の悪女もかくやという傲岸さで微笑むと、こう言ってのけた。

「米がなければ、魚を食べればいいじゃない。炊くべき米が半量しかない以上、粥を炊く人手も半分しかいらないわ。残った人手で、川に穴釣りに行くのよ」

と。

（ぶ……）

莉莉はひくりと、口の端を引き攣《ひ　つ》らせる。

（ぶれねぇえええ！）

思いがけない窮地もなんのその、ちゃっかりわかさぎ釣りを実現させようとしている主人――とその兄――に、莉莉は黄家の血の恐ろしさを思い知る。

「釣り？」

先ほどまで、諦めきった様子で視線を逸《そ》らしていた子どもたちも、不思議そうに呟き、顔を見合わせた。

＊＊＊

「ふぅ、大漁、大漁」

両手で抱えるほどの小魚を籠いっぱいに確保した玲琳は、先導を子どもたちに任せ、意気揚々と道を歩いていた。

烈丹峰到着から約一刻。すでに男たちを引き連れて、川での釣りを堪能した後である。

一日分を優に賄える量が獲れたので、後を景行と男手に任せ、玲琳と子どもたちは、調理のために集落へと引き返していた。

「すごい。冬にこんなに魚が釣れるなんて」

「これを届けたら、俺、また川に引き返して、おじさんたちと一緒に魚を釣ってくるよ」

「ずるい！　俺も行く」

子どもたちもご機嫌だ。先ほどから、自分専用に与えられた釣り竿を握り締めて離さなかった。

竿には枝、釣り糸には衣を解いた絹糸、釣り針には治療用に大量に持ち歩いていた鍼《はり》を転用している。簡易ではあるが、一度にたくさん作れるのがよい点だ。

（こんなに喜んでもらえるのなら、簪《かんざし》を砕いて魚の疑似餌にした甲斐《かい》がありましたね）

わかさぎは光り物が大好きなので、玲琳は自らの金の簪を惜しみなく分解し、全員の釣り針に付けてみた。そのお陰もあって大漁だ。

疑似餌としての役目を終えれば、微々たる額だが、金子に換えることもできるだろう。

「ありがとうございます、雛女様。この釣り竿があれば俺たち、もう飢えなくて済みます！」

玲琳と共に歩く子どもたち三人の内、少年二人がにこにこと笑いかける。

「ダール」

だがそれに対し、横を歩いていたもう一人の少女が、ぼそりと呟いた。

知らない言葉だったが、彼女の冷ややかな表情や、少年たちが焦ったように振り返ったことから、あまりよい意味ではないのだろうと思われた。

烈丹峰には移民が多く集まるため、詠国語以外の言語が交わされることもあるのである。子どもたちが時々操るのは、どうやら丹地方に散らばる遊牧民の言語のようだった。

「おい、里杏《リアン》。よせよ、雛女様の前で。失礼だろ」

「じゃあ、詠国語で言えばいいの？」

呟きを漏らした少女はリアンという異国風の名を持ち、純粋な詠国人に比べれば彫りの深い顔立ちをしていた。年は十三ほどで、きりりとした眉と黒い瞳が聡明そうだ。

「釣りなんて身に付けても無意味よ。どうせ夏にはまた水害が起きる。川が氾濫したら、魚も全部押し流されるのに」

「そりゃ、そうだけど……。でも、少なくとも粥たった一杯よりは、ありがたいと思うし」

「そうだよ。そもそも、こうして来てもらっただけで、ありがたいじゃないか」

少年たちがもごもごと反論する。

その、自身に言い聞かせるような口調に胸が痛んだ。

彼らとて、この一日限りの慈粥礼や釣りで、生活が楽になるとは信じていないのだ。

（彼らに真に手を差し伸べようとするなら、やはりもっと踏み込んだ支援をせねば――）

だが、玲琳が考えを巡らせようとしたそのときである。

茂みの奥に見えてきた集落、その炊き出しが行われているはずの場から、「ふざけるな！」と罵声が上がったのを聞き取り、玲琳ははっと顔を上げた。

見れば、ずらりと横に五つ並んだ大釜のうち、右端の釜に人だかりができている。

しっかり者の莉莉と、まとめ役の董に監督を頼んでいたのだが、問題が起きたのか。

玲琳が慌てて駆け寄り、野次馬と化した住人たちを掻き分けると、なんと中心にいたのは当の莉莉であった。大釜の前で、ほかの銀朱女官の胸ぐらを掴み上げている。

相手は、細い眉を吊り上げ、不快さと軽蔑を交ぜたような笑みを浮かべていた。

たしか名は、可晴《かせい》と言っただろうか。それなりの家格の娘のようで、背後から取り巻きの同僚たちが、「可晴様を離しなさいよ、赤ネズミ！」と抗議している。

「黙れ、女官の恥さらしどもが！　粥の中に痰壺《たんつぼ》の中身をぶち込むなんて！　民の飯を台無しにして満足か!?」

「あら、台無しなんて。具もない粥なんて哀れでしょう？　ですから、わたくしの私財を投じて、恵まれぬ民に施しただけですわ」

「よくもそんな口を」

どうやら、可晴たちが大釜のひとつに、道中で発生していた残飯やごみを混入したようだ。

事態に気付いた莉莉は血相を変え、口調もすっかり乱してしまっている。

「獣の脂に、汚物まで……ただでさえ貴重な粥の、五つの内一つが食えなくなったんだぞ!?」

「おお、下品な話し方ですこと。無能な雛女に下品な女官、そんな人間から施された粥なんて、食べさせないほうがむしろ民のためではなくて？」

「この責を負う覚悟はできてるんだろうな！」

「やぁだ、責は雛女が負うのよ。儀式の不始末は、雛女の咎《とが》なのだから」

莉莉は詰め寄ったが、可晴はそれを振り払い、くすくすと笑うだけだった。

「五つのうち四つは無事でしょう？　彼女なら醜聞を恐れて、黙って慈粥礼を進めると思うけど」

付け足された言葉を聞いて、玲琳はおおよその経緯を悟った。

つまり、可晴は慧月に恨みがあり、儀式で失態を演じさせることによって、それを晴らそうとしているのだ。かつ、失敗を隠したがる慧月の性格を利用し、自分が処分されないようにしている。

「あんたなぁ――あっ、雛女様！」

いよいよ胸ぐらを掴みかけた莉莉だったが、人の輪の中に玲琳がいることに気付くと、はっと振り返った。

「大変です。この銀朱が、大釜の一つに痰壺の中身を！　あたしがほかの釜にかかりきりになってしまったばかりに、申し訳ございい――」

「朱 可晴」

だが玲琳はそれを遮り、悪びれない女官に向き直る。

「教えていただきたいのですが、『わたくし』はあなたに、そんなに恨まれることをしましたか？」

「まあ、慧月様。このように民が大勢いる前で申し上げてよいのですか？　あなた様がかつて、師から詩を褒められたわたくしに硯《すずり》を投げつけたことを。主を差し置いて新しい頬紅を手にしたからと、頬があかぎれになるまで、冬の梨園《にわ》に跪かせたことを！」

硯を投げられたときに傷を負ったのだろう。可晴は前髪を持ち上げて、こめかみのあたりの小さな傷跡を見せつけた。

「皇后陛下は、近々あなた様を見限ると決めたそうではありませんか。どれだけ隠そうと、女官たちの間には噂が流れていましてよ。ですからわたくし、雛女様がその座を離れる前に、この傷の件に対する誠意を見せていただきたいと思いましたの」

好戦的な瞳は、勝利を確信して輝いている。

（女官の間にだけ流れている「噂」）

勝ち誇る可晴のことを、玲琳は冷静な瞳で見つめた。

朱家の女官は怠惰とはいえ、慧月のことを積極的にいたぶるほどでもなかったはずだ。

というのも、絹秀《けんしゅう》が代理後見人となっている今、慧月をいたぶっては、皇后に刃向かったと捉えられてしまうからだ。

（なのにこたび、「噂」を根拠に動き出した。伯母様は慧月様を見放してなどいないのに）

玲琳は黄家の人間として、絹秀の動向を正確に把握している。

だいたい、黄家の人間がこぞって一目置いている慧月のことを、あの伯母が切り捨てるなどあるはずがないというのに！

（ということは、誰かが女官に偽りを吹き込んだ……）

背後で糸を引いている者がいる。

いったい可晴たちは誰に噂を吹き込まれたのか、この場を収めたら確認する必要があるだろう。

「莉莉。おそらくですが、『わたくし』は彼女にすでに、謝罪しましたね？」

「はい。玲琳様と交流しはじめてから少し経った頃に、一度」

傍らの女官は、意図を察してすぐ頷きを返した。

ということは、可晴の主張は事実だが、慧月は己と向き合い、詫《わ》びたのだ。

莉莉は言いづらそうに、小声で補足した。

「たしかに慧月様の所業は乱暴でしたが、可晴様も可晴様で、傷跡はわざと残しているようですし、雛女への反感を煽ることで、女官同士を結束させようとしている面があります」

慧月へのわだかまりもあるものの、それはそれとして、可晴のやり口は受け入れがたい様子だ。

「さあ、慧月様。わたくしをまた罰するおつもりですか？　でしたらご自由にどうぞ。ただし、そうすれば、あなた様が慈粥礼で問題を起こしたことが、王都にまで知られてしまいますけれど」

可晴はにんまりと口の端を引き上げ、挑発を続けてくる。

どうせ手は出せないだろうと信じ切っている様子に、傍で聞いていた莉莉は怒りを募らせた。

たしかに、過去の慧月への怒りはわかる。だが、彼女は女官相手にもきちんと詫びたし、自らの行いを省みて、変わろうとしたではないか。

（だいたい、私怨に民を巻き込むなっつーの！）

下町で貧乏暮らしも経験し、飢えたこともある莉莉からすれば、可晴の行為は度しがたい。

（こんな高慢女、玲琳様にこてんぱんにやられちまえ）

自分以上に慧月を慈しみ、かつ民を愛する玲琳ならば、きっと可晴に厳しい罰を与えるはずだ。

（水責めか？　油責めか？　玲琳様なら穢《けが》れた粥を無理矢理食べさせるくらいしそう）

そうとも、梨園《にわ》に巣食うアブラムシを駆除するくらいの果断さで――。

「……あなたが恨みを持つことについて、わたくしが罰を与えることはできません。朱　可晴。あなたは慈粥礼が終わるまで、何もせず、その釜の近くに立っていなさいませ」

だが、玲琳が続けたのがそんな内容だったので、莉莉は驚いて振り返った。

「そんな、雛女様。ただ立たせるだけでよいのですか？」

「ええ」

確認しても、答えは変わらない。

可晴と、加担した女官たち数名は、拍子抜けしたように顔を見合わせ、やがて嘲笑を浮かべた。

言いつけ通り、釜の傍に立ってはいるが、楽しげにおしゃべりまで始めて、これでは罰を与えたというより、仕事を免除してやっただけのようなものだ。

（こんな、やられっぱなしでいいの？）

さっさとほかの釜に移動してしまった主人を追いかけながら、莉莉は複雑な思いで拳を握った。

たしかにこれまでの朱　慧月なら、こうした場面では恐慌を来してしまい、相手を睨むだけで、結局は手も足も出せずに終わっていた。

それで自室に戻ってから癇癪《かんしゃく》を起こしたり、後から報復に出たりしていたのだ。

（「慧月様らしく」振る舞うなら、これで正解だ。本人じゃないから、女官に罰を与える筋合いがないと遠慮したのもわかる。でも、玲琳様なら、すかっとやり返してくれると思ったのに）

道術が露見しないよう我慢するというのは――他人を演じるというのは、こういうことなのだと、莉莉は今さらながら痛感した。

主人の演技下手にあれだけ気を揉んできたというのに、いざ、己を殺して演じきる姿を見ると、苦いものが込み上げるようだ。

「残る四つの釜は、たしかに無事のようですね。ありがとうございました、莉莉。あと少しで粥が炊き上がりそうですから、配膳の準備をしましょう」

「はい……」

木の匙《さじ》で味見をしながら、淡々と釜を確認してまわる玲琳に、莉莉が浮かない声で応じた、その時である。

「おうおう、ここかあ、炊き出しは」

野太い声が響き、一同ははっと振り返った。

見れば、行儀よく釜を囲んでいた民の列を崩し、柄の悪い男がずかずかと歩み出てくる。

いいや、頭領らしき男の後には、次々とほかの男たちが続き、あっという間に十人ほどの集団となった。

皆、髪も結わず、獣の皮を身に付け、それぞれ得物を手にしている。

風体から察するに、山賊。山に出没する、物盗りを生業《なりわい》とする者たちに違いなかった。

「山を歩いてたら、粥の炊けるいーい匂いが届いてよぉ」

「俺たちを招いてくれないなんて、冷てえじゃねえか」

ひぃっと悲鳴を上げた住人たちを、男たちはにやにやと見回す。

先ほどまでとは比べものにならない危機に、莉莉は冷や汗を滲ませた。

(なんなんだ、次から次へと！)

景行をはじめとする、体格のいい男たちは、軒並み釣りに出払っている。

ここにいるのは女子どもや病人、高齢者ばかりだ。

監督役に指名した董や、安基たち荷持ちの男手は数名残っているが、それなりに統率の取れた野盗十人を相手に、大立ち回りができるとも思えない。

「ひ……っ、た、助け」

「おーや、怯えなさんな。鶏ガラみてえな婆に病人じゃ、犯《や》る価値もねえ。用があるのは、金持ちで豊満な、王都のお方のほうだ」

突き飛ばされて腰を抜かした女の一人に、頭領は肩を竦《すく》め、ついで親指で釜を指し示す。

「それから、飯。俺たちゃ腹が減っててよお。まずはここの粥、全部もらおうか」

「そんな……！」

慈粥礼を台無しにされると悟り、莉莉は思わず声を上げた。

すると山賊たちは「ああ?」と首を巡らせ、低い声で凄んでくる。

「逆らえる立場にあるとでも思ってんのかよ」

「で、でも、金品ならともかく、民のための粥まで奪わなくたって」

「おやめなさい、莉莉」

勇気を振り絞って抗議していると、隣から静かに制された。

「彼らの言う通りにしましょう」

玲琳はそう告げて、山賊の頭領に頭を垂れる。

驚く莉莉をよそに、「どうぞこちらへ」としおらしく案内まで始めるではないか。

「どうか、住人の皆には手出しなきよう」

「へへっ、それはあんたらが、俺たちをどれだけ満足させられるか次第だなぁ。まずは、粥だ」

下卑た笑い声を上げる男たちを、玲琳は右端の釜へと連れて行く。

傍に女官たちを立たせていた、例の釜である。

「あ、あの、慧月様……わたくしたち」

「あなた方はそのまま、動かないでください」

さすがにこの展開は予想できなかった可晴たちが、のしのしと近付いてくる山賊の姿に後ずさる。

だが玲琳はそれを制し、冷ややかに言い放つだけだった。

「先ほど言ったでしょう？　慈粥礼が終わるまで、何もせず、その釜の近くに立っていなさい」

「で、でも」

「そうですね。己の所業を悔い改めるなら、この場で跪くことだけは許します」

雛女がそう付け加えるのを聞くと、女官たちは譫言《うわごと》のように「申し訳ございませんでした」と呟き、急いでその場に跪く。体を丸め、少しでも山賊たちに顔を見られまいとしたからだ。

莉莉は、息を呑んでやりとりを見守っていた。

（玲琳様は、なにをなさるつもりだ……？　腹いせに、さっきの女官たちを歓待役に差し出すというわけでもなさそうだし）

もしや、山賊たちに残飯粥を食わせて、意趣返しをしようというのだろうか。だが、そんなことをして、不味いと逆上でもされたら、十人もいる彼らを倒すことなど不可能だ。

玲琳が相応の手練《てだれ》だとは知っているが、彼女は今この場で、木の匙くらいしか持っていないのだから。

（男手は……）

董や荷持ちの男たちを振り返ってみるが、戦闘訓練を積んでいないらしい彼らは、山賊たちを前に、じりっと構えることしかできずにいる。

この場にいる病人や高齢の男たちも同様だ。

（どうすれば）

恐ろしさで、心臓が喉元までせり上がるかのようだ。

子どもたちもまた、恐怖に顔を強ばらせ、椀や匙を盾のように構えたまま、じりじりと釜から離れるだけだった。

「悪《わり》ぃな、俺たち専用の粥になっちまって。食ったら、おまえらのことも可愛がってやるからよ」

すっかり閑散とした釜を、男たちはにやにやと取り囲む。

「今、よそいますので」

先頭にいた玲琳は、木の匙をすいと持ち上げ——なぜか、素早く後ろに飛び退いた。

「え？」

——カンッ！

きょとんとしている男たちをよそに、彼女は釜になにかを叩きつける。

遠距離から勢いよく投擲《とうてき》されたのは、硬い木の匙だ。

——ボゴ……ッ！

振動した釜が不穏な音を立て、次の瞬間、一気に中身を噴き上げた！

「きゃあああ！」

女官たちが悲鳴を上げるが、蹲って顔を俯けていた彼女たちよりも、立っていた山賊たちのほうが被害は甚大だ。なにしろ粥は大人の身長ぶんほどの高さに噴き上がったのだから。

粘り気のある熱の塊を顔面から浴び、男たちは堪《たま》らずその場に蹲った。

「あちぃいい！　こ、この……っ」

その隙を突き、玲琳はさらに短刀を投げ、釜を吊り下げていた縄を断ち切る。

途端に、ぐらりと釜が傾き、いよいよ熱湯のような粥が彼らを襲った。

「わあああ！」

「荷持ちの皆さま、今です！」

玲琳は素早く叫び、自らもまた山賊たちの前に飛び出してゆく。

まずは、粥にやられて蹲っていた頭領に踵《かかと》を振り下ろして一人。

屈《かが》みながら火の付いた薪《まき》を取り上げ、それを敵の腹に向かって振り抜いて、また一人。

男たちの合間をすり抜け、武器を巧みに操り戦う様子は、戦闘というより舞のようにも見える。

粥で火傷を負わされたことと、真っ先に頭領を沈められたことにより、山賊たちは統率を失い、そのような彼らであれば、鎮圧なんてなんでもない、といわんばかりだった。

「皆の者、雛女様に続け！」

「はっ！」

幸い、我に返った荷持ちたちも、次々と加勢する。

瞬く間に、山賊たち十人は縄で縛り上げられることになった。

「ち、ちくしょう！　おい！　こんなの――」

「この不届き者め！」

頭領は、縛られた瞬間意識を取り戻したのか、激しく暴れて縄を解こうとしたが、それに気付いた安基が殴りかかり、なんとか事なきを得る。

頭領が今度こそ気絶すると、激しい乱闘から一転、釜の近辺にはしん、と沈黙が満ちた。

「ひ、ひ……」

この成り行きに、可晴たち女官は腰を抜かし、もはや言葉も出ない。良家の子女である彼女たちは、山賊なんて人種を目にしたのも初めてならば、戦闘に巻き込まれるのも初めてだったのだ。

「な、なんておぞましい、山賊ども……!」

尻餅をついたまま、喘《あえ》ぐように叫んでいると、顔にすっと影が落ちた。

見上げれば、頭上に佇んでいたのは、そばかすが印象的な朱家の雛女だ。

「大丈夫ですか？　まあ。粥は浴びませんでしたのね。幸運ですこと」

すぐに金切り声を上げるはずの女は、おっとりと頬に手を当て、こう告げた。

「山賊たちに感謝したほうがよいかもしれませんね。彼らがいなければ、煮えたぎる粥を浴びたのは、あなた方だったのかもしれないのですから」

「え？」

「粥はね、ろくにかき混ぜもせずにいると、些細《ささい》な振動で突然吹きこぼれますのよ。異物が加わっていたなら、なおさらです。脂まで加えられた粥は、より高温になっていたことでしょう」

「――……！」

なぜこの雛女が、「何もせず釜の側に立っていろ」と命じたのか。

今ごろになって主人の真意を理解した可晴たちは、血の気を引かせた。

彼女は、放置された釜は突沸しやすいことを知っていた。

そのうえで、可晴たちを釜近くに立たせたのだ。

「山賊が現れたし、なにより所業を悔いて跪いたからこそ、顔に粥は浴びずに済んだ。反省とは身を助けるものですね」

あの瞬間、跪いていなければ、今ごろ火傷を負って苦しんでいるのは自分たちだった――。

不意に、目の前の主人が山賊以上に恐ろしい存在に思え、可晴たちは慌てて足に縋《すが》り付いた。

「け、慧月様。も、申し訳ございませんでした。どうか、お、お許しください。硯を、投げられたのも、梨園《にわ》で跪かされたのも、思えば躾《しつけ》の範疇でした！　どうか、お許しを！」

「なんのお話ですか？」

だが、女は微笑んだまま、静かに首を傾げる。

「言ったでしょう？　あなたが恨みを持つことに対して、わたくしが罰を与えることなどできない、と」

「え……？」

言葉の意図が掴めず、可晴が声を掠《かす》れさせる。

すると、頬にそばかすを浮かせた雛女は、淡い笑みを刻み、女官の傍に跪いた。

「痛癪が行き過ぎていたのは、たしかに朱　慧月《わたくし》の咎でしょう。それを恨むあなたを、黄　玲琳《わたくし》が叱ることなどできません。けれどね」

白い指で、女官のほつれた髪を耳に掛けてやる。

優しい仕草なのに、まるで鬼神でも前にしたかのように思え、可晴はがくがくと震えだした。

「職務を投げ出し、民の貴重な糧を損なった罪は、償わねばなりません。あなた方が釜を放置し、異物を加えたりしなければ起こらなかった。あなた方に罰を下したのは、あなた方自身です」

（いや、決定打《きじ》を投げたのは玲琳様ですけどね！）

聞いていた莉莉は密かにそんなことを思ったが、とても言い出せる雰囲気ではない。

主人の怒りっぷりに恐怖も感じたが――畑作業を愛するこの雛女にとって、食料を粗末にされることは逆鱗《げきりん》だったのだ――、しかしそれ以上に、快哉《かいさい》を叫びたい衝動を覚えた。

やられっぱなしなど、とんでもない。

黄　玲琳は、親友が侮られることを絶対に許さないし、かつ、民を傷付ける行為は、けっして見逃さない女だ。

「逆に言えば、あなたが行動を改めれば、あなたは罰ではなく、褒美を得ることができるわけです」

すっかり気迫に呑まれ、青ざめてこちらを見上げてくる可晴の頬を、玲琳は優しく撫でてやる。

「投げ出したぶん以上に、職務に尽くせば。害したぶん以上に、民を慈しめば。あなたは報いを受けるのではなく、報われるようになる。できますか？」

「は……」

「できると、誓えますか？」

甘い声で囁かれ、「はい」と頷く以外に何ができただろう。

可晴は、主人の放つ迫力に完全に呑まれ、放心したように――あるいは魅入られてしまったかのように、ふらりと頭を垂れた。

「誓います」

「ふふ、嬉しいです」

雛女はいっそ無邪気にも見える笑みを浮かべ、立ち上がる。

「では、残る四つの釜の、配膳をお願いいたしますね。一人は列の形成、一人は数の確認、一人は器の回収を。釜に男手と組んで二人ずつ付き、よそってください。食べられない粥の釜は、奇しくも空になってしまったので、きれいに洗って油を張ってくださいませ。魚を揚げましょう」

矢継ぎ早に飛ばされる指示に、可晴が目を白黒させた。

「え、ええと」

「できますね？」

「は――はい！　ただちに！」

だが、次の瞬間には、勢いよく立ち上がる。

先ほどまでのひねくれた態度から一転、尻に火が付いたかのように走り出した可晴を見て、彼女の取り巻きだった女官たちも、それに倣《なら》いはじめた。

（さあ、この調子）

ようやく統制の取れてきた現場を前に、玲琳は「声を出していきましょう」と腕をまくった。

この夕刻には、尭明《ぎょうめい》が近くまでやって来る。

彼の馬で雲梯園《うんていえん》に合流し、今夜にでも入れ替わりを解消して、明日には帰路に就かないと、鎮魂祭には間に合わない。

炊き出しの目処は立ったが、真の意味で烈丹峰に手を差し伸べるとなれば、まだまだやりたいことはたくさんあるのだ。

袖を紐で縛っていると、董が慌てた様子で駆けつけてきた。よほど気が急《せ》いているのか、転がった匙を踏みつけたり、椀を伏せてあった台にぶつかったりと、そそっかしい。

彼は玲琳の目の前までやって来ると、深々と頭を下げた。

「雛女様……！　どうもありがとうございました。監督役を任されておきながら、なにもできず、面目次第もございません」

どうやら、この事態を防げずにいたことを詫びてくれるようである。

「いえ、山賊の登場は、さすがに誰も防ぎきれぬことでしたから」

玲琳は冷静に応じながらも、一方ではこうも思った。

そう、一介の町医者に山賊の暴挙を止めることなどできない。

だが、くすくす笑いながら、釜に残飯を放り込む女官のことなら、きっと止められたはずだ。

（もしやこの方も、慈粥礼を台無しにして、「朱 慧月」を揺さぶろうと？）

密かに相手を検分していると、董は視線になにを思ったか、恥じ入った表情になって己の右足を押さえた。

「実は古傷のせいで、長時間寒い中におりますと、足の動きが鈍くなるものでして。女官殿の暴走も、咄嗟《とっさ》に制止することができず、申し訳なく思っております」

言葉を裏付けるように持ち上げてみせた裾の下には、確かに足首から膝にかけて傷跡が走っている。よくこれで歩行機能を維持していたものだ、と思うほど大きな傷に玲琳は驚き、ついで、事情も知らずに人を疑ってしまった己を恥じた。

「まあ。そのような事情とはつゆ知らず、監督役などお任せしてしまい、こちらこそ申し訳ございませんでした」

「いいえ、私がこの集落の相談役と名乗り出たのですから、当然のことです。どうぞ詫びなどおやめくださいませ」

素直に詫びると、董は恐縮したように両手を振る。

「董先生、粥ができたよ。早く並ばないと、食いはぐれる」

とそのとき、背後からリアンが声を掛けてきた。

「ただでさえ、半量以下しかないんだから」

付け足す言葉には、嫌味が滲む。

さっさと踵《きびす》を返してしまったリアンを見送り、董は平身低頭してみせた。

「申し訳ございません。魚の釣り方まで教わったというのに、無礼な口を」

「いえいえ、米が半量しかないのは事実ですもの。どうかお顔を上げてください」

玲琳が制すると、董はおずおずと顔を上げ、ついで切なげにリアンの後ろ姿を見つめてみせた。

「あの子たちは、この地で幾度も水害に巻き込まれ、そのたびに周囲から見放されてきました。ほかに行き場もなく、どうせ状況も変わらない……。だからああやって、期待してしまわぬよう、冷笑的になることでしか、心を守れないのでしょう。ああした子を、被災地では多く見かけてきました」

「『期待してしまわないよう』」

医師らしい冷静な描写を、玲琳はぽつんと繰り返す。

度重なる水害を病に置き換えれば、リアンの気持ちがわかる気がした。

どうせこの地は変わらない。どうせこの身は治らない。

幾度となく無力感に苦しめられてきた結果、リアンは希望を捨て、玲琳は絶望する心そのものを捨てた。そうすることでしか、日々を生き抜くことができなかったのだ。

「……ですがそれでも、奇跡が起こるかもしれないでしょう」

脳裏に鮮やかなほうき星が蘇《よみがえ》り、無意識に、きゅ、と拳を握る。

聞き取れなかったのか、董が「え?」と身を乗り出したので、玲琳は軽く笑ってごまかした。

「いえ、董先生は被災地のことをよくご存じなのだなと」

「はは、医師の修行の一環で、あちこちの恵まれぬ土地をさすらっていましたのでね。どうしてもこの地の皆が気になって、留まるようになりましたが。今ではすっかり村長気分です」

「そうだったのですか」

玲琳は相槌を打ち、同時に素早く思考を巡らせた。

今から切り出すのは、まだ誰の許可も取っていないことだ。だが、話を通す自信はある。

(雛女として、そして奇跡を起こしてくれた慧月様の親友として、恥じぬ人間であらねば)

湧き上がる使命感のまま、玲琳は尋ねた。

「実は、わたくしもこの地の皆が気になって仕方がないのです。本日届けられなかった『支援物資』をお届けするために、明日も烈丹峰に伺ってもよいですか？　ただそのときは、ほかの雛女も連れてくるかもしれないのですが」

厳密に言えば、「ほかの雛女も連れてくる」というか、「ほかの雛女がやって来る」なのだが。

そう、玲琳は入れ替わりを解消した後、黄家の雛女として、この地の支援をもう一日だけ続けたいと考えていた。鎮魂祭には間に合わなくなってしまうだろうが、入れ替わり問題さえ解決してしまえば、あとは黄 玲琳の評判が落ちようと問題はない。

「なんと」

董は目を丸くし、一拍置いて感激を隠せぬとばかり、満面の笑みを浮かべた。

「ありがたいばかりのお言葉です。遠慮すべき場面でしょうが、到底断れるお話ではございません。ぜひお越しください」

菫の笑みは気さくで、その灰色がかった優しい目を見ていると、まるで縁類を前にしたときのような親しみを覚える。どことなく顔つきも見覚えがあるように感じるほどだ。

玲琳は、「歓迎いただけてよかった」と応じようとしたが、

「その際にはどうか、先ほどのお兄君もご一緒に」

菫がそう付け足したのを聞き、ふと口を噤《つぐ》んだ。

先ほどのお兄君。

一瞬、景行のことと受け止めそうになったが、「朱 慧月」にとって、黄 景行は赤の他人だ。

「兄、とは？」

「え？」

玲琳が慎重に尋ねると、菫は軽く目を瞬かせ、ついで気まずそうに付け足した。

「申し訳ございません、違いましたか。護衛の方と兄妹のように親しんでおられたので、てっきり」

「それは――」

単純な誤解か、それとも、揺さぶりか。

玲琳が真意を質《ただ》そうとしたそのとき、背後から低い男の声が響いた。

「『朱 慧月』殿」

噂をすれば影、釣り場から戻ってきた黄 景行だ。

彼は背後に、大漁を喜ぶ男たちを引き連れていたが、それとは裏腹に、硬い表情をしていた。

「こちらへ」

さては、山賊を相手に乱闘騒ぎを起こしたことに驚かれているのかと思ったが、縛られた男たちを一瞥《いちべつ》し、すぐに視線を外してしまったところを見るに、そうではない。

景行は、玲琳を人の輪から外れた場所に連れ出すと、声量を落として囁いた。

「一大事だ。今、王都に残しておいた子飼いから鳩が飛んできてな。どうやら、皇帝陛下が密かに皇城を抜け、北西に向かっているらしい。足取りを巧妙に偽装されていたが、おそらくすでに一昨日には馬車で王都を出発していたと」

「…………！」

予想もしなかった状況に、玲琳は思わず息を呑んだ。

「陛下が？　本祭を前に政務を投げ出し、王都を離れたと？」

「ああ。方角的に、間違いなくおまえたちの件に関連して動かれている」

「では烈丹峰に赴き、直接『朱 慧月《わたくし》』を揺さぶろうと？」

とうとう隠密に任せていられず、自ら「朱 慧月」が道術使いかを確かめようとしているのか。

あるいは、人の目の少ない辺境地であれば、事故死に見せかけて暗殺できると考えたか。それとも、その両方か。

玲琳は唇に手を当てて考えて込んだが、景行は、さらに衝撃的な情報をもたらした。

「いいや。その後の鳩の足取りをたどるに、陛下が向かっているのは、烈丹峰ではない。雲梯園だ」

心臓が、どくりと嫌な音を立てた。

皇帝は「朱 慧月《じぶん》」がいるここ烈丹峰ではなく、「黄 玲琳《けいげつ》」がいる宿営地へと、向かったというのか。

(まさか、陛下は、すでに入れ替わりを疑って……?)

でなければ、元々道術使いとの噂があった「朱 慧月」を差し置いて、「黄 玲琳」へと迫るはずはあるまい。そして、もし弦耀が一昨日に馬車で王都を発ったなら、二日半経ったこの夕方にも、雲梯園に到着するはずだ。

(後宮の外では、皇后陛下《おばさま》の庇護は及ばない。小兄様や鷲官長《しゅうかんちょう》様が付いてはいても、陛下が強引に尋問を命じたら、逆らえない。唯一陛下を制止しうるとすれば、殿下。殿下に、一刻も早く駆けつけていただかなくては)

慧月が危ない。

強い焦りが込み上げ、すぐに助けに行かねばという思いでいっぱいになった。

「殿下には、一層急いで烈丹峰に来てもらうことにする。おまえは殿下が迎えに来次第、すぐに合流するといい」

「いいえ」

提案を寄越す兄のことを、玲琳は素早く遮った。

「一度烈丹峰に寄っていては、間に合わないかもしれません。殿下には、私を迎えなどせず、そのまま雲梯園に向かうよう、鳩で伝えてください」

「それはいいが……ではおまえはどうするのだ？　馬車や駕籠では、ここから雲梯園までは丸一日かかる。入れ替わり解消に間に合うのか？」

「乗り物が通る道を選ぼうとするから時間が掛かるのです。今すぐ単身で崖を伝えば、夜には雲梯園に着きます」

こともなげに言い放った玲琳に、さすがの景行も呆気に取られたようだった。

「おいおい。それは俺みたいなやつが提案する方法だぞ。俺を突っ込みの側に回すなよ」

逆に言えば、景行の感覚からすれば「なしではない」方法ということだ。

それでも妹馬鹿の黄家長男は、悩ましげに首筋を掻いてみせた。

「俺も一緒に下りられればいいが……しかしな、玲琳。山賊まで出たこの状況で、俺とおまえ、高位の人間二人ともが、今すぐ立ち去ることはできまいよ。それで評判を落とすのは『朱慧月』だ」

「もちろん理解しております。ですから、大兄様にはここに残っていただいて、わたくし単身で山を下りると申し上げているのです」

「だが、そこまでしても、殿下が雲梯園に着くのが数刻早まるだけだろう？　ならば、殿下を待ってから馬で烈丹峰を出てもよいではないか」

「その数刻の差が、命取りになるかもしれませんもの」

「だがな、しょせん雛女のおまえが駆けつけたところで、陛下を止める力があるわけでも――」

「それでも！」

反射的に兄を遮ってしまったことに、玲琳は自分で驚いた。

せっかちな慧月の体にいるからなのだろうか。考えるより先に言葉が出てきてしまう。

「たしかに、わたくしに大局を変える力などないかもしれません」

落ち着きを取り戻し、玲琳は静かな声で切り出した。

女は無力、雛女はお飾り。

そうとも、その手のことは何度も突き付けられてきたし、受け入れてきた。

だが今、この瞬間、それでも抗わずにはいられないと、本能が叫ぶのだ。

「ですが、大切な方の危機を前に、指を咥《くわ》えて見ているだけなど、黄家の血が許しません」

きっぱりと言い切ると、景行が思案顔になる。

譲る気配を見せはじめた兄に、玲琳は「大丈夫です」と請け合った。

「ここまでの道はすべて覚えていますし、方向感覚もあるほうです。護身術もお兄様方に仕込まれました。幸い、この健康な体であれば、長時間崖を下るのにも耐えられます」

「慈粥礼の現場はどうする」

「明日再訪します。それに、女官たちは掌握したので、彼女たちは問題なく炊き出しを終えてくれるはず。わたくしは疲れで気絶し、駕籠に籠もったことにさせてください。見張り役には莉莉を。夕刻まで休んでから出発すると見せかけて、実際にはわたくしだけ、今から雲梯園に向かいます」

てきぱきと段取りを付けてゆく。

隠密がこの場に紛れている可能性は高い。だとすれば、「黄 玲琳」のもとへ駆けつけようと大騒ぎすれば、怪しまれてしまうだろう。

あくまでも、玲琳はひっそりと、雲梯園へと向かうつもりだった。

「そうですわ、大事なお願いがひとつ。殿下にはあくまで、『慈粥礼に手間取っていて合流が間に合わないから、先に雲梯園へ向かってほしい』、とお伝えください」

「だが、玲琳」

「追い詰められているだろう慧月様に、恩を着せたくないのです」

とにかく今必要なのは、皇帝を制止しうる尭明を、一刻も早く雲梯園に送り込むことだ。

そして、追い詰められているだろう慧月に、これ以上の刺激を与えないこと。

(慧月様、大丈夫です。必ずすぐに駆けつけて、お助けいたしますからね)

友を思い、玲琳は強い決意のもと兄を説得しおおせた。

4・慧月、奮闘する

「ふう、疲れたわ」

雲梯園《うんていえん》の一角、黄家《こうけ》の雛女《ひめ》に割り当てられた室《へや》である。

天女のように麗しい黄 玲琳《れいりん》――の体に収まった慧月《けいげつ》は、西日の差し込む自室にたどり着くや、ばたりと寝台に倒れ込んだ。

今日は朝から、宿営地に近い被災地・「丹央」に向かい、夕刻まで延々と粥《かゆ》を配っていたのだ。

慈愛深き「黄 玲琳」の風評を汚すわけにもいかず、ずっと淑やかに微笑んでいたし、感謝で涙ぐむ民にいちいち頷きを返してみせたりしたが、寒いし空腹だし、いいことなど一つもなかった。

だいたい、田舎の貧乏暮らしを経験した慧月に言わせれば、恭しく粥を一杯だけ配って慈悲とするなんて、王都の自己満足でしかない。雛女手ずから配るなどしなくていいから、移動や宿泊に掛ける予算のぶん、もっと米を上乗せすればいいのにと思うばかりだった。

「愛想笑いも、淑やかな声も、もう売り切れよ。ああ、叶うことなら今すぐ化粧を落として、明日の昼まで寝ていたい」

「残念ながら、この後は広間に集まり夕餉《ゆうげ》。深夜には殿下や玲琳様をお迎えして入れ替わり解消、そして明日には王都に向かって出発でございます」

枕にぐりぐりと顔を擦《こす》り付ける慧月から、手つきだけは優しく簪《かんざし》を抜いてやりながら、冬雪《とうせつ》は眉を顰《ひそ》めて言い放つ。

「寝転がっている暇はございませぬ。お支度を」

「うるさいわね。釜の傍にずっと立ちっぱなしで疲れたのよ」

「たしかに、あんなにも長時間、雛女が民の傍で立ち尽くすものとは思いませんでした」

低い声で告げられ、慧月は「さては無作法と言いたいわけか」と反射的に眉を寄せたが、彼女が怒り任せに枕を叩くよりも早く、筆頭女官はこう続けた。

「民は感じ入ったでしょうね。寄り添ってもらえた、と」

さらりとした称賛に、思わずがばっと顔を上げてしまう。

それから、やはり枕に顔を押し付けた。

この女官ときたら、いつも世辞のひとつも言わずに批判ばかり。

かと思えば、褒めるときもやはり世辞など挟まず、しかも不意を突いてくるので、どんな顔をしていいのかわからなくなってしまうのだ。

「枕に顔を押し付けるのはおやめください。紅が付いてしまいます」

「うるさいわね」

緩んだ頬を見られたくないのだ。

紅はすっかり枕に拭われてしまったはずなのに、慧月の頬はまだ赤らんでいる。

それに気付いた冬雪は、軽く片方の眉を引き上げるだけで洗濯の手間を受け入れてやることにし、代わりに、楽譜と化粧道具を卓に並べはじめた。

「さあ、お支度を。そのように乱れたお顔では、駆けつけてくださる殿下の御前に出られませぬ」

「どうせ殿下は、首の上にこのおきれいな顔が乗っていれば、頬紅の具合なんて気になさらないわ」

冬雪が小言を呈すれば、慧月はふん、と鼻を鳴らしてそれをあしらう。

「大変だ」

とそのとき、扉が慌ただしく開き、すらりとした青年が室《へや》に踏み入ってきた。

武官らしく愛剣を腰に佩《は》いた黄家の次男、黄 景彰《けいしょう》である。

珍しく、入室の伺いもなく飛び込んで来た彼を見て、慧月は寝台から飛び上がった。

この嫌味な男の前で、化粧が崩れた無様な姿を見せるわけにはいかない。

「な、なによ――」

「ここに間もなく、皇帝陛下がお越しになる」

顔を隠すように、慌てて手鏡を取った慧月だったが、相手の放った一言に思わず動きを止めた。

よく見れば、景彰はその手に、小さな紙片を握り締めていた。

「なんですって？」

「身をやつして密かに移動しておられたようだ。紫雨殿《しうでん》に籠もって影武者まで立てていたものだから、子飼いたちも気付くのが遅れた」

「そんな馬鹿な。鎮魂祭はもう四日後なのよ？　本祭を前に、皇帝陛下が儀式を投げ出して、こんな辺鄙《へんぴ》な場所を訪れると？」

「元から、辺境の戦地や被災地への巡幸がお好きな方ではあるが……」

景彰は慎重に応じるが、儀式を投げ出してまで被災地視察に赴くことが、「巡幸が好き」という範《はん》疇《ちゅう》で収まるはずもない。間違いなく、彼は道術の一件を探りに動いているのだ。

「行き先は烈丹峰《れつたんほう》ではなく、ここなのね？」

「ああ。『朱《しゅ》　慧月』ではなく、ほかの雛女――おそらくは『黄　玲琳』を疑っているようだ。もしかしたら、すでに入れ替わりの可能性も疑いはじめているのかもしれない」

「そんな」

ひゅっ、と息を呑む。

「なら、わたくしは、病で伏せっているということに……」

「だめだ。見舞いと称して、一対一で向き合う羽目になったらどうする。まだほかの雛女たちといたほうが安全だ。この後の夕餉に、陛下も加わることになるだろうが、むしろ君も出たほうがいい」

思考は反射的に逃げを打ったが、景彰に即座に反対された。

たしかに、たった一人で皇帝と対峙するなんて、想像さえしたくない。

「わ、わかったわ」

「大丈夫。ここまで、容疑者の雛女をさっさと拷問してしまわなかった以上、陛下はなにかお考えがあって、慎重に動かれているのだと思う。疑いが晴れさえすれば、手出しされることはないはずだ。鷲官長《しゅうかんちょう》もこちらの味方だし、じきに、殿下も駆けつけてくださる」

喘《あえ》ぐように頷いた慧月を宥《なだ》めるように、景彰が正面から肩を叩く。

彼は、いつになく真剣な眼差しで、瞳を覗き込んだ。

「道術を、けっして使わないことだ。そして演じきろう、『黄 玲琳』を。絶対、無事に切り抜けさせてみせるから」


雲梯園の広間に設けられた宴席は、急ごしらえにしては大したものだった。

祭壇のすぐ手前の上座には、皇帝のための椅子と卓を置き、紫の布と五色の紐で飾り付ける。

また、彼が見渡しやすいように、壁沿いに雛女の卓を二つずつ、向き合って配置した。

上座に最も近い右手の上席には、皇帝と同じく玄家《げんけ》筋であり、最年長である玄 歌吹《かすい》を。

その向かい、皇帝からは左手に見える上席には、次に年長である金《きん》 清佳《せいか》を。

年少である「黄 玲琳」と藍 芳春は、入り口に近い下座にそれぞれ配し、烈丹峰にいる「朱 慧月」の席は、この場では省いた。

年功序列を意識した配置ではあるが、同時にこれは、「黄 玲琳」の体に収まった慧月が、少しでも皇帝から距離を取れるようにとの、雛女たちの計らいである。

入り口に最も近い席を割り当てられた慧月は、極力隣の清佳の陰に隠れられるよう、立ち位置を調整した。

「皆の者、楽にせよ」

今、皇帝・弦耀《げんよう》は、祭壇に香を捧げ終えたところだ。

彼が着席すると、雛女たちは、重ねて額近くに持ち上げていた両手を、ゆるゆると下ろした。

「着席と直言を許す。雛女たちの夕餉に、邪魔をしてしまったのは私のほうだ。皆、自由に食事を楽しむように。慈粥礼《じしゅくれい》も大義であった。労《ねぎら》いの酒を持ってきたので、飲んで体を温めるとよい」

弦耀はいかにも鷹揚《おうよう》に告げるが、この状況で素直に「まあ美味しい」と酒の味を楽しめる者などいるはずもない。

湯気を立てる燗酒《かんざけ》や羹《あつもの》に手を付けつつも、皆、皇帝来訪の真意を探って身を固くしていた。

考えてみれば、雛宮《すうぐう》に上がってから、皇帝と御簾《みす》も介さずに会話したことなど片手に足るほど。

直言を許され、しかも食卓を囲むなど、天変地異と呼んでも差し支えなかった。

張り詰めた空気を感じ取った雛女たちは、誰が最初に口を開くか、視線で攻防を繰り広げた。

「恐れながら」

やがて、最年長にして同家出身の歌吹が、慎重な声で切り出す。

「陛下におかれては、なぜこの場にご来臨賜ったのでしょう。もしやわたくしどもの慈粥礼に不行き届きの点があり、お叱りにいらっしゃったのかと、雛女たち一同、恐れを隠せずにおります」

礼儀に則《のっと》って己を卑下しながらも、はっきりと真意を質《ただ》してくれた歌吹に、一同がこっそりと安堵《あんど》の息を吐いた。

皇帝は杯を取り上げると、静かに笑った。

「不行き届きなど。そなたたちが民のために心を砕いてくれたことは、よく理解している。今年は二十五年ぶりの極陰日ゆえ、私自らが被災地に赴いたほうが、陰の気も晴れようと考えたまでだ」

だがそれなら、なぜ皇帝の巡幸であることを喧伝せず、不意打ちで雲梯園を訪れたのか。

雛女たちの疑念を感じ取ったのか、彼は「まあたしかに」と酒器を傾けながら続けた。

「雛女たちの様子を注視しているのは事実ではある。ここだけの話、昔から、外遊などで後宮を離れた途端、各家の雛女たちの足の引っ張り合いが激化する、というのはお決まりだったからな」

後宮の闇をさらりと含まされ、雛女たちの顔が強ばる。

弦耀によれば、他家の雛女の名声を落とそうと、暴漢を雇って炊き出しを妨害したり、荷をわざと損ねたり、逆にそうした被害を捏造《ねつぞう》して他家を訴えたりと、醜い工作が相次いだらしい。

「少なくとも、現妃たちの時代まではそうだった。そなたたちは、黄 玲琳が手本となることで、秩序を保っていると見ていたが――どうやら、最近は雛宮内でも、雛女たちがよく言い争っているそうではないか。ふ、どんな話をしているのか知りたいものだ」

入れ替わってからこちら、慧月の魂を収めた「黄 玲琳」と、清佳たちがしょっちゅう言い争いをしていた姿を、皇帝はしっかり把握しているようだ。

沈黙を守っていた慧月は、どっと冷や汗を噴き出した。

(もしや、会話も聞かれ……いえ、大丈夫よ。声だけは絶対に届かぬよう、留意してきた。それに、ちょっと怒りっぽくなったからって、入れ替わりを証《あか》す決定打にはならないわ)

ああ、だが、表情や仕草まで観察されていることを、もっと警戒すべきだったのだ。

いくら盗み聞きの心配がないからと言って、清佳に指を突き付けるべきではなかったし、芳春を睨み付けたりするべきでもなかった。

誰とも良好な関係を築いてきた「黄 玲琳」が、突然他家の雛女に突っかかるようになったら、やはり疑われてしまうに違いないのに。

「お、恐れながら申し上げます。玲琳お姉様は、あまりに世事に疎いわたくしを案じて、時々ご指導くださっていただけなのです。わたくしは、心から玲琳お姉様をお慕いしております……っ」

と、おろおろとした風を装って、向かいの席の芳春が助け船を出してくる。

どうやら関係が変わらず良好であると強調してくれるようだ。

だが、

「玲琳お姉様もまた、わたくしが実の妹のように思えてならないと、よく仰《おっしゃ》っています」

芳春が、「ね?」とばかりに小首を傾げてきたのを見て、慧月は思わず鳥肌を立てそうになった。

（こんな腹黒い妹なんてごめんよ！）

あれだけ黄 玲琳に嫌い抜かれておいて、よくもいけしゃあしゃあとそんな宣言ができるものだ。

（というかこのリスもどき、よく陛下の御前で堂々と演じられるわね。どんな度胸なの？）

いっそ感心するが、たしかに、これくらい悪びれずにいれば、振る舞いが自然に見える。

「そうですね」

慧月は、声が掠《かす》れそうになるのをなんとか堪《こら》えて、淡い笑みを浮かべてみせた。

この場面、魂が猪の形をしている黄 玲琳ならば、熱燗の中身でも浴びせて芳春を始末しそうだが、この朱 慧月は、そんな下手は打たないのだ。誰かと違って、良識を弁《わきま》えているものだから。

「芳春様を、いつも愛らしく思っておりますわ」

「まあ！ でしたら、先日のお誘いに甘えて、来月、本当に黄麒宮にお泊まりに行ってもよいでしょうか？」

芳春はぱっと顔を輝かせるや、はにかみながら、さらに調子に乗った発言を寄越してきた。

宿泊の誘いなど、黄 玲琳がこの女に掛けるわけがない。

もし芳春が泊まり道具を持って黄麒宮《こうきぐう》に来ようものなら、光の速さで扉を閉めて、微笑んだまま錠を下ろすだろう。

「もちろんです」

（わかって、黄 玲琳。こうするしかないのよ）

慧月は内心で玲琳に言い訳しながら、やはり微笑で応じた。

まったく藍 芳春ときたら、他人の窮地を救うふりをして、容赦なく要求をねじ込んでくる。

「恐れながら、わたくしからも、陛下のご質問にお答え申し上げます」

とそこに、清佳が涼やかな声で加わってくる。

彼女は優雅に酒器を置きながら、何事もないかのように説明した。

「雲雀は絶えず鳴き声を競い合うことによって、その音色を磨くもの。わたくしどもは未熟な雛《ひな》ではありますが、絶えず意見を戦わせることによって、己を高めようとしているのです。つまりこれは、険悪な言い争いではなく、健全な競い合いでございます」

気取った言い回しだが、自己研鑽を理由に、状況をごまかしてくれているようだ。

慧月も、今度は躊躇《ためら》いなく「さようでございますね」と同意してみせた。

「ほう。ではいったい何について、そうも意見を戦わせていたのだ？」

「それは――」

「歌でございます。旋律を重んじる清佳殿と、歌詞を重んじる玲琳殿で、どちらの練習を多くした方が、よりすばらしい捧歌になるかを論じておりました」

慧月が返答を言いよどんでいると、次は歌吹が救いの手を差し出してくれる。

それは、この鎮魂祭の時期にぴったりの言い訳で、慧月は思わず拍手しそうになった。

同時に、ほっと胸を撫で下ろす。

（よかった）

景彰の言うとおりだ。

一人でいなくてよかった。意外なことに、他家の雛女たちがこんなにも助けてくれる。

自分は、孤立無援というわけではないのだ。

ちらりと顔を上げれば、鷲官長や他の武官たちとともに壁際に控えた景彰が、さりげなく視線を返してくる。

勇気を得た思いで、慧月はちびりと、配られていた酒の杯を舐めた。

今ようやく、味がわかった。

「捧歌といえば」

だがそこに、弦耀が波紋を落とす。

「かなり練習に気合いを入れているそうだな。どれ、余興も兼ねて、この場で一度聴いてみよう」

なんと、この場で歌えと言うのである。

「せっかくだから、一人一人の歌を聴かせてもらおうか」

しかも、斉唱ではなく、一人ずつ歌えと言う。

（そんなことをしたら、「黄 玲琳」の歌が下手だと、ばれてしまうじゃない！）

慧月は顔を強ばらせた。

やはり弦耀は、この場にいる「黄 玲琳」が本人かどうかを疑っているのだ。

（皇后陛下の姪《めい》である黄 玲琳は、幼い頃から後宮に参じて、歌や舞を披露してきた。当然陛下も、その実力をご存じのはずだわ。つまり）

ここで、玲琳本人なみの歌声を披露できねば、入れ替わりを証明してしまうことになる。

「それは」

「遠慮してくれるな。そうだ、最初は黄 玲琳、そなたに頼もうか。歌の得意なそなたなら、きっと荒廃した土地が慰められるような、素晴らしい鎮魂歌を披露できるだろう」

思わず呟くと、弦耀は薄く笑んだまま追い詰めてくる。

「恐れながら、まだ陰の気が極まっておらず、捧歌に最適な時刻とは申せません。宴席での趣向をお求めでしたら、僭越《せんえつ》ながらわたくしが舞を――」

「私は、黄 玲琳に頼んだ」

見かねた歌吹が身を乗り出したが、弦耀は淡々とした口調でそれを退けた。

「さあ、黄 玲琳、歌を。そなたなら、たとえ陰の気が極まっておらずとも、見事な鎮魂歌を歌えるはずだ。女官や武官たちは、雛女の鎮魂歌が奇跡を起こすかどうか、外に出て確かめるように」

「…………っ」

頼みの綱であった冬雪や景彰まで引き離されてしまい、慧月は息を呑んだ。

皇帝の命を退ける妙案など思いつかない。かといって、このまま歌を披露したのでは、中身が「黄 玲琳」ではないと簡単に露呈してしまうだろう。

弦耀はそこから、慧月を拷問にでも掛けるつもりなのかもしれない。

そんな事態になれば、慧月はとてもではないが、秘密を守れる自信などない。

（どう、すれば）

他家の女官や武官たちが次々と広間を出て行く。冬雪や景彰が、反逆罪覚悟で弦耀にもの申そうと、その場に留まってくれたが、

「どうなさったのですか、『玲琳』様」

彼らが口を開くよりも早く、隣の席の清佳が、その場に立ち上がった。

「わたくしどもも、早くあなた様の妙なる歌声を拝聴したいものですが……まあ、顔色が優れないご様子ですね」

彼女は思わしげに慧月の顔を覗き込み、そこで初めて気付いたというように目を瞬かせる。

続いて、いかにも憧れの「黄 玲琳」に見せるような優しげな笑みを浮かべ、慧月の手に杯を持たせた。

「もしや寒さで、お加減が？　でしたら、陛下のご厚情を賜って、お体を温めるべきですわ。そうして、いつもの歌声をお聴かせくださいませ」

とと、と静かな音を立てて、首の長い注器《つぎ》を傾ける。

たっぷり満ちた杯に、自らの指まで添えて、清佳はこう続けた。

「さ、一息に」

切れ長の瞳にまっすぐ見つめられ、慧月は困惑した。

これまでの関係、そして彼女の性格を考えるなら、この状況は、確実に失敗するとわかっている
雛女《けいげつ》に、酒を飲ませて芸を強要しているようなものだ。

だが――。

（もしかして、この場の流れを変えようとしているの？）

視線で今一度、「早く」と促された慧月は、覚悟を決め、流れに身を任せることにした。

「そのようにいたしますわ」

小さく呟き、一息に杯を干す。

その途端のことである。

「う……！」

かっと喉が焼ける心地がして、慧月は思いきり噎《む》せてしまった。

「ぐっ、……ごほっ！　うっ」

ひゅっと息を飲み込んだ際に、唾が気道に入り込み、ますます苦しくなる。

体を二つ折りにして、呼吸も危ういほど咳《せ》き込んでいると、清佳が「まあ！」と悲鳴を上げた。

「申し訳ございません！　わたくし、酒と勘違いして、辣酢《らっさく》を！」

辣酢とは、その名の通り、生唐辛子を酢に漬け込んだ調味料だ。

炒め物などに少量垂らすと美味いのだが、この量を一息にとなると、毒を飲んだも同然である。

強い酸と、唐辛子の刺激にやられ、喉が焼けただれてしまったかのような感覚すらあった。

「ごほごほっ！　う……っ、うう……っ」

後から後から唾液が溢れ、激しい痛みで言葉を口にすることすらできない。

「ああ、わたくしはなんということを。『玲琳』様、誠に申し訳ございません」

清佳は青ざめながら慧月の背中をさすり、ついで皇帝に向き直ると、素早く叩頭《こうとう》した。

「恐れながら申し上げます。今の『玲琳』様では、とても歌など歌えぬご様子。この責は幾重にもわたくしが負い、彼女のぶんまで、一昼夜でも歌い続けとうございます」

どうやら、慧月を歌わせないための策であったようだ。

（ありがたいけど、本気で喉を潰す必要あった!?　この病弱な体なら、最悪死ぬわよ！）

先ほど清佳は、指先で杯を覆い、酢の匂いを気取らせないようにまでしていた。

というか、唐辛子入りの酢なんて、農作物に撒《ま》く殺虫剤――黄 玲琳が愛用していたから知っている――と実質同じではないか！

「……ならばよい」

幸い、興を削がれたらしい弦耀は、冷ややかな佇《たたず》まいのまま頷く。

「罰として歌わされる鎮魂歌など、慰めにはならぬだろう。喉を痛めた黄 玲琳と、金 清佳は控え、残る二人の雛女で斉唱せよ」

「は、はい」

急遽《きゅうきょ》指名された芳春と歌吹は、慌てて皇帝の前に移動し、恭しく鎮魂歌を捧げる。

歌の披露を免れた慧月はほっと胸を撫で下ろした。

乱暴に過ぎる感もあるが、清佳の機転に感謝である。もちろん、巻き込まれた芳春や歌吹にも。

「見事な歌であった」

弦耀は、自ら求めた割には型どおりの賛辞だけを寄越すと、ぞんざいな仕草で雛女たちを下がらせる。当てが外れたとでも言いたげだ。

(余興も終えた以上、こんな宴、さっさとしまいになってくれればいいわ)

慧月は空咳《からせき》を繰り返しながら期待したのだが、願いはすぐに、裏切られることになった。

窓から月を見上げた弦耀が、こう呟いたからだ。

「余興は終えたが、月はまだ昇ったばかり。ならば会話を楽しむとするか」

彼はゆっくりと視線を持ち上げ、物憂げに慧月を見つめる。

「雛女たちの、幼い頃の話でも聞きたいものだな」

薄い唇が、いつもの淡い笑みを象《かたど》る。

ただしその目は、冷め切っていた。

「景彰殿、いつまでそこに留まっているつもりだ」

「素直に外の見張りなんてできる状況ではないとわかっているだろう、鷲官長殿？」

一方、他家の武官や女官たちとともに、体よく広間を追い出されてしまった景彰は、中の状況を探るべく、扉の前に張り付いていていた。

「今、脅威は外ではなく、この室内にある。まさか陛下がここまであからさまな手段に出るとは」

慧月の前で見せていた泰然とした態度からは一転、今は、心配性な兄そのものの表情で、苛立《いらだ》たしく髪を掻き上げている。

なにしろ、今室内で行われているのだろうやり取りに、大事な妹と、その親友の命が懸かっているのだから。

「陛下はどうしたいんだ」

弦耀の真意を掴みかねて、景彰は整った顔を顰《しか》めた。

最初、彼が道術を弾圧しようとするのは、父帝と同じく、謀反に等しい思想を嫌ってのことだと思っていた。

だが弦耀を探れば探るほど、彼は統制に固執していない。治世を振り返っても、彼の政策はむしろ融和的で、奴隷として虐げられていた異民族に戸籍を与え、移民による異宗教建築を許可し、独立したがる辺境地に自治すら認めたほどである。

それに、道術にしたって、本当に謀反思想を不快に思ったなら、堂々と処刑すればいい。

なのに彼はそれをせず、むしろ彼らを野放しにしては、こうして密かに一部を狩らせるのだ。

しかも、突然拷問に掛けるのではなく、なにかを見極めるかのように、慎重を期して。

「陛下は、なにかを慎重に確かめようとしている気がするんだ。雛女が危険思想である道術を使用したかどうかを、ではなく……たとえば、入れ替わりをしたかどうかを」

「なぜ、入れ替わりに気付いたのだ？　それになぜ、見極める必要がある？」

「そこがわからないと言っているだろう」

冷静に尋ねる辰宇《しんう》に、思わず苛立った返事を寄越し、景彰は再び扉に耳を寄せた。

「とにかく、正体を気取られることは避けなくちゃ……ああ、歌が無事に終わった。清佳殿には感謝だな」

「水を持ってまいりました。主人を案じて水を差し入れに来た、という態《てい》で中に入ります」

とそこに、汗を滲《にじ》ませた冬雪が、水甕《みずがめ》を持ってやって来た。

同じく追い出されてしまった彼女は、景彰に命じられ、再入室の口実を作りに行っていたのだ。

「ああ、頼んだよ、冬雪。ちょうど、清佳殿の機転で『玲琳』は喉を痛めたところだ。うまいこと、彼女を陛下の御前から連れ出してくれ」

「はい。追い詰められた彼女が術を使ってしまう前に、なんとしても」

冬雪は、日頃冷然とした顔に、焦りを浮かべて頷いた。

朱 慧月が、追い詰められると術を暴走させがちというのは、仲間ならば誰もが知るところだ。

「室内には燭台《しょくだい》も多くございます。彼女はたやすく炎を操る……無意識に炎で異変を起こしてしまわぬようにせねば」

冬雪が、庭の松明《たいまつ》を見つめながら呟くのを聞き、景彰はふと目を瞬かせた。

「――そうだ」

ついで彼は、勢いよく背後の辰宇を振り返った。

「鷲官長殿。頼みがある」

「頼み？」

「そうとも」

景彰は廊下に据えられている燭台に次々と手を伸ばし、回収してくる。

はい持って、と一気に五つの燭台を相手に押し付けながら、こう告げた。

「念のための策を講じておきたい。鷲官長殿の話術が頼りだよ」

と。


幼い頃の話を、と求められ、慧月はいよいよ金切り声を上げそうになった。

(できるわけないでしょう、そんなこと！)

皇帝と黄玲琳は、義理の伯父と姪。皇后の愛し子でもあった彼女は、幼少時から頻繁に後宮に参内していたため、当然皇帝とも交流があったはずだ。

もしこの場で、当時の出来事を尋ねられたら、自分になにが答えられるだろう。

いいや、よく考えれば、自分は黄 玲琳が家族とどう接し、自領でどう育ってきたのかすら、ろくに知らないのだ。

(覚えていない、で通すにも限界があるわ)

慧月は歯噛みしながら、空咳を繰り返した。

体調不良で、せめて時間稼ぎができればよいのだが。

「『玲琳お姉様』、大丈夫ですか?」

「それほど苦しいのなら、一度御前を下がって、室《へや》で休んだほうがよいのでは」

芳春と歌吹が、咳を理由に慧月を逃がそうとするが、弦耀はそれすら会話に利用してしまう。

「そなたは本当に、昔から体が弱かったな。だが以前、『症状が目に見えるときは、むしろ安心できるもの』と言っていたっけ。大人びたそなたに、私はひどく感心したものだ」

どうやら、すでに「思い出話」は始まっているようだ。

(黄 玲琳が本当にそう答えたかを、試しているのね?)

慧月は咳で呼吸を荒らげながら、必死で思考を巡らせた。

あの女なら、幼少時からその手のことを言いそうな気はする。だが、皇帝の前で得意げに自説を振りかざす姿というのも想像しにくい。

「陛下の御前で、そのように賢しい受け答えをしてしまったとは、恥じ入るばかりでございます……

ごほっ」

ひとまず、後からでも撤回できるように、曖昧に答えた。

だが、毎回こうしてごまかし続けるわけにもいかないだろう。

「入室の無礼をお許しくださいませ」

とそのとき、扉が開き、凜とした声が響いたので、慧月ははっと顔を上げた。

水甕を持った冬雪と、燭台を五つも手にした鷲官長である。

「筆頭藤黄《とうおう》女官・冬雪がご挨拶申し上げます。恐れながら、主人の体調が優れぬ様子。水をお持ちいたしました」

「鷲官長・辰宇がご挨拶申し上げます。先ほど日入《にちにゅう》を迎え、ますます陰の気が増えつつあります。室内の明かりを増やすべく参上いたしました」

二人は礼を執ると、速やかに移動を開始する。辰宇は燭台の一つを冬雪に託すと、まず皇帝のもとへ、続いて他三家の雛女たちのもとへと燭台を届けて回った。

一方の冬雪は、燭台と水甕を持って、速やかに慧月に近付く。

水を飲ませ、それでもまったく咳の引かない主人を見ると、皇帝に向き直り、深々と叩頭した。

「恐れながら申し上げます。聞き苦しい咳を、長く陛下のお耳に入れては、御身が病の気に触れてしまいまする。どうか、退室のご許可を」

どうやら、彼女も慧月をこの場から逃がそうとしているようである。

慧月は一層熱心に咳をしたが、しかし、弦耀の返事はこうだった。

「構わぬ。これしきの咳を、病の気などと称していては、被災地の慰問などできぬよ。自室に籠もるより、この場で話でもしていたほうが、よほど雛女の気も紛れよう」

あくまで解放する気はないようだ。慧月は焦りを募らせた。

ただでさえ玄家筋である弦耀は水の気が濃く、彼を前にすると動揺してしまうのに。

(どうしろというのよ)

心にさざ波が走るのと同時に、体内の気が膨れ上がり、溢れ出しそうなほど揺らぐのを感じる。

うっかり術を使ってしまわぬよう、ずっと神経を尖らせてきたというのに、辰宇が燭台を五つも増やしたせいで、室内の火の気が一層濃くなってしまった。

(心を乱してはいけない……術を、使ってはいけない)

強く拳を握りながら、不意に慧月は泣きそうになった。

どうしてこうなのだろう。

容姿にもさほど恵まれず、歌も舞もだめで、教養もなくて。唯一、道術だけは自在に操れるというのに、ふんだんに与えられた才能に限って、世間から嫌悪され、断罪される。

抑えなくてはならない。知られてはいけない、見られたら殺されてしまう――。

「術を使ってくださいませ」

ところが、退室を拒まれ焦っているはずの冬雪が、冷静な声で囁《ささや》いてきたので、慧月は驚いた。

「わたくしが合図をいたしますので、そのときに、景彰殿に炎術を」

筆頭女官は、雛女の背中をさすりながら、ごく小声で告げる。

（炎術を？　景彰殿に？）

ずっと己に禁じてきた道術を、急に使えと言われ、慧月は戸惑った。

いくら入れ替わりに比べてだいぶ小規模な術だとはいえ、炎術を使ったら、きっと室中《へやじゅう》の燭台の炎が揺れるくらいの異変は起こってしまう。

像を結ぶ目の前の燭台は冬雪の背で隠れるとしても、室中《へやじゅう》の炎が一斉に揺れたら、さすがに怪しまれてしまうだろう。

「陛下に気取られてしまうわ」

「鷲官長様が目くらましをなさいます」

素早く囁きを返すと、冬雪は小声ながらきっぱりと返してきたので、ますます面食らった。

（目くらまし？　鷲官長が？）

どういうこと、と問うよりも早く、ことは起こった。

燭台を配り終えた辰宇が、皇帝の前で跪《ひざまず》き、奏上を始めたのである。

「ご報告申し上げます。先ほど、雛女たちが鎮魂歌を斉唱した際、夜気が一層澄み渡るのが感じられました。これも、民の平穏を祈る雛女たちの切なる思いと、それを導く陛下の徳の賜でございましょう。武官どもも、皆、改めて陛下の慈悲深さに感じ入っております」

神秘的な青い瞳に、鼻筋の通った横顔。

詠国《えいこく》武官というよりは、北方の国の騎士を思わせる挙措で、彼はふと、剣の柄に指を掛けた。

「この場に立ち会えぬ武官どもに代わり、忠誠の証《あかし》として、剣の輝きを捧げたく」

そうして、迷いなく、刀身を抜き放った！

「きゃあっ」

いくら皇帝の血を引いているとはいえ、一武官が突然剣を抜いては、謀反も同然である。

刀剣の類いを見慣れぬ雛女、特に芳春と清佳は、物騒な光に思わず腰を浮かせた。

「何をする！」

「乱心したか！」

「皆の者、であえ！」

皇帝の周囲を固めていた近侍が、一斉に辰宇の喉元に剣を突き付けると、外扉からも急を知った武官たちが押し寄せる。

ドタドタドタ！

大量の男たちが物音と風を立てたそのとき、冬雪が鋭い視線を寄越した。

「今です」

はっとした慧月は、素早く燭台の炎に向かって念じた。

（景彰殿！）

室中《へやじゅう》の炎が揺れたが、幸いなことに、物々しい男たちが立てた風で起きた現象に見えた。

『…………』

ふ、と、炎の奥になにかが繋がる気配を得る。

だが、炎の向こう側は静まり返っていた。

(いったい、なにを?)

怪訝な思いで炎を見つめていると、やがて、赤い輪郭の内側に、すっと紙が差し出されたので、慧月は目を瞬かせた。

『大丈夫』

紙には、文字が書かれていた。

まるで教本のような、嫌味なくらいにきれいな字だ。

『陛下の問いは、こちらで同時に聞いている。僕の書いた通りに答えれば大丈夫』

さらさらと、かなりの速さで書き足される文字。

なるほど、これであれば、周囲に声を聞かれることなく、やり取りができる。

『僕は粘着質で定評のある、妹の専門家だよ。任せて』

文の最後には、おまけのつもりなのか、何かの絵が書き足されていた。

『玲琳も筋肉も君を応援しています』

(意味がわからないわ)

最後の、腕を折り曲げているような絵は、妹、というか筋肉のつもりだったらしい。

字は巧みだというのに、絵はちっとも写実的ではなく、その差が妙に笑えた。

(さすがはあの女の兄ね)

なんだか一気に肩の力が抜けてしまったようで、口から変な吐息が漏れる。

ついでに、目まで潤んでしまったのだが、これは呆れのせいだろうか。

(あとで、『意外に絵がお下手ですこと』って言ってやらなきゃ)

全身から余計なこわばりが抜け、代わりに、腹の底から力が漲《みなぎ》ってくるのを感じた。

そうとも、「あとで」。こんなところで終わらない。

必ずこの状況を切り抜けてみせるのだ。

「物騒なことだ、辰宇。この父に、なにか物申したいことでもあったか?」

上席では、まだ辰宇が護衛に剣を突き付けられている。

玉座から冷ややかに見下ろされた辰宇は、同じ温度の視線を返すだけだった。

「とんでもないことでございます。曇りなき忠誠を捧げるべく、それも跪いたまま剣を抜いただけで、かくも護衛に怯えられるものとは思いもしませんでした」

「なんだと!?　こやつ、奴隷の子の分際で」

ぬけぬけと告げて剣をしまった辰宇に、護衛たちが色めき立つ。

「よい。皆、剣を下ろせ。こやつに野心がないことはわかっている」

だがそれを、皇帝本人が制止した。

寛容とも、侮蔑的とも取れる物言いだ。

「以後、誤解される言動は厳に慎むように。報告、ご苦労。引き続き外の監視を続けよ」

「は」

鷹揚に告げられると、囮《おとり》役を終えた辰宇は礼を執り、粛々とその場を去ってゆく。

相変わらずの無表情で去ってゆく鷲官長を、雛女たちは視線を合わせるのを避けるように、そして慧月は密かな感謝を込めて、頭を下げて見送る。

妾腹の息子の姿が見えなくなると、弦耀は再び、雛女たちへと向き直った。

「さて。たまには雛女《むすめ》たちと水入らずの会話を楽しみたいものだ」

「もったいないお言葉でございます」

慧月は今度こそ、堂々と顔を上げた。

視界の端、冬雪の背に隠れる位置で、温かな炎が躍った。


「私が皇城内で、一番好きな場所を覚えているかな。そなたも一度連れて行ったように思うが」

「ごほっ、ごほっ。……失礼。ええ、忘れもしませんわ。黄麒宮の裏手にある丘――陽楽丘《ようらくきゅう》の頂上でございますね。日の出をご覧になろうとした陛下に、ご一緒させていただいたのでした」

「そうだったか。黄麒宮は西側にあるから、日の出を拝むには向かないように思うがな」

「ごほっ。……いいえ。たしかに、黄麒宮に日が昇るのは最後ですが、だからこそ、後宮の建物を順に照らしてゆく様を見届けられると、陛下は仰っていたかと存じます」

炎術を使った会話は、思った以上に滑らかに続いた。

まずは、弦耀が話し出した際に、質問を先取りして景彰が筆を動かしはじめる。

慧月は咳き込むふりをして、皇帝から顔を背けがてら燭台の炎を覗き込み、回答を盗み見てから答える、という寸法だ。

弦耀と玲琳が接するときは、必ず肉親である皇后・絹秀《けんしゅう》が介在している。

そして伯母のもとに挨拶に上がるとき、病弱な玲琳の傍には必ず、過保護な黄家兄弟がいた。

つまり、弦耀と玲琳の会話は、すべて景彰も見聞きしているということだ。

玲琳が病弱で――そして景彰が一度聞いた話を絶対に忘れない粘着質な男でよかったと、慧月は初めて思った。

「幼い頃から、そなたは優しい子だった。池の蓮《はす》が枯れて、泣いてしまったのを覚えているかな」

『否。妹は実が成ることを喜んだ』

「そうだった。意外に食欲が旺盛だったな。たしか、揚げ菓子をよく好んで食べていたっけ」

『否。憧れてはいたが、油は胃を痛めるのでずっと食べられなかった』

「おやおや。私の記憶力もだいぶ衰えてきたようだ。頭をよくする薬を煎じてもらったほうがよいかもしれぬな。そなたにはたしか、調薬の心得があったな？」

『是。ただし皇帝夫妻には披露しても、公の場では披露していない。謙遜を』

弦耀の質問は巧妙だったかが、景彰の返事はそれ以上に巧みで、かつ的確だった。

慧月は、次々と連ねられる文字を慌てて読みながら、おずおずと問いを否定し、あるいは恐縮したように眉を寄せ、なんとか弦耀の追及を躱《かわ》し続けた。

「まったく、奥ゆかしい、自慢の雛女であることだ」

弦耀は、単なる幼少時の思い出では、揺さぶりを掛けられないと考えたらしい。

昔語りを続ける態で、今度は教養を問うてきた。

「そうそう——雛女になる前の問答試験で、そなたとは何について話し合ったのだったか」

(問答試験ですって？)

慧月は反射的に体を強ばらせる。

入内前の問答試験とは、「女の貞節はどうあるべきか」「貧しい人をどのように助けるか」といった問いに対して、経典を持ち出して意見を述べるものだ。

官吏が受ける科挙試験とは異なり、内容はあくまで古典や芸術、道徳に限られたものの、慧月はこれが大の苦手だった。

結局、感情に則った稚拙な意見を、経典を持ち出すこともなく小声で述べるばかりで、試験官も呆れ顔だったのを覚えている。

後見人だった朱 雅媚《がび》が、後ろからさりげなく補足することで、「朱 慧月の意見には平民の実直な思いが感じ取れる」という、侮蔑と紙一重の「評価」を得たのだったが、あれをこの場で再現するのだと思うと、それだけで舌に苦みが走るようだ。

「たしか、『視力を失った人間は無価値か』という問いだったな」

弦耀が、真意を窺《うかが》わせぬ表情のまま、こちらを見る。

「さあ、どう答えたのだったか」

——さあ、答えなさい、朱 慧月。

その瞬間、二年近く前の、あの試験会場に引き戻されたかのような心地を覚え、慧月は冷や汗を滲ませた。

見知らぬ試験官たち。冷ややかな目つきでこちらを値踏みする女官たち。

王都風だという髪型は、華やかだが簪が重すぎて、ずっと頭が痛い。帯もきつくて息が上がりそうだ。御簾の向こうでは、この国で最も尊い皇帝と皇后が、こちらのやり取りを見守っている。

姿勢よく座らなくては、いいや、それよりも早く答えねばと、あちこちに気が散った。

(経典の内容を絡めて……教養高く……)

無理よ、と内なる自分が悲鳴を上げる。

それは入試を前にしたときの自分であり、そして今の自分でもあった。

王都の人間を唸らせる教養なんてない。経典の内容だってわからない。

今さら付け焼き刃の知識を身に付けたところで、いったい何になるというのか。

いつもそう、胸の内で叫んでいた。

『当然価値があると答えた。「修徳記《しゅうとくき》」だ。二十五章、嵐の夜の話』

景彰は炎越しに、すでに回答を示してくれている。

だが、雛女ならわかって当然のその章が、いったいなんの話を示すものなのか、思い出せない。

（だめ……落ち着いて。落ち着けば、ちゃんと）

修徳記は読んだことがあるはずだ。それこそ、黄 玲琳に教えを請うた。

なのに内容が出てこない。

緊張が敵だと、かつて黄 玲琳は告げた。

その通りだ。それなりに努力は重ねているはずなのに、焦りと恐怖に押し潰されて、肝心なときに、その成果が発揮できずにいる。

（知識を披露する。学んだ内容を、教えを、教本通りの……）

学問、と呼ばれるものを前にすると、慧月は決まって圧倒された。

自分が覚えなくてはならないものの量の多さに。自分に欠落しているものの途方のなさに。

（早く答えなきゃ）

炎の向こうで、きっと景彰も呆れている。

もはや泣きそうになりながら、慧月は炎を盗み見た。

『大丈夫』

そして、いつの間にか書き足されていた文字に、思わず唇を震わせそうになった。

『君ならできる』

――あなた様ならできます、慧月様。

鈴を鳴らすような、あの美しい声が耳の奥に蘇《よみがえ》った気がした。

――なにを語るかが知性、なにを語らずにいるかが品性、と申します。

山積みの教本を見て、焦りを募らせる慧月を、彼女は決まってこう励ましたものだった。

――言い換えれば、人に聞かせるための知識など、焦って身に付けずともよいのです。雄弁さより、相手の気持ちに寄り添って沈黙できることのほうを、人は尊ぶ。そして慧月様は、人の気持ちに誰より敏感な方なのだから、誰より、品性を鍛える素養をお持ちなのです。

まったく、自分でも持て余すほど感情的な慧月の性格を、さらりと長所に言い換えてしまう彼女ときたら、見事なものだ。

一足飛びに知的な人間にはなれない。けれど、まさにこの感情的な性格を生かして、相手の気持ちに寄り添った受け答えをすることはできる。

自分は品性に重きを置いた雛女なのだと言ったら金 清佳は一笑に付したが、けれど、玲琳のその言葉を支えにして、慧月はなんとか学問に向き合うようになったのだ。

「どうなさいましたか、雛女様」

ずっと黙り込んでいる慧月を案じ、冬雪がおずおずと背を撫でながら声を掛けてくる。

「早く、陛下にお答えを」

「――もちろん、価値があるとお答えしました」

焦りを滲ませる女官を退けるようにして、慧月はぴんと背筋を伸ばした。

(大丈夫)

先ほどまで、頭に靄《もや》がかかっていたようだったのに、今はすとんと、ほしい情報が掌に落ちてくるような感覚があった。

『「修徳記」二十五章、嵐の夜の章。昌《しょう》。病で失明した老奉公人の話』

「たとえば『修徳記』二十五章によれば、古き昌の国に、病で視力を失った、老いた奉公人がいたそうです」

慧月が教本に疎いのだと察して、景彰が詳細な内容を書き加えてくれている。

この答えで合っている、と確信し、慧月は声に力を込めた。

「働けなくなった奉公人を、元の家の主人は使えないと判じて追い出しました。ですが隣家の主人は、すでに一生分奉公したのだろうと考え、彼を迎えて面倒を見た。すると嵐の夜、商売の帰り道で視界が利かずに往生した主人を、目の見えない奉公人が『慣れておりますゆえ』と導いたとか」

結果、隣家の主人は無事に家に帰り着いたが、元の家の主人は、嵐の中で家路を急ごうとして、崖から落ちてしまうのだ。

慧月は、玲琳がこの逸話に自身をどう重ねたかもわかる気がして、こう付け加えた。

「黄 玲琳自身《わたくし》、病がちな身の上ですが、けれどだからこそ、人の役に立つことができる——価値を発揮することができる日が来ると、信じております」

弦耀はしばし、黙っていた。

卓に酒杯を戻し、小さく「そうだった」と頷く。

「聡明で優しいそなたの答えを聞くと、いつも心が和むな」

これで合っていた。

慧月はほっと胸を撫で下ろした。

「和むといえば、後宮に小さな霊廟《れいびょう》があるだろう。あそこには幼い頃、よく忍び込んだものだ。歴代皇子や公主たちの、様々な落書きがあることを、そなたも知っていよう？」

『是《そう》。幼い玲琳も僕たちと探検した』

「ええ。幼い頃、兄たちとこっそり探検したものでした」

弦耀はまだ質問を投げかけてくるが、もう動じない。

だって自分は、大丈夫なのだ。

隣の冬雪も、すっかり安心した顔でこちらを見ていた。

「それで、おまえの兄たちは誇らしげに教えてくれたものだ。誰それの字は達筆で、誰それの絵は優れていた、とな」

『達筆な書は先代の第三皇子、趣深い画は三代前の第二皇子』

「ごほっ。そうでしたね。たしか、先代の第三皇子の書は、落書きながら優れたもので、三代前の第二皇子の画は、趣深いと評しておりました」

景彰の指示を元に、慧月は淀みなく答える。

答えながら、黄家兄妹ときたら、ぬけぬけと霊廟に侵入し、落書きの品評までしていたのかと、顔を引き攣《ひっ》らせそうになった。大胆にも程がある。

「そうだ。逆に、とびきり下手な詩もあったと言っていたな。あれは誰のものだったか……」

『先代の第一皇子。字がいびつで、言葉選びも不自然と評判』

景彰がさらりと書いて寄越す。

慧月自身も、あの霊廟の目立つ場所に、詩が彫ってあるのを思い出した。

(たしかにわたくしも見たことがあるわ。名前まで添えてあったっけ。ええと、先代の第一皇子……たしか、黄家筋の方だったわよね？)

皇族の系譜にさほど明るくはないが、たしか、前代の黄家妃は淑妃の地位にあり、第一皇子はその息子だったはずだ。

母は皇后でないとはいえ、一番に生まれた男児であったたし、父帝も可愛がってきたことから、早々に皇太子に指名された。だが、玄家皇后より生まれた末皇子の弦耀が台頭するのに合わせて、廃嫡されたという。

（廃嫡された以上、きっと品行か素養に問題があったのね。字が汚かったのも納得だわ）

ということは、この回答で間違いない。

「そうですね、おそらくそれは――」

先代の第一皇子のものでしょう、と得意げに答えかけて、慧月はふと口を噤《つぐ》んだ。

『どうした？』

炎の向こうで、景彰も怪訝そうに走り書きを加えてくる。

「…………」

『先代第一皇子、護明《ごめい》だ。黄家淑妃から生まれた皇子、後に廃嫡された』

景彰がより詳細に書いてくれたが、それでもやはり、慧月は沈黙を選んだ。

（正解は知っている。わたくしは答えられる。でも）

――何を語るかが知性、何を語らずにいるかが品性。

黄 玲琳なら、誰かを陰で馬鹿にするような発言は、たとえ身内に対してのものであっても、けっして口になんかしない。

「……さあ」

最終的に、慧月は、ゆるりと頬に手を当て、小首を傾げてみせた。

あの女は、まるで感情がこぼれるのを押しとどめるように、しょっちゅう頬に手を当てる。

悲しみも、怒りも、ほかのどんな後ろ暗い感情もすべて覆い隠し、とびきり美しく微笑んでみせるのだ。

「申し訳ございません。忘れてしまいました」

皇帝相手にだって、躊躇《ためら》いなくとぼけてみせる。

しばしの沈黙が落ちた。

やがて弦耀は、ふっと静かに笑ったようだった。

「そうだな。そなたは、そういう雛女だ」

今度こそ、慧月は全身に安堵が巡るのを感じた。

先ほど間違いなく経典を引用できたときよりも、数倍大きな誇らしさを覚えた。


「やるじゃないか……」

一方、炎の向こうでは、景彰が呆然と呟いていた。

すっかり握り締めたままになっていた筆から、ぽたりと小さな墨の滴が落ちる。

朱 慧月が、まさかあの状況で、自分の助力を断り、問いに「忘れてしまった」と返すとは思いも寄らなかった。

だが、そう。

考えれば考えるほど、あの妹が、誰かの字を馬鹿になんてするはずがなかったのだ。

それに、この流れに乗ってしまっては、黄 玲琳が自身の兄たちの陰口を吹聴したことにもなって
いただろう。

とにかく皇帝の追及を躱そうと、そして慧月を助けようとするあまり、問いに応じることにばかり
夢中になってしまった己を、景彰は自覚した。

（うわ、恥ずかしい）

筆を持っているのとは反対の手で、顔を覆って俯《うつむ》く。

なにが「助ける」だか。これでは、むしろ助けられたも同然だ。

がしがしと髻《もとどり》を掻き、やっと顔を上げる。

蝋燭《ろうそく》の上で揺れる朱色の輪郭の中に、凜と佇む「彼女」の姿が見えた。

妹の顔をした、まったく別の女性。

すぐに取り乱し、半泣きで腰を浮かせようとするけれど、かと思えば、想像もしない揺るぎなさで、
その場に踏みとどまってみせる。

次々と意外な一面が現れ、目が離せない。

「…………」

景彰は、口元を片手で覆ったまま、じっと燭台を見つめていたが――。

そのとき、炎の奥で、弦耀が席を立ったのを見て取り、全身に警戒を走らせた。

(わからぬな)

ゆったりと頬に手を当てる雛女を前に、弦耀は目を細めた。

この女が、本当に黄 玲琳なのかどうか——見極めがつかない。

(鑽仰礼《さんぎょうれい》で使われていたのは、たしかに炎術のはずだ。術師である可能性が高いのは、父親が道士を目指していた朱 慧月。しかし、城下町で彼女は術を使わず、代わりに「黄 玲琳」の近くで異変が起きた。とすれば、ありえるのは、二人の入れ替わりだが)

この世には、魂と体を入れ替える術が存在すること。

そして、人の目から逃れようとする術師は、時に他者の肉体を奪いうること。

その事実を、弦耀はとある経緯から熟知し——かつ、心の底から憎悪していた。

もしも目の前で、そのおぞましい術が揮《ふる》われているというのなら、必ず術師を殺さなくてはならない。

ただしそれは、入れ替わりの事実を証してからだ。

入れ替わりの術は、弦耀にとって、最も慎重な扱いを要する問題だった。

(最初、落ち着きがなかったのはたしかだが)

弦耀が知る黄 玲琳は、さすが黄家の血を汲むだけあって、泰然とした少女だ。

たおやかで儚げなのは外見だけ。その心の内は揺るぎなく、無意識に死を見つめているからか、周囲との間にはうっすら一線を引いている節がある。

ここ最近、隠密から報告が入るように、「周囲と頻繁に言い争い」「まなじりを吊り上げて怒る」といった行為など見せたことがなく、それだけでも、中身が本当に彼女なのか疑う材料と言える。

他家の雛女たちが、やたら心配そうな眼差しを彼女に注いでいるのも不自然だし――黄 玲琳は、周囲から憧憬の視線を受けることはあっても、見下ろされることなどない――、辣酢で喉を焼いたとはいえ、咳を隠す素振りを見せないのも妙だ。しかし、弦耀はこれまでほとんど後宮に関与してこなかったため、黄 玲琳は友人の前では気を緩めるのだと言われれば、納得せざるをえない。

それに、幼少時の思い出をすべて正確に記憶し、かつ、他者の陰口をけっして叩こうとしない姿は、たしかにいつもの「黄 玲琳」らしく見えた。

（……面倒だな）

信じようと思えば信じられる。

が、疑おうと思えばきりがない。

これといった決定打に欠けた状況に、弦耀の心は、次第に不穏な方向へと傾いていった。

基本的に冷淡で、しかも戦を司る玄家筋。本来の弦耀の性質に照らすなら、いちいち容疑者の安全など斟酌《しんしゃく》してはいられない。

やはり、会話で正体を探ろうなど迂遠にすぎたのだ。

爪の一、二枚でも剥がせば、こんな問題、一瞬で決着がつくに違いないのに。

(もう時間がない。やはり、本性にそぐわぬ方法を取っている場合ではなかった)

弦耀は酒杯を置き、ゆっくりと席を立った。

目の前の雛女の正体が朱 慧月なら、軽い拷問ですぐに音を上げるだろう。

真実、黄 玲琳本人だとするなら、逆に悲鳴すら飲み込むに違いない。

なに、どうせこの場には、「あの人」を思わせるお目付役《こうごう》はいないのだから。

「陛下……？」

驚いた顔でこちらを見返す雛女に、一歩近付いた、そのときだ。

――バンッ！

勢いよく扉が開き、とある人物が室内へと踏み入ってきた。

「皇帝陛下にご挨拶申し上げます」

同時に響くのは、涼やかな低い声だ。

堂々と室《へや》を横切り、優雅に膝を折ってみせた人物を見て、さすがの弦耀も、微かな驚きを禁じえなかった。

「大陸一尊い御身が、辺境の地にご来臨になっているというのに、卑小なるこの愚息が、まさか安穏と都に留まっているわけにはゆかぬと、急ぎ参じました」

ほんのわずかに息が上がっているのは、昼夜を徹して馬を飛ばして来たからであろうか。

いつも完璧に整えられている鬢《びん》も一筋だけ乱れ、精悍《せいかん》な美貌には、うっすらと汗が滲む。

だが、彼は次の瞬間には堂々と顔を上げ、隙のない笑みを浮かべてみせた。

「以降の陛下のもてなしは、私が。慈粥礼を成し遂げた我が婚約者たちには、しばしの休息をお許しいただけますか？」

――雛女に手出しはさせない。

膨大な政務と数々の妨害を乗り越え、この場を制しにやって来たのは、皇太子・尭明《ぎょうめい》であった。

＊＊＊

「いたっ」

張りだした枝に足を引っ掛けてしまい、玲琳は小さく悲鳴を上げた。

一瞬だけ立ち止まり、素早く全身を見下ろす。外衣が汚れないよう、脱いで布にくるみ、裾までからげているせいで、両の足が剥き出しだ。

脛《すね》には枝で作った引っ掻き傷が絶えないし、からげた裾も、泥で汚れ、糸をほつれさせている。

だがこの程度ならなんとか、後から外衣をまとえばごまかせそうだった。

（ここまで、ずいぶん強行軍で来ましたものね。この程度で済んで、上出来です）

雲梯園までの直線距離を重視するあまり、道なき道を進んだり、途中、小さな崖から滑り落ちたりすることもあった。だが、お陰で、日没前には、なんとか麓近くまで下りることができた。

そこからさらに黙々と山道を下り続け、空がすっかり闇に沈んだ今になって、ようやく烈丹峰と呼ばれる山そのものを抜け出したのだ。

いまだ茂みに覆われている道にいるが、あと少し進めば、一気に視界が開けてくるはず。

そこから村道に出て、もう一刻ばかり走れば、雲梯園の門が見えるだろう。

(少し、休憩を……)

がくがくと膝が震えているのに気付き、一瞬、近くの切り株に座り込みそうになる。

すでにふくらはぎは熱を帯びたように腫れ上がり、息も完全に上がっていた。

ここまで、伝令兵もかくやという速さで山を下りてきたのだ。いくら慧月の体が丈夫と言っても、少し休ませる必要があるだろう。

(いいえ、いけません。それが命取りになったらどうします)

だがすぐに考えを改め、顎まで流れる汗を拭い取った。

数刻の時間差を恐れて、こうして単身、山を下りてきたのだ。ここでの「少し」の休息が、万が一にも慧月に影響したらと思うと、とても身を休めることなどできない。

すっかり乱れていた髪を直し、玲琳は抱え持っていた外衣をまとった。

ここから先は、人とすれ違う可能性がある。

（急がなくては）

頭上に輝く月の傾きから察するに、今は戌《いぬ》の正刻《せいこく》あたり。雲梯園では皇帝を招いた夜宴が開かれていることだろう。それとももう宴は終えた頃か。尭明は間に合っただろうか。

散々に気を揉《も》みながら、さらに一刻を掛け、すっかり夜も更けた亥の正刻頃になって、とうとう玲琳は雲梯園の門をくぐった。

「『朱 慧月』でございます。お通しを」

身なりと表情を取り繕い、平然と告げる。

「えっ、朱 慧月様!? なぜこちらに?」

「皇帝陛下のご来臨を伺ったゆえ、慈粥礼を早めに切り上げ、馳せ参じた次第です」

驚く門番とのやり取りを一言で切り上げると、強引に中へと踏み入った。

ざっと園内を見渡す。

入り口の付近に皇室の旗を立てた馬車、そして回廊の至るところに、手練《てだれ》の護衛が立っている。すでに皇帝がこの場にいるのには間違いない。

だが少なくとも、広場や回廊で残忍な処刑が行われている気配はなかった。人の死を告げる銅鑼《どら》が鳴る気配もだ。

しばらく回廊を駆け、広間に向かっていた玲琳だが、途中で通りがかった厩舎《きゅうしゃ》に、皇太子の剛蹄馬《ごうていば》が繋がれているのを見て取り、ほっと安堵を覚えた。

尭明は無事に駆けつけてくれたのだ。

「――……じゃない」

「まったく、……様ったら」

と、視線を外に向けたそのとき、池の中央の四阿《あずまや》から、女たちの華やいだ声がするのに気付く。

かざされている松明の明かりに目を凝らしてみれば、そこにいるのは、四家の雛女たちだということがわかった。

寒い中だが毛皮を巻いて、夜の景色を楽しんでいるようだ。

(慧月様！)

四人の中でもひときわ厚い毛皮を巻き、石造りの椅子に掛けている「黄 玲琳」――つまりは慧月を見つけ出し、玲琳は安堵のあまり、その場で声を上げそうになってしまった。

城下町から戻ってきて以降、ずっと接触を断っていたから、彼女を見るのは、かれこれひと月ぶりだろうか。

自分の顔だというのに、ずいぶん懐かしく感じた。

慧月は茶器を両手で持って、ちびちびと啜《すす》っている。

傍らの清佳にむっとした表情で顔を上げ、かと思えば芳春に向かって眉を吊り上げてみせ、歌吹には嘆息し、疲れたように椅子に背を預ける。

ころころと表情が変わる――生きている。

久々に会えた喜びと、無事を確認できた安堵とに、思わず目が潤みそうになった。

(よかった……!)

きっと皇帝の接近を、うまく躱しおおせたのだ。

玲琳はその場に崩れ落ちそうになったが、慌てて膝に力を込めると、改めて身なりを整えた。

雛女たちのいる四阿はきっと監視もされているだろう。慌てて「朱 慧月」が飛び込んだのでは怪しまれるだろうし、だいたい、無様な姿を見せて慧月を心配させるわけにはいかない。

気合いで病状を堪えるのと同じやり方で、疲労や痛みを押し殺すと、玲琳はつと顔を上げ、四阿へと続く橋を渡った。

「あら、皆さまお揃いですこと!」

声を張ると、ぱっと慧月が振り返る。

ああ、彼女が無事で本当によかった。

だが、どれだけ怖い思いをしただろう。

少々不器用で、怯えやすい彼女のことだ。他家の雛女たちに素直に頼ることができず、孤独感を味わったかもしれないし、突然皇帝に肉薄されて、絶望感に苛《さいな》まれたかもしれない。

せめて自分が傍にいられれば、もう少し彼女の支えになれたかもしれないのに。

もどかしく思いながら橋を渡っていると、慧月は目を見開き、それから、勢いよくその場に立ち上がった。

「まあ、『朱 慧月』様」

つかつかと橋をこちらに向かって進んでくるのを見るに、出会い頭に罵られるのかもしれない。

どうしてもっと早く来てくれなかったの、おかげで散々な思いをしたじゃない――。

「どうしてのこのこやって来たのよ」

（え？）

涙目で詰《なじ》られるのを覚悟していた玲琳は、呆れ顔で声を潜める慧月に、思わず動きを止めた。

「え、っと……」

「陛下は入れ替わりを疑って、さんざんわたくしを問い詰めてくれたけど、殿下が介入してくれて、無事に躱したわ。今はそのまま、殿下が陛下の相手をしてくださっている。首尾よく行っているから、あなたは、わたくしとの接触を避けて」

押し殺した声で、次々と告げられる情報を、なんとか咀嚼《そしゃく》してみせる。

つまり、すでに窮地は脱したから、今さら玲琳に来られても意味がないということだ。

むしろ、こうして接触していると、なにかの拍子にまた怪しまれてしまうと、警戒している。

「あなたがいなくても、ちゃんとやれるから」

すでに尭明も駆けつけてくれた以上、玲琳の助力など、必要なかったのだ。

「それは」

じり、と心臓が焼けるような心地がするが、これがなんという感情なのかはよくわからない。

羞恥、というのに多少近い気がした玲琳は、急に込み上げてきたそれをごまかすように、髪を耳へとなでつけた。

よかった、と安堵すべきなのに、突き放されたような心地を覚えるのはなぜだろう。

いいや、それも傲慢というものだ。ただ単に、なんとかしなくては、と意気込んでいた自分が、空回りしていただけ。

「何よりです。申し訳ございませんでした。肝心なところで、まるでお役に立てなくて……」

髪が汗で湿っている。

泥を飛ばし、枝で散々に引っ掻いてしまった己の足が、不意に見苦しく思えて、さりげなく外衣を整えて裾を隠した。乱れていた呼吸も、改めて気合いで整える。

肝心なときに間に合わなかったばかりか、大切な友人の体を傷付けてしまった。

「まあ、いいわよ。これくらい、大したことなかったわ」

慧月は肩を竦《すく》め、玲琳の反応が薄いのを見て取ると、怪訝そうに眉を寄せた。

「さすがのあなたも、烈丹峰での慈粥礼には難儀したようね。でもある意味、あなたが遅れたからこそ、殿下は予定より早く駆けつけられたようなものだわ。結果よし、というやつでしょう」

慧月は、尭明を間に合わせるために玲琳が払った努力を知らない。

玲琳もまた、けっしてそれを伝えるつもりはなかった。

だって、そんな感謝をねだるような真似、誰ができよう。

「そうですね。殿下が間に合って、本当にようございました」

「他家の雛女たちも、冬雪や鷲官長も、あとは景彰殿も助けてくれたの。わたくしでも案外、周囲とうまくやれるものね」

慧月がふふんと背後を振り返る。

赤々と四阿を照らす松明の炎、その明かりが慧月の頬までをも輝かせ、見ていた玲琳は眩《まぶ》しさを覚えた。

「そうですね。……ようございました」

「なによ」

すると、控えめな相槌を聞いた慧月は、少々むっとしたように唇を尖らせる。

「あなたがちんたら慈粥礼をやっている間、わたくしは相当頑張ったのよ？　もうちょっと——」

だが、紡ごうとしていた文句を飲み込んでしまうと、「まあいいわ」と鼻を鳴らした。

「とにかく、今夜はもう入れ替わり解消はできないの。陛下がいらっしゃる間も、当然無理。王都に戻ってから作戦を練り直すから、それまでは、怪しまれぬよう接触を控えることよ。あと」

最後に少しだけ、なにかを言いよどむ素振りを見せ、やはり口を引き結ぶ。

「じゃあ、戻るわ」

そう告げると、後は再び、雛女たちが集う四阿へと引き返してしまった。

「『慧月様』！　いらしたのですね。少しこちらでお茶でも——」

「まあ、いけませんわ。彼女はお疲れのようですもの」

こちらに気付いた清佳が身を乗り出すが、それを慧月が、「玲琳」のふりをしながら遮る。

「わたくしたちも、あと少しだけおしゃべりしたら、それぞれの室《へや》に戻りましょう。さすがに冷えてまいりました」

きっと、「黄 玲琳」と「朱 慧月」は常に別行動をしていたと、この四阿を遠くから見ているかもしれない人物に、印象付けようとしているのだろう。さすが慧月。よく考えている。

（……あら？）

頼もしい親友の姿に、誇らしさと喜びを抱くべき場面なのに、なぜだか心の臓がじわじわと痛んで、玲琳は首を傾げた。

（あらら？）

どうも体の反応がおかしい。

慧月が周囲に認められ、愛されることを、自分はずっと願っていたはずだ。冬雪や莉莉《りーりー》に彼女が褒められるのを見るたび、こちらまで春風を浴びたような、幸せな心地を味わってきた。

なのになぜ、今、こんなに胸が痛むのか。

（山下りの影響でしょうか）

胸元を押さえていると、四阿に戻った慧月が一瞬だけ振り返る。

はっとした玲琳は、急いで笑みをこしらえ、手を振った。

相手が反応する前に、頭を下げ、踵《きびす》を返す。

闇に沈んだ回廊を引き返しながら、慧月が、たっぷりと松明の焚《た》かれた四阿にいてくれてよかったと思った。

明るい場所からは、暗い場所が見えにくいはずだから。

――みっともなく泥を飛ばした裾も、下手くそな笑みも、きっと気付かれないはずだから。


「なによ。あんな姿勢よく歩いちゃって」

一方、四阿に戻った慧月は、背筋をぴんと伸ばしたまま回廊を引き返してゆく玲琳の後ろ姿を、じっと見つめていた。

「どんな時でも悠然としているのだから。あれじゃ、ちっとも『朱 慧月』らしくないわ」

思わず、ちっちっちっと舌を鳴らしそうになる。

まったく、慈粥礼が長引くというから、どんな騒動が起こったのだろうと心配したのに、あんなに悠々と現れるとは。

慧月の危機を知って、少しは馬車を急がせでもしたかと思ったが、やって来た彼女は、きれいに髪をなでつけ、裾まで丁寧に整え、いつもの優雅さを見せていた。回廊や橋で急ぐ素振りも見せず、呼吸すら乱れていない。

（ちっとも心配しなかったというの？　他家の雛女たちですら、一緒に心配してくれたというのに）

石造りの椅子に腰を掛けながら、「いやいや」と慧月は思い直した。

突然皇帝がやって来たからといって、「朱　慧月」が「黄　玲琳」を案じるのは奇妙なのだから、周囲の目を考えればこれでよかったのだ。

あの女もようやく、不慣れな演技に、本腰を入れはじめたのかもしれない。

（でも、わたくしだって、不慣れなことを頑張ったのよ）

茶器を取り上げ、むっとした形になろうとする唇をごまかす。

実を言えば慧月は、玲琳に褒めてもらいたかったのだ。

この難局を、いつも頼っている彼女の力を借りずに乗り切ってみせたことを、ほかでもない黄　玲琳に喜んでほしかった。

（なによ。目を丸くして、「すごいです！」と言うと思ったのに）

突然皇帝に肉薄されたこの一件が、「大したことなかった」など、本当はかけらも思っていない。

恐ろしかったし、泣き出しそうになったし、何度も胸の内で黄　玲琳の名を呼んだ。

この場にいない彼女の言葉をなぞって、それに縋《すが》り付くというみっともない真似までして、ようやく事態を乗り越えたのだ。

それでも「あなたがいなくても平気」と嘯《うそぶ》いてみせたのは、自立した姿を見せたかったからだ。

（しょっちゅう、自立だ、根性だ、って言うくせに。自立した女が理想なのでしょう？）

黄 玲琳に依存しなくても、自らの足で立てること。この自分にだって、多少の社交はできること。慧月の成長を我がことのように喜ぶ彼女なら、きっと大はしゃぎすると思っていた。

（他家の雛女たちと、うまくやれている姿も見せたでしょう？）

黄 玲琳はしょっちゅう、「他家の雛女様方ともぜひお付き合いを」だとか、「慧月様の魅力がもっと多くに伝わればいいのに」だとか言う。

慧月自身は、すぐに腹の探り合いを始める雛女たちと、今さら交流したいとはちっとも思わないが、それでも玲琳がそう言うから、慣れない社交を頑張っているのではないか。

（もっと褒めてよ、という要求だって飲み込んだのよ）

少し前までの慧月だったら、相手から思う賛辞が引き出せなかったら、癇癪《かんしゃく》を起こして茶器を投げつけていたところだ。

だが、そうした態度を幼稚だと反省したからこそ、あえてなにも言わずに済ませたのに。

（なによ……）

茶器から立ち上る湯気で、唇を湿らせる。

とそのとき、向かいの席の清佳が声を掛けてきた。

「玲琳様はなんと仰っていたの？　ご無事でいらした？　まったく、せっかく四阿まで足を運んだ玲琳様のことを、すげなく追い返すだなんて」

「そうです。わたくしも、烈丹峰の様子を伺いたかったですわ」

「今宵の出来事も共有しておきたかったしな」

芳春や歌吹も次々に続く。

ただでさえ不機嫌だったところに、文句を浴びた慧月は、ふんと鼻を鳴らして一同を退けた。

「仕方ないでしょう。接触したら怪しまれるはずだもの」

「よく言うわ。玲琳様に一目会いたくて、寒い中四阿で待っていたくせに。わたくしたちのことまで巻き込んでね」

だがすぐに、清佳にぴしゃりと言い返される。

そう。慧月がこうして四阿にいたのは、今日中に雲梯園に来ることになっていた黄 玲琳を、確実に視界に捉えたかったからだ。

大丈夫だと告げてやらないことには、心配性の友人が、猪のように突進してきそうだったから。

もっとも、その必要はなかったわけだけれど。

「さて、無事に玲琳お姉様のお姿も見られましたし、わたくしたちはお暇《いとま》しても？　もう、だいぶ夜も遅うございます」

「そうだな。元の予定では、明日には王都に向かって出発するはずだったが、陛下がいらした以上、視察なども加わるかもしれん。万全の体調でいなくては」

潮時と見た芳春たちが、いよいよ退出の準備を始める。

慧月は、ここまでなんだかんだ文句も言わずに付き合ってくれていた彼女たちを見つめ、神妙に切り出した。

「先ほどは、助けてくれてありがとう」

礼を言うのなんか年に数えるほどしかないが、黄 玲琳ならば、些細なことでいちいち感謝を述べるのだろうから。

ほら、こんなに頑張っているのに、と慧月は改めてむくれた。

特に、いけ好かない金 清佳に頭を下げるなんて屈辱的だ。

だが彼女には、歌を回避させてもらった恩がある。

「正直、そこまでやる？　とは思ったけれど、……助かったわ」

もごもごと告げると、金 清佳は面食らったように目を見開き、ついで、それを隠すようにつんと顔を背けた。

「べつに。拙い歌など、わたくしが聞きたくなかっただけよ」

ちらりとこちらを見下ろしながら、付け足す。

「まあ、あなたが修徳記を覚えていたのは、褒めて差し上げてもいいわ」

だが、居丈高に言い放つ清佳を前に、慧月はつい顔を顰めてしまった。

「……なにか違うのよね」

「は？」

「あなたにもじもじされながら褒められたところで、さして嬉しくないわ」

「なんですって？」

清佳がこめかみに青筋を浮かべる。

怒らせてしまったが、純然たる事実だった。

あれほど周囲からちやほやされたいと、願ってきたはずなのに。

今、ちやほやとまでは行かずとも、こうして一定の評価を向けられたというのに、ちっとも心が躍らない。

（なによ）

慧月は今一度胸の内で唱え、飲み終えた茶器を乱暴に卓に置いた。

＊＊＊

顔からどさりと倒れ込んだ玲琳のことを、寝台は柔らかく受け止めた。

雲梯園の一画、「朱 慧月」に宛てがわれた室《へや》である。

莉莉のことまで烈丹峰に置いてきてしまったので――今ごろ彼女たちは、空の駕籠《かご》を担いでゆっくりと山を下りているだろう――、この場には玲琳以外、誰もいない。

蝋燭の火すら灯さぬ暗い室《へや》には、換気のため開け放していた窓から、月光が注ぎ込んでいる。

玲琳は寝返りを打って仰向けになり、青白い光が細く壁を照らすのを、ぼんやりと見つめた。

動くのを止めると、途端に足が痛みを思い出す。

疲弊しきって、痺れだした足を、玲琳は無意識に揉みほぐしはじめた。

これは友人の体。いくら労《いたわ》っても十分ということはない。それに、董《とう》に約束した以上、明日にももう一度烈丹峰に向かわねばならない。体調を整えておくに越したことはないだろう。

(烈丹峰に留まっていたほうが、いっそよかったかもしれませんね)

皇帝を躱すのに必要だったのは、あくまで皇太子の介入であり、たしかに景行《けいこう》の言うとおり、自分が駆けつける必要はなかったのだ。少しでも接触を減らそう、術の露見を避けようとしてきたのに、なぜのこのことやって来てしまったのか。

(だって、慧月様が心配だったのです)

内なる自分が小声で言い訳をしたが、もう一人の冷静な自分が、即座にそれを諌《いさ》めた。

だからといって、感情のままに行動していいはずがなかった。

慧月のため、と言って道術を使わせ、結果危機に追い込んだから現状があるのだろうに、なぜまだ学習しないのか。

今玲琳がすべきなのは、道術の露見を避けること。つまり、慧月と距離を取ることだ。

(慧月様は、わたくしがいなくても、皆とうまくやっていけるのですから)

温かな光に満ちた四阿、人の輪にすんなりと溶け込んでいる慧月の姿を思い出し、玲琳は再び寝返りを打った。

「……頼もしいことです」

声に出して、言い聞かせてみる。

そうとも、自分はこれまで、慧月が周囲と仲よくなることを望んでやまなかった。

彼女は魅力的な人物だ。誤解されやすい部分もあるが、彼女がほんの少し心の扉を開けさえすれば、多くの人々が、その魅力に気付き、交流を求めるだろうと知っていた。

現に、彼女が窮地に陥れば、他家の雛女をはじめ、様々な人間が手を差し伸べたではないか。

(そうです、そうです。慧月様には、そうした愛らしさがあるのですよね。思わず周りが手を差し伸べたくなるような)

引っ掻き傷ができてしまった掌を軽く握りながら、玲琳はうんうんと頷く。

これまで不遇な環境にあって、受けるべき愛情や評価に恵まれなかった友人。

それが今見直されつつあるというなら、こんなに嬉しいことはない。

固い殻に、一度ひびさえ入ってしまえば、きっと種は割れるだろう。ずっと縮こまっていた芽も、やがて葉を広げ、社交性という名の花を綻《ほころ》ばせてゆく。

玲琳はあくまで、慧月のたまたま最初にできた友人に過ぎず、きっと彼女はどんどん、こちらのことなど必要としなくなっていくのだ。

それが成長ということであり、成長とは望ましい変化。

美しい花を手折って手元に置くのではなく、緑溢れる野に、力強く育ってくれと願うことこそが、きっと正しい友情だ。

病弱な自分は、早晩、慧月のことを置いて逝ってしまうかもしれないのだから、なおさら。

(でも)

くるりと、四阿に向かって踵を返した慧月の姿を思い出す。

笑い声の弾ける輪。賑やかな場所。

玲琳を置いて去ろうとする慧月を見て、あのとき、本当は、袖を引きそうになっていた。

お待ちを。どうか――――。

「いけません!」

先ほどの光景をなぞるように、無意識に宙に手を伸ばしていた自分に気付き、玲琳はがばっと寝台から起き上がった。

流れるような動きで、己の頬を強く打つ。

いったい今、自分はなにを考えた。

(いけません! 玲琳! 友人の幸福と自立を喜ぶべき場面で! その自立の足を引っ張るようなことを望むなど!)

ばくばくと鼓動が乱れる。

今、ほんの少し――いやかなり、慧月がもっと自分を頼ってくれたらいいのに、と考えてしまった。ほかの雛女たちとうまくなんか、やらなくていいからと。

(己の性格の悪さにびっくりです)

あろうことか、黄家の人間が、人の自立や努力を否定するなんて。

しばらくの間、玲琳は胸元を押さえ、「驚きました……」と呟いていた。

それから、頬がすっかり熱を帯びているのに気付き、慌てて当て布を探しはじめる。これは慧月の体だというのに、結構な勢いをつけて殴ってしまった。

もう、多方向に、自分にがっかりだ。

以前はもう少し、身の程を弁えていたように思うのだが。

「とにかく、慧月様の足を引っ張るような真似だけはしないことです」

じんじんとする頬を当て布越しに押さえ、玲琳は己に言い聞かせた。

そもそも、慧月が皇帝に目を付けられたのは、鑽仰礼の場で、玲琳が彼女に大がかりな術を披露させたからだ。

ただでさえ迷惑を掛けているというのに、これ以上、彼女の幸福を妨げるようなことをしてはいけない。考えることさえ許されない。

道術の件を、責任を持って隠し通すのだ。

(慧月様とは距離を取ること。演技を徹底すること。そして疑わしい言動は、厳に慎むこと)

何度も心の内で呟き、魂に刻み込む。

とそのとき、室《へや》の扉をこんこんと叩く音が響いた。

「――『朱 慧月』。在室か？」

涼やかに通る低い声。

（殿下？）

驚きながら扉を開けると、月明かりを背負って戸口に立っていたのは、皇太子・尭明であった。

「殿下！　どうなさったのですか。このような夜更けに、供も連れず」

「こちらの台詞だ」

面食らいつつ、ひとまず室内に通そうとすると、彼は溜め息を吐きながら軽くそれを制止する。

どうやら、深夜に雛女の室《へや》に踏み入ることは避けるつもりらしい。

それはそうだ。なにしろこちらには、側仕えの女官一人すらいない。

「先ほど景彰が『朱 慧月』が一人で雲梯園にやって来たと慌てて報告しに来てな。どうしたことかと、様子を見に来た」

どのみち皇太子の動きなど、始終周囲に監視されている。尭明はこの訪問をお忍びとするつもりはないらしく、盗み聞きされていてもいいように、玲琳を「朱 慧月」として扱った。

「烈丹峰での慈粥礼は、いかがであった？」

（ああ……剛蹄馬でのお迎えができなかったから、心配なさっているのですね）

素早く質問の意図を悟る。

玲琳を迎えぬまま雲梯園に直行せざるをえなかったから、心配性の従兄は気を揉んでいたのだろう。しかも尭明を先に行かせるために、玲琳は「慈粥礼が長引いているから」と言い訳までしていたのだった。険しい被災地で、なにか騒動に巻き込まれでもしたのかと案じたに違いない。

彼に報告をしたという景彰もまた、自分で妹の様子を確かめられず——なにしろ、黄家の武官が深夜に朱家の雛女を訪ねるのも不自然だ——やきもきしていることだろう。

おそらく、尭明は景彰のぶんまで心配を背負って、今この場にやって来たのだ。

「門を一人でくぐったそうだな。なぜ駕籠で戻ってこなかった？　まさかとは思うが、一人で山を下りてきたとは言わぬよな」

「ええと」

たしかに、一般的な姫君であれば、馬で迎えてもらえない場合、ひたすら駕籠か馬車に乗って移動するのが普通だ。それならば荷持ちや御者たちと共に到着していなければおかしい。

「途中で、駕籠を下りたのです。気が急《せ》いて。なにしろ、陛下の『おもてなし』に間に合うよう雲梯園に向かわねばと、そう思ったものですから。……結果的に、間に合いませんでしたが」

玲琳は冷や汗の代わりに、なんとか笑みを浮かべた。

過保護な黄家の男たち。

長兄の景行はまだ、病弱な玲琳にも「行けるところまで行ってみろ、気合いだ！」と手を離してくれるところがあるが、次兄の景彰、そして従兄の尭明は、あまり無茶をしすぎると本気で玲琳を軟禁してくる気配がある。

「少しだけ自分で歩きました。ですが、ほんの少しですわ。駕籠も、わたくしを追いかける形で、すぐに雲梯園に到着します」

嘘はついていない。途中までというか、往路はちゃんと駕籠に乗っていた。

たぶん数刻もすれば、莉莉だけを乗せた駕籠が雲梯園に追いつく。数刻なんて、広い視野に立って見てみれば、「すぐに」の範疇だ。

「ほう？」

さりげなく裾を直し、腫れた足を隠した玲琳に、尭明はもの言いたげな視線を向けてきたが、盗み聞きを警戒してか、問いを変えた。

「では、慈粥礼のほうは？　なにも騒動はなかったか？」

皇帝からの揺さぶりを懸念しているのであろう。

「そうですね……」

玲琳は一瞬考え込んだ。

妨害があったこと自体は伝えたほうがよいのだろうが、尭明たちに余計な心配はかけたくない。

彼らには、玲琳よりも慧月のことを気にかけてほしいからだ。烈丹峰への守りを厚くした結果、慧月の守りが薄くなる、といった事態だけは避けたかった。

それに、食料の紛失に始まり、女官の反抗、山賊の登場といろいろあったが、まあ、考えてみれば、実害が発生したわけでもなかった。

「総じて見れば、問題ございませんでした」

「待て。大味にまとめるな」

斜め横に視線を逸《そ》らしてごまかしたが、勘のいい従兄は途端に眉を寄せて詰め寄り、強引に視線を合わせた。

「経緯を言え」

「……悪路で荷持ちたちが荷車を落とし、食材の一部を失ってしまいました。ですがすぐに他で補填いたしました。少し態度の悪い女官もいたのですが、軽く注意したら猛省してくれましたし、列を乱す悪戯《いたずら》っ子もいましたが、荷持ちたちが協力して捕らえてくれました」

極力なんでもないことのように伝える。

半量だって「一部」だし、可晴《かせい》への罰だって釜の前で立たせただけだし、山賊だって「悪戯っ子」の範疇だ。大丈夫。嘘ではない。

「わたくしのことを案じていただき、畏れ多いことでございます。それよりも、ほかの雛女様のご様子はいかがですか？　突然の陛下のご来臨を、わたくしはもてなすこともできず、心苦しく思っております」

話題を変えがてら、心から案じて問う。

慧月のことを尋ねているのだと、瞬時に理解した尭明は、精悍な顔を穏やかに笑ませた。

「大丈夫だ」

その一言に、額面通りの意味以上のものが込められているのがわかる。

「雛女たちの対応に、陛下も満足されたようだ。特に、『黄 玲琳』は相変わらず聡明で奥ゆかしい雛女であることよと、納得なさったご様子だった」

慧月は首尾よく「黄 玲琳」を演じきった――入れ替わりを気取らせなかったということだ。

「陛下は、頼もしい雛女たちの姿を見届けたからか、今はほかのことを気になさっている」

弦耀は「黄 玲琳」が入れ替わっている、道術を使っている、との疑いを一度置いた。

今はほかに関心が移りつつあるということだろう。

「ほかのこと、とは？」

「『賜言《ちょうげん》』だ。陛下は明日も雲梯園に留まり、近隣の被災地から、目の見えぬ者や体の不自由な者、病状の重い者を集め、直接お言葉を賜ると仰っている。また、飢え死にした民があれば、自らの手で弔《とむら》いたいと。突然の来訪は、どうやらそれが目的でもあったようだ」

「賜言が目的……？」

歴代皇帝の中でも、弦耀は飛び抜けて被災地や戦地の視察回数が多いことで有名だ。

身分の低い民、それも障害や病を得た者に、自ら会いに行き、激励するというのは、皇帝としてはありえぬ破格の慈悲で、賜言を受けた民は喜びにむせぶとも聞く。

ならばその慈悲深さを喧伝すればよいのに、弦耀はいつも、事前にそれを予告することなく、むしろ善行を隠すかのように、記録もさせないのだ。

「陛下は、本当に、民に心を砕かれているのですね」

玲琳は慎重に相槌を打った。

淡々として政《まつりごと》にも執着しない皇帝。一方で道術の使用を執念深く追及する皇帝。民思いの皇帝。

弦耀の行動は一貫性に欠くように見え、彼の真意が掴めない。

「ですが、外遊期間を延長するとなると、鎮魂祭当日までに、王都に戻れなくなってしまいます」

「ああ。それについて陛下は、『雛女は王都の鎮魂祭に参加しなくてよい』と仰っている。極陰日までこの地に留まり、ここで捧歌をせよと。鎮魂歌は陰の地で捧げたほうが、よほどためになるだろうとのことだ」

ずっと鎮魂祭に間に合うように、というのを念頭に動いていたのに、当の本人から欠席を許可されるとは、肩透かしだ。

だがまあ、宿営地にまで追いかけて来るほど弦耀が警戒している以上、鎮魂祭に紛れて入れ替わりを解消するのも困難だろう。もはや、玲琳たちが急いで帰還する理由はなくなってしまった。

「あの、陛下は、さすがに鎮魂祭当日には戻られるのですよね?」

尭明は処置なしとばかりに息を吐く。

「明後日までに発《た》てば、まだ間に合うから、陛下もそのおつもりだとは思うが……わからんな。先ほど話した限りでは、賜言にかなりの意欲を燃やされているようだった。多くの民と話したい、と」

皇帝である弦耀がこの地に留まるというのに、皇太子が先んじて帰京するわけにもゆくまい。であるならば、国家行事のはずの鎮魂祭に、皇帝も皇太子も雛女も出席しない事態も考えられるということだ。前代未聞である。

「いったい陛下は、何をお考えなのか……」

「今ごろ王都も大混乱だろうな。だが、陛下のご意志は国そのものの意思だ。さて、それで」

尭明は、げんなりした様子で頷いてから、このように続けた。

「陛下は、雛女が担当したそれぞれの被災地から、賜言の対象となる人物を集めて来いとお望みだ。重症の者には雲梯園で治療を受けさせたいし、餓死者の遺体は弔いたいから、と。また、民を恐れさせぬよう、くれぐれも皇帝の名は出さず、各家の慈悲として扱えとのことだ」

「陛下の名を出さずに、重症の被災者や遺体を集めてくる……」

玲琳はわずかに眉を寄せた。

弦耀は元々、目立つことを好まぬ人物だ。

額面通り、五家に花を持たせたと受けとることもできる。

だが、雛女たちを隠れ蓑《みの》に、なにかをなそうとしている、というのは考えすぎだろうか。

「というわけで、明日は、雛女たちに再び被災地を訪れてもらうことになった。なお、礼武官の景彰のほか、俺と鷲官長は、病弱な『黄 玲琳』が心配なので、彼女に同行して被災地を視察する」

滑らかに説明する尭明の意図を、玲琳は即座に読み取った。

皇帝の真意は掴みかねるが、雛女の被災地再訪は、弦耀から離れるよい口実なので、ひとまず従うということだ。それに際し、皇帝に狙われている慧月の周囲は、尭明と景彰と辰宇——味方でしっかり固める、と。

玲琳は、「素晴らしいことと思います」と熱心に頷いた。

「わたくしも『黄 玲琳』様の身を案じておりました。どうか、殿下たちで彼女をお守りください」

「『朱 慧月』よ。おまえは、最も険しき土地に、しかも護衛武官は景行のみで再訪することになる。許せ」

「お詫《わ》びいただく道理など、かけらもございません」

玲琳はその場で礼を執った。

一番心配なのは慧月の安全であって、彼女を守ってくれるというなら、こちらに人手など割いてくれなくても全然構わない。

それに玲琳自身、烈丹峰にはなるべく早く再訪したいと思っていたのだ。

「ちょうど、今日は食材の一部が行き渡らず、歯がゆく思っておりました。殿下から再訪をお許しいただけるなら、またとない幸運でございます」

「米ならば、慰労品として俺も持ち込んである。補填ぶんとして、多めに持っていくといい。粥として振る舞うより、米として渡したほうが、民の空腹もより長期間凌《しの》げるだろう」

「この上なきご厚情に感謝申し上げます」

必要なものを難なく差し出してくれる尭明に、玲琳は心から礼を述べた。

これで被災地救済に、一層弾みが付く。

鎮魂祭までに王都に戻らねば、という制約もなくなった以上、本腰を入れて取り組めるだろう。

「実は、僭越ながら、たった一日粥を振る舞うだけでは、真の意味での救済とはなりにくいのではないかと案じておりました。より根本的に、民の境遇を改善する方法はないものかと、密かに考えていたところでございます」

「ほう」

興味を持った様子だったので、昼に考えた内容を打ち明ける。

「なるほどな。それは面白い、やってみよう。ただし――」

と、尭明が身を乗り出そうとしたそのとき、彼はふと動きを止め、回廊のほうを振り返った。

耳が、澄んだ音色を捉えたのである。

「これは……笛か?」

細く宙に溶けてゆく音だ。まるで女のすすり泣きのように、悲しげで、密やか。

けれどだからこそ、その静かな響きに、耳をそばだててしまう。

しばらく一緒になって耳を澄ませていた玲琳だが、やがて尭明と顔を合わせると、どちらともなく室《へや》を出た。

物悲しい旋律に誘われるように回廊を進み、少しずつ、笛の音のするほうへと近付いてゆく。

「いったい、どなたが」

かなりの手練だ。これほど高貴な音色を出す以上、玄人《くろうと》に違いないと思えるが、この宿営地に楽団など呼んでいないはずである。

雛女たちも楽に通じてはいるが、もう寝ているはずだ。それに、彼女たちが得意とするのはもっぱら琴や二胡《にこ》などの弦楽器で、ここまで巧みに笛を操るとは思えない。

兄の景彰をはじめ、武官でありながら楽も嗜《たしな》む物好きもいるにはいるが、これほど見事な演奏をする者は少なかろう。

ちなみに隣を歩く尭明は、文武両道なのはたしかだが、実は楽の才だけはやや欠けていて、人前では琴も鳴らしてくれない。

幼少時から楽に親しんできた玲琳の耳は、無意識に音階を拾いはじめた。

(徴《ち》、角《かく》、徴、角、宮《きゅう》、羽《う》――)

さざ波と大波を緩やかに繰り返すような旋律は、まるで水のようにするりと、心の奥底へと染みこんでゆく。

(この曲、どこかで……)

記憶の奥底から、かすかに浮かび上がるものがあるのを感じて、思わず頬に手を当てた。

芸事に秀でていた母の血のお陰か、玲琳は一度聞いた演奏を正確に記憶することができる。

これまで誰かが、この曲を奏でるのを聴いたことはなかった。しかし不思議なことに、旋律が耳に入るとたちまち、「自分はこの曲を知っている」という感覚を抱くのである。

(いったい、どこで)

実に美しい曲だ。自然と耳に馴染み、つい真似して口ずさみたくなる。

もしこれに詞が付いていたなら、どんな幼い子どもでも、すんなりと覚えてしまうだろう。

音をたどっていると、二人はやがて回廊を抜け、月光に照らされた池に出た。

先ほど慧月たちがいた池上の四阿とは反対に、池のほとりには、山を模した人工の丘がある。

見事な枝振りの松と、奇岩を配したその場所に、一つの人影があった。

「——……!」

満ちるには数日足りない月の下、笛を奏でる人物の正体を悟り、玲琳たちは咄嗟《とっさ》に息を呑んだ。

皇帝、弦耀だったのだ。

(そうでした。陛下は、楽《がく》を愛するお方)

繊細優美を愛するという弦耀は、軍事演習よりも舞楽の宴を好み、剣よりも楽器を多く蒐集《しゅうしゅう》してきたと聞く。だが、彼自身が演奏する姿を見るのは、初めてのことだ。

隣の尭明も瞠目《どうもく》しているところを見るに、おそらくは同様であったのだろう。

互いに目配せし、そろ、と足音を殺して回廊まで引き返す。

尭明に視線で促され、そのまま割り当てられた室《へや》まで戻ることにしたが、途中、一度だけ玲琳は丘

を振り返った。

静かな立ち姿。

笛に息を吹き込む弦耀の顔は、相変わらず端然としていて、感情を窺わせない。

だが——彼の奏でる笛の音は、雄弁に悲しみを訴えているように聞こえた。

「陛下は、なにを考えているのか……」

息子である尭明もまた、父帝の真意が掴めずにいるらしく、眉を寄せている。

「わたくし、あの曲を知っている気がします」

「そうなのか？」

「ただ、どこで聞いたのか思い出せなくて……。殿下はお聞きになったことは？」

「いや、ない。たぶん」

楽に自信のない彼の答えは、いつもに比べ曖昧だ。

玲琳もまた、己の記憶が曖昧なのをもどかしく思った。

旋律に覚えがある。なのに聞いた記憶がない、だなんて。

(楽譜だけ読んだのでしょうか。でも、どこで？　せめて、あの曲がなんのために演奏されるものかだけでもわかれば)

もの悲しげな旋律から察するに、送別の宴で捧げられるものか、それとも世捨て人の無聊《ぶりょう》を慰めるために作られたものか。

考えを巡らせながら、黙々と回廊を歩いていたが、ちょうど室《へや》にたどり着いたとき、鐘の音が響いたのを聞き、足を止めた。

「あ……」

子《ね》の正刻。

「日付が変わったな」

尭明のなにげない呟きに、ふと気付く。

太陽が空高く輝く正午を陽の極みとするなら、その逆に当たる今は、陰の極みということだ。

陰の地、そして陰の刻に楽を奏でることで、魂を鎮め慰める。

つまり――。

「陛下が奏でていたのは……鎮魂歌、でしょうか」

尭明は意表を突かれたように顔を上げ、それから、静かに頷いた。

「そうかもしれない」

であるなら、誰のための。

民だろうか。ならば彼は、やはり心から民の安寧を望む、慈悲深い君主ということなのか。

自分が聞いた曲の正体、そして弦耀の本性を掴みあぐね、玲琳は眉を寄せた。

5・ 玲琳、爆破する

「ありがとうございます、雛女《ひめ》様」
「とんでもない。粥《かゆ》ではなく、米そのままのお渡しで恐縮です」
「いいえ、そのほうが保存もききますし、ありがたいです！」
行列していた最後の民に米の袋を渡しながら、朱家《しゅけ》の雛女――の顔をした玲琳《れいりん》は、優しく目を細めた。

再びの烈丹峰《れったんほう》、慈粥礼《じしゅくれい》翌日の夕刻。

玲琳は尭明《ぎょうめい》が持ち込んだ米を借り受け、約束通り、失った半量を補填しにきたのである。

二日連続で険しい山を往復させられた朱家の女官たちは、さすがに疲れを隠せぬ様子で、けれど誇らしげに、ほうっと息を吐き出した。

ようやく役目をこなした荷持ちの男たちも、安堵《あんど》の表情を見せている。

「とうとう、すべての米を配り終えましたね、雛女様」
「ええ、莉莉《りーりー》。これでやっと、慈粥礼を完遂することができたように思えます」

対する玲琳はといえば、当然の義務を果たしただけ、といった冷静さだ。

奥ゆかしい反応に、近くにいた銀朱女官・可晴《かせい》は、大げさに目を丸くしてみせた。

「まあ。いくらもう半量を届ける約束をしていたとしても、翌日にそれを叶えてみせる雛女などそうそういませんわ。迅速な対応に、民もきっと慧月《けいげつ》様を讃えることでしょう」

昨日の「躾《しつけ》」が効きすぎたか、懸命にこちらを持ち上げてくる可晴に、玲琳はつい苦笑した。

後から話を聞き出したが、結局のところ、可晴たちに「慧月が皇后に見限られつつある」という噂を流した人物の正体はわからなかった。可晴は同室の女官から聞いたといい、同室の女官はもう一人の女官から聞いたといい、その女官は可晴から聞いたという具合だ。

もともと後宮とは、話が一人歩きしやすい場所だ。

たとえば芳春《ほうしゅん》のような、会話を操るのを得意とする人物を女官に扮装させ、井戸端会議の場に一人放り込めば、どんな嘘だって真実として広まってしまう。

その悪意ある者は女官に扮したかもしれないし、宦官《かんがん》や下働きに扮したかもしれない。特定は不可能ということだ。

玲琳は、しきりと媚《こ》びてくる可晴を軽い笑みでいなし、こう応じてみせた。

「迅速に対応できたのは喜ばしいことですが、昨日の今日で米を用意できたのは、殿下のおかげですもの。わたくしが讃えられる道理はございませんわ」

それから、雲梯園《うんていえん》がある方角を振り返り、尭明たちは今どうしているかと考えた。

(今ごろ、陛下は雲梯園で賜言《ちょうげん》をなさっている。慧月様は、殿下たちとともに近隣の被災地・丹央へ。無事にお過ごしでしょうか)

実は今朝、丹央へ向かう慧月たちと、烈丹峰に向かう玲琳は、雲梯園の門まで、それぞれ馬車と駕《か》籠《ご》で隣り合っていた。

ここひと月ほどは、ずっと互いに距離を取っていたので、並んで移動するなど久々のことだ。

(本当なら、お顔を見て、挨拶のひとつも差し上げたかったのですが)

行ってらっしゃい。昨夜はよく眠れましたか。どうぞお気を付けて。

自分の言葉ひとつで、ぱっと顔を輝かせたり、つんと顔を背けたり、ふんと鼻を鳴らしたりする、表情豊かな友人が恋しかった。

だが、結局玲琳は、声を掛けるのを堪《こら》えた。

今この瞬間だって隠密に監視されているかもしれず、なにをきっかけに入れ替わりを疑われるかわからないし、だいたい慧月からは、昨夜「なにをのこのこと」と呆れられたばかりだ。

(怪しまれないように。道術が露見しないように。離れることこそが、慧月様を守ること)

強く自分に言い聞かせ、駕籠の中から深々と頭を下げたまま、慧月たちを見送ったのだった。

(ええい、じめじめと回想していても仕方がありません。何事も根性。根性ですよ、玲琳!)

と、いつの間にか背が丸まっていたことを自覚し、慌てて胸を張る。

だいたい、烈丹峰に貢献するために再訪したのだから、もっと気合いを入れて臨まなくては。

勢いよく頬を叩いていると、視線を感じ、振り返る。

見れば、表情に悩んだ様子でこちらを見ていたのは、集落の少女・リアンだった。

先ほどもらったばかりの米袋を握り締め、こちらを窺《うかが》っている。

視線が合うと、すぐに顔を逸《そ》らされたが、周囲の少年たちに「ほら、ちゃんと礼を言えよ」と促され、渋々といった様子でこちらに近付いてきた。

「どうしました、リアン?」

「……その」

話しかけると、もごもごと呟く。

「本当に、二日連続で来たんだな、って」

「こいつ、昨日董《とう》先生に聞いてからも、何度も『本当に?』ってしつこく疑ってたんですよ」

「雛女様は、適当に陳情を聞いたふりだけする、そのへんの貴族とは違うって言ったのに」

リアンが渋面になっていると、横から少年たちがからかうように補足する。

どうやら彼女は、「米の半量を補填しに来る」という玲琳の宣言を疑っていたらしい。

「仕方ないでしょ。どうせ貴族なんて、きれいごとばかり言う、口先だけの生き物なんだから」

むっとしたらしいリアンが堂々と不敬な発言をすると、少年たちは「おい!」と慌てたが、玲琳はむしろ微笑ましさを覚えた。

はっきりと不満を口に出来るのはよいことだ。

不平不満が標準装備の友人がいる身としては、リアンの活きのよい言動を見ると、なんだか嬉しくなってしまう。

「……それに、米を補填してもらったところで、結局水害が起こるのは変わらない」

ただし、リアンがふと目を伏せて呟いた内容には、思わずはっとしてしまった。

「どうせ変わらないんだ、なにも。天は助けてなんかくれない。粥一杯をもらったところで……あとは自分で、どうにかしなきゃいけない」

天は奇跡など起こさない。頼れるのは自分だけ。

そうした発言は、奇しくも玲琳が、幼少時からずっと胸に秘めていたのと同じものだった。

周囲の助力を期待しない態度は、きっと自立的と言えるだろう。

だが最近は、こうも思うのだ。それは、拒絶や諦めと紙一重ではないのかと。

誰かが自分を助けてくれる――そんな奇跡を信じられないほどに、疲れきっていただけなのではないかと。

「わかります、リアン。なにかを素直に願うというのは、現実を受け入れることよりも、よほど勇気のいることですね。期待が裏切られる恐怖まで、同時に引き受けねばならないのですもの」

玲琳はリアンの前に屈《かが》み込む。彼女の痩せ細った手を取ると、悪戯《いたずら》っぽくこう切り出した。

「ね、リアン。賭けをしませんか？」

「賭け？」

「ええ」

怪訝な顔になった少女に、玲琳はにこりと笑いかけた。

「賢いあなたが、苦しい状況を前に悲観的になるのは当然のことです。でもね、もしわたくしがささやかな奇跡を起こせたら――そのときは、『どうせ変わらない』という言葉を、やめてほしいの」

「『ささやかな奇跡』？」

「ええ。烈丹峰の皆さまをお助けするために、ある『支援』を考えていますの。本当は今日中にできればよかったのですが、調整が必要で。ですが必ず、もう一日、ここに伺いたいと考えています」

玲琳が密かに検討している「支援」は、できれば各所に許可を取ってから行いたいものだ。

すでに尭明からは「面白そうだ」と賛同を取り付けたが、あまりに勇み足で臨んでは、彼に迷惑を掛けてしまう恐れがある。

「なに……？　もう一日、来てくれるの？」

「もしかして、もっと米をくれるとか？」

「いつ来るの？　明日!?」

リアンは目を見開き、少年たちもわあっと身を乗り出したが、玲琳は「まだ調整中です」と微笑むに留めた。

一層興味を引かれた子どもたちが玲琳を取り囲んだそのとき、背後から話しかける者があった。

「おやおや、すっかり懐かれていますね。これも雛女様の人徳のおかげでございましょう」

振り返って見ればそれは、にこやかな笑みを浮かべた集落の束ね役――菫だった。

「お話し中、失礼いたします。住人たちが、どうしても雛女様に礼をと申すもので」

彼の背後には、おずおずとこちらを見守る住人たちがいる。

多くは、詠国《えいこく》式に頭を下げてきたが、訛《なま》りがひどかったり、異国語を話したりする者については、菫が代わりに話した。

「皆、感謝しています。もし他の方なら、落としてしまった米の補填などせず、そのまま済ませていたでしょう。それを、魚の釣り方を教え、翌日には半量以上の米を施し、しかも希望者には宿営地での治療も約束してくださるとは。我々はかえって得をしたようなものです」

彼が言えば、背後を囲む住人たちも、うんうんと頷き合う。

魚や粥を存分に平らげた彼らは、いくらか顔色もよくなり、気力も湧いたようだった。

この烈丹峰からも、病や傷のひどい者は、この後玲琳たちと同行し、宿営地で治療を受けてよいと告げてある。

自分たちにも差し出される手がある――その実感は、彼らを内側から輝かせるようだった。

「そうだ、リアン。お礼の品は、雛女様にお渡ししたのかな？」

と、満足そうに民を見回していた菫が、リアンのところで視線を止める。

「いえ、まだですけど……」

「約束通り、本当に雛女様は来てくださったんだ。ちゃんとお渡ししなさい」

菫に諭されると、リアンは不承不承といった様子で懐を探り、痩せ細った腕にあるものを載せて差し出してきた。

数種類の色糸で編んだ、細長い紐飾りである。

「これは？」

「幸運を祈る、腕紐です。急ごしらえですけど。だって、本当に来るなんて思わなかったから」

「まあ、では、あなたが作ってくれたのですか、リアン？」

「菫先生がそうしろって、材料まで押し付けてくるから、作っただけです」

リアンのぶっきらぼうな態度をごまかすように、菫が愛想よく告げた。

「このあたりの山岳地帯に広く伝わる民芸品でしてね。住人の幾人かは、こうした手芸が得意なのです。腕に結び、自然に切れたら願い事が叶うと言われています。貧しい集落では、こうしたものしか用意できなかったのですが、どうぞよろしければ」

察するに、リアンの反抗的な態度が不興を買うことを恐れたからこそ、菫はあえてリアンに腕紐を用意させたのだろう。

玲琳は、少女になんの怒りも抱いていないことを伝えるべく、あえて朗らかに笑み、手を差し出した。

「素敵ですね。お言葉に甘えて頂戴しても？」

「特殊な結び方なので、ここで付けたほうがよいでしょう。リアン。結んであげられるかい？」

「……はい」

リアンは、素っ気ない表情はともかく、器用に指先を動かした。

結び目はたちまち花の形に仕上がり、しかも糸先は編み込んで固定され、外れない。

まるでもともと切れ目のない環《わ》の形をしていたかのようである。見事なものだ。

「まあ、なんと美しいことでしょう。こんな素晴らしいものを頂いて、かえって恐縮ですわ」

繊細な腕紐に玲琳が感嘆したこともあり、周囲が和やかな空気に包まれる。

リアンもまた、居心地が悪そうに顔を背けはしていたが、反論や文句は唱えなかった。

それを受けて、主人に取り入るのに必死な女官――可晴が、せっせと玲琳を持ち上げてくる。

「まあ、慧月様ったら、民からすっかり称賛されて。それもそうですわね。二日も続けて米と慈愛を賜る雛女なんて、ほかにいませんもの。烈丹峰の民はすっかり救われてしまいましたね」

途端に、背後でやり取りを聞いていた荷持ちの男の一人から、なにか小さな呟きが聞こえる。

声の主は、荷持ち筆頭の安基《あんき》で、彼は感極まった様子で目頭を押さえているのであった。

「安基？」

「申し訳ございません、つい、胸が詰まって……。実は私も、この烈丹峰とよく似た被災地で育った一人なのです。徴兵を機に功を立て、今はこうして皇城で職を得ていますが、もし私が幼かった頃、こうして優しい言葉を掛けてくださる貴族の方がいたら、と」

くしゃりと顔を歪《ゆが》め、言葉を詰まらせてしまった安基に、住人たちは連帯感と労《いたわ》りを込めた視線を送り、可晴たち女官は、誇らしげに胸を張る。

「安基――」

「そうだ、優しいお方と言えば」

玲琳は安基に話しかけようとしたが、それよりも早く、蓮が身を乗り出した。

「昨日お越しくださった武官様はどちらに？　実は彼にも、こちらの腕紐を差し上げたいのですが」

彼はそう言って、リアンにもう一本腕紐を取り出させた。

男性用だからか、玲琳に贈ったものより、もう一回り幅広のものだ。

「彼には魚の釣り方も教わり、大変お世話になりました。本日もお越しかと思い、捜していたのですが、一向にお姿が見えず……」

困った顔で告げる蓮に、玲琳は目を瞬かせた。

米の運び入れだけなら荷持ちの男たちでできると判断し、景行《けいこう》にはとある任務を頼み、途中からこの場を離れさせていたのである。

「それは気を遣わせてしまいました。彼には、より烈丹峰に役立ってもらうため、別行動をしてもらっていたのです」

「別行動、でございますか」

「ええ。帰り道には合流する予定ですが……ああ、よろしければ、蓮さんも一緒に宿営地にお越しになりませんか？　ここに持ち込んだ以上の薬も、清潔な寝台もありますのよ」

景行との再会を願うならばと、玲琳は提案してみる。

弦耀《げんよう》が直接言葉を掛けるのは、目が見えなかったり歩けなかったりと、重度の困難を抱えた者に限られるが、董のあの足の傷があれば、十分に賜言の対象となりえるだろう。

董は心引かれた様子を見せたが、玲琳が、

「宿営地には、時折尊い御方も訪れます。立身の栄誉に浴することもあるかもしれませんし、よろしければぜひ」

と付け足すと、途端に飛び上がり、提案を断った。

「いえ。私のように健康な者がそんな栄誉に浴しては、罰が当たります。貴重な機会は、どうかより困窮した者にお譲りを」

だが続けて、心底困ったように眉尻を下げた。

「ただ……武官様には、どうしても直接お礼を申し上げたいのです。住人たちも、もっと竿の作り方を教えてほしいと申していますし、昨日捕縛した山賊の扱いも、武官様からご指示賜れればと」

董は、控えめながらも食い下がる。

なんでも、山賊についても、ひとまず董の指示で、離れた場所に繋いであるだけだという。

たしかに彼らの処分は、武官である景行の指示を仰いだほうがよいだろう。

(それに、「支援」を実現するなら、やはり大兄様を連れてきたほうがよいでしょうし)

玲琳は素早く考えを巡らせると、「わかりました」と頷いた。

「実は、今リアンたちには話したのですが、烈丹峰への『支援』を続けるべく、もう一日この地を訪れようと考えていたところでした。その際には必ず、大……景行殿を連れて参りますわ」

「さらにもう一日、お越しくださるということですか？」

「ええ。連日お邪魔してしまって恐縮ですが」

「とんでもない！　何日でもいらっしゃってください」

菫は心の底からのものとわかる笑みを浮かべ、しきりに、「必ずおいでくださいね」と繰り返した。

景行用にと、腕紐を託《ことづ》ける念の入れようだ。

話し込んでいる間にいよいよ日も暮れはじめ、これ以上遅くなっては帰路が危ない。

別れを惜しむ住人たちに見送られながら、玲琳たちは、重病人や負傷者を荷車に乗せ、雲梯園へと引き返しはじめた。


「すっかり住人たちに懐かれてしまいましたね」

帰り道の駕籠の中である。

床と壁の両方から迫ってくる荷物を腕で押し戻しながら、莉莉は肩を竦《すく》めた。

賜言の対象となる重傷者を荷車に乗せてやっているため、雛女とその側仕えの駕籠にまで、藁《わら》や薬などを詰め込んでおり、油断するとそれが崩れてくるのである。

だが、狭苦しいながらも、二人きりで気兼ねなく話せる環境に、莉莉は少しほっとした様子だった。

やはり、連日の烈丹峰往復で、緊張と疲労が溜まっていたようだ。

「どうするんです、玲琳様。再々訪の約束までしちゃって。慈愛深いのはいいことですが、女官も荷持ちも、かなり体力の限界のように見えますよ。次回の訪問に付いてきてくれるかどうか」

「そうですね」

可晴をはじめ、女官の多くは箱入り娘だ。

屈強な荷持ちたちも、大きな釜や大量の食料と共に山を往復し、さすがに疲弊しきっているように見える。

特に今は、山道の中でも特に細く険しい悪路を進んでいるところで、馬だけに引かせるわけにもゆかぬため、荷持ちたちは皆額に汗を滲《にじ》ませ、必死に駕籠や荷台を運んでいた。

「次の烈丹峰行きは、わたくしと大兄様だけでもよいかもしれません」

玲琳は、声が聞き取られぬよう、駕籠の窓がしっかり閉まっているのを確認し、付け足した。

「誰が敵かもわからぬ中、関わる人数は少ないほうが安全でしょうから」

「そういえば、景行様はどちらに？」

話に出た景行が、朝からずっと姿を見せないことに、莉莉は眉を顰《ひそ》める。

「曲がりなりにも護衛役だというのに、いったいなぜ別行動なんてなさったんですか」

「ああ、それはね――」

ところが、玲琳が応じようとしたとき、異変が起こった。

「うわあぁ！　馬が暴れたぞ！」

背後から悲鳴が響いたのである。

「え!?　おい、こっちに来るぞ！」

「逃げるんだ！　急げ！　ぶつかったら崖から落ちるぞ！」

「駕籠を担ぎ直せ！」

駕籠を支えている男たちが動揺して叫ぶのが聞こえる。

どうやら、列の後ろで重傷者の荷車を引かせていた馬が、突然暴れ出したらしい。

馬は手綱を逃れ、前方を進むこの駕籠に向かってやって来ているようだった。

「逃げろ！　早く進め！」

「違う、駕籠を下ろすんだ！」

想定外の出来事に、荷持ちたちの足並みが乱れ、駕籠ががたがたと揺れる。

次の瞬間には、

――どんっ！

「うわあああ！」

不穏な衝突音と悲鳴が響き、一拍遅れて、駕籠がぐらりと傾ぎはじめた。

「お、おい！　馬鹿！　雛女様が――」

「だめだ、間に合わない！」

ふっと体が投げ出される感覚に、向かいで腰を浮かせていた莉莉が「嘘」と呟く。

「莉莉！　身を丸めるのです！」

玲琳は素早く莉莉に抱きつき、互いの体に頭を埋め合うような体勢を取った。

――ガンッ！　ガガガガッ！

視界が激しく揺れ、全身が上下に叩きつけられる。

どちらが天なのかもわからぬまま、閉じた駕籠と、中の玲琳たちは、あちこちにぶつかりながら崖を滑り落ちていった。

「…………っ！」

内臓が掻き回され、悲鳴を上げることすら敵わない。

――ゴ……ッ！

最後に、ひときわ大きく鈍い音を立て、駕籠は地面に止まった。

いいや、落下しきったというべきか。

駕籠は、床から持ち手部分が伸びているその形状のためか、床を下にして着地した。

床いっぱいに詰めてあった藁が、振動でかき混ぜられた結果、屋根からぱらぱらと降ってくる。

だがお陰で助かった。藁や薬草が、緩衝材の役割を果たしてくれたのだ。

「う……」

蔓がすべて床に落ちきった頃、莉莉はゆるりと瞼《まぶた》を持ち上げた。

一瞬、気絶していたようだ。

ぼんやりと周囲を見回そうとし、どうも自分は誰かに強く抱きしめられているようだぞと気付き
——そこから一気に意識を覚醒させた。

「玲琳様!?　大丈夫ですか!?」

玲琳は、莉莉の頭を守るように己の肩口に押し付けたまま、じっと動かなかった。

「もしや、頭でも打って……？　あたしを庇《かば》ったばかりに！　玲琳様！　お体は大丈夫ですか!?」

「はっ、すみません」

慌てて主人の肩を揺さぶろうとすると、玲琳ははっとした様子で身を起こす。

「無事ですわ。ただ、この独特の浮遊感。安全が保証された落下ならば、癖になるという方もいそうだなと」

「頭は大丈夫ですか!?」

動揺のあまり不敬極まりない叫びを決めてから、莉莉はほっと息を吐いた。

「本当によかったです、蔓が詰めてあって……。この高さから落ちて無事なんて、奇跡ですよ」

「そうですね」

玲琳はそろりと身を起こし、駕籠から外に這い出る。

見上げれば、崖ははるか頭上——枝葉を伸ばした木々に遮られ、見えないほどの高さにあった。

声も届かない距離だ。

「ありえない幸運です」

呟きながら、葉の隙間から差し込む夕日に向かって、目を細める。

そう、作為なしの事故と考えるなら、ありえない結果だった。駕籠ごと崖を滑り落ちても、他者を巻き込まず、骨の一つも折らずにいるなんて。

(生かされている)

誰かが駕籠に藁を詰めるよう指示したのだ。

あの場所、あの時間、あの状況で駕籠が落ちるように仕組んだ。

「朱 慧月」が護衛から離れて孤立するように。ただし、命は落とさぬ範囲で。

(粥のときと同じこと。危機に直面させて、こちらが術を使うかどうか探っているのでしょう)

なにしろ道なき山中に落ちたのだ。どうやら落下したのは自分たちだけ、というのは不幸中の幸いだが、荷持ちたちが捜索してくれたとしても、場所を特定し、たどり着くのには相応の時間が掛かるだろう。

その間「朱 慧月」は人気のない森で、女官とたった二人きり。監視も、場合によっては暗殺も、容易に違いない。もしかしたら、今この瞬間だって、少し離れた木の幹から、隠密がこちらの様子を窺っているのかもしれない。

景行に別行動を取らせたのは、やはり少々無防備すぎたようだ。

「ここ、どこだろう……。どうしましょう、玲――」

「しーっ」

二人きりだからと、本当の名を呼ぼうとした莉莉を、玲琳は片目を瞑《つぶ》って遮った。

駕籠から出てしまえば、会話を盗み聞きされる恐れもある。

「『朱　慧月』の女官ともあろう者が、泣き言を言わないでちょうだい！　落ちてしまったものは仕方ないでしょう。できることをして、助けを待つしかないじゃない」

慧月のふりをして、あえて声を荒らげてみせると、聡《さと》い女官ははっとし、やがてこわごわと周囲を見回した。

「……そうですね。そうしましょう」

「ええ。元々、景行殿とはもう少しで合流できるはずだったのだもの。転落を知ったら、必ず助けに来てくれるわ」

玲琳も頷き返し、懐から短刀を取り出す。

兄から授けられた、鳥笛の機能を持つ刀だ。鍔《つば》の穴を風に晒しておけば、人の耳には届かぬ音が、きっと鳩を呼び寄せてくれる。

――ただし、その鳩が、隠密によって害されていなければだが。

（だとしても、「朱　慧月」が雲梯園に戻らなければ、必ず周囲はわたくしを捜してくださるはず。落下の目撃者があれだけいる以上、味方の耳に入らないということはないでしょう）

もし慧月が転落を知ったら、炎術を使ってこちらの安否を尋ねてくれるかもしれない。

（つまり、火さえ焚《た》き続けていれば、わたくしたちは助かる――）

そこまで考えて、玲琳は表情を険しくした。

だめだ。監視されているかもしれない状況下、炎術など慧月に使わせるわけにはいかない。

（慧月様に、助けを求めてはならない）

炎の前に立ってはだめだ。慧月を巻き込んでしまう。

道術による救済に頼るのではなく、あくまで自力でこの場を切り抜けなくてはならない。

（大丈夫）

玲琳は軽く頬を張り、顔を上げた。

これでも自助努力を愛する黄家《こうけ》の女。

窮地にあっても助けを求めず、自力で克服するなど、当たり前のことである。

「さあ、莉莉。声を出していくわよ」

突然の転落。夕暮れを前に森はどんどん暗さを増し、しかも寒さも厳しい。

だが、それでもこの場を乗り越えてみせると、玲琳はきゅっと拳を握った。


遭難してみてわかったことだが、「じっと待つ」というのはとても難しいことだ。

完全に日が暮れてしまう前にと、水場を探り、平らな場所に駕籠を移動させ、体に巻き付けるための藁をより分け、と忙しく動き回っている間はよかったのだが、それらを終えてしまうと、莉莉の口数が途端に減ってしまった。

日が沈み、白い月が浮かぶ頃には、二人とも駕籠に閉じこもり、すっかり無言になっていた。

「寒いですね……」

駕籠の中で縮こまったまま、ぽつんと莉莉が呟く。

風を遮る、屋根付きの駕籠ごと落ちたのは不幸中の幸いだった。だが、それでもなお、晩冬の山の寒さは厳しい。

先ほど探索したおかげで、すぐ近くに水場があることはわかったし、雲梯園に持ち帰るための薬も載せていたから、当座の怪我や病気にも対応できる。

それらの好条件を挙げ、己を慰めてみても、一方では、寒さが心身を蝕《むしば》んでいくのであった。

「寒い……」

せめて、駕籠の外で火を焚ければよかった。

だが、万が一慧月がこちらを案じて炎術を揮《ふる》い、隠密に見咎《みとが》められてしまってはと思うと、足踏みしてしまう。

空腹と、寒さ。そして、みるみる暗くなってゆく視界が、莉莉を静かに追い詰めた。

「やはり、火を焚きましょうか、莉莉。監視を警戒しすぎてしまったかもしれません。わたくしは、駕籠の中にいるので、あなただけでも」

見かねた玲琳が提案するが、莉莉はすぐに首を振る。

「いいえ……。この状況、やっぱりおかしいですもん。み、見られているんだと、思います。あたしが焚いたところで、慧月様があたしを思い浮かべれば、炎術は繋がってしまいますから」

だが次の瞬間には、体に巻き付けた藁をぎゅうっと握り締めるのであった。

「怖い……」

遠くに聞こえる、獣の遠吠え。月影はあれど、日の出はまだまだ遠く、永遠に続く闇に囚われてしまったかのようだ。

崖を滑り落ちてから、もうどれくらいの時間が経っただろう。救助は来るのだろうか。自分たちはあとどれだけここにいればよいのだろう。助かるのだろうか。

後ろ向きな考えばかりが次々と湧き上がり、それは次第に、息苦しいほどに胸を圧迫し、莉莉の喉からこぼれ落ちそうになった。

「あ、あたし、たち、助かりますよね？」

「もちろんです」

「目印も、道もないけど……誰かが、き、気付いてくれますよね？」

「もちろんですとも。莉莉、落ち着いて。息をゆっくり吐き出して」

ひっ、ひっと、徐々に呼吸を速めていく女官に、玲琳は静かに話しかけた。

莉莉もまた、慧月と同じく火性の強い朱家の女。感情豊かな性格の持ち主だが、その豊かな想像力や苛烈な心が負の方向に転じると、たちまち自らを追い詰めてしまう。

「は、鳩は、全然、来てくれませんけど……っ」

「そうですね。でも大丈夫。朝になれば日も昇る。道に戻ることさえできれば、自力で山を下りられます」

「も、戻れなかったら……っ？」

「駕籠の中には、藁も薬も塩もある。水場も近くにございます。当面の間は生きていける。だから大丈夫ですよ」

極力穏やかに告げたつもりだったが、莉莉は「む、無理です」と、声を上擦らせて首を振った。

「無理ですよ、女たちだけで、山で数日、なんて……。け、獣が出たり、山賊に襲われたりしたら、藁があっても、薬があっても、そんなの、なんの役にも立たない！　あたしたちは無力です！」

感情のままに叫んでから、莉莉ははっと顔を歪め、大きな瞳に涙を滲ませた。

「ご、ごめんなさい。女官のあたしのほうが、玲琳様をお慰めすべき立場なのに」

後悔と、自己嫌悪。恐怖と焦燥と不快感。

ぐちゃぐちゃに混ざり合いながら膨らむそれらを、強く唇を噛み締めることで、なんとか抑えているようだった。

だが、唇という出口を塞いだ代わりとでもいうように、目からぼろぼろと涙がこぼれ落ちる。

「す、すみません、あたし」

「許せないですね」

ずっと優しく相槌を打っていた玲琳が、ふと低く呟いたので、莉莉はびくりと肩を揺らした。

「ご、ごめんなさい――」

「わたくしの世界一可愛い女官を泣かせるなど、万死に値します」

慌てて涙を拭ったが、続く言葉が予想外のものだったので、目を瞬かせた。

「え？」

向かいで寒さを凌《しの》いでいたはずの主人は、いつの間にか藁を脱ぎ、静かに微笑んでいる。

まるで春風でも浴びているかのように、彼女はゆったりと莉莉の頬へと指を伸ばした。

「ごめんなさい、莉莉。敵が監視をしたいというなら、せいぜいすればいいと思っておりましたが、あなたがこれだけ怖がっていることを、もっと考慮すべきでしたね。早く助けを呼ぶべきでした」

「え……？」

冷えた指先が、頬に残っていた涙の跡を拭う。

「でも、鳩も来ないし、炎術も使うわけにはいかないし、どうやって」

「もちろん、わたくしにできる方法を使って。幸い、ここには薬も鉄鍋もございますしね。これでもわたくし、薬の扱いには長《た》けているほうですわ」

さらりと告げられ、莉莉は怪訝な顔になった。

薬でどうやって助けを呼ぶというのか。

「あの、玲琳様」

「薬というと、薬草を真っ先に思い浮かべますが、実は鉱石から得るものも多いのですよ」

玲琳は藁を置いた代わりに、ごそごそと鶯籠の奥を漁《あさ》り、隅に追いやられていた薬包を取った。

抗菌作用があるとされる硫黄や硝石、毒を吸着して排出するという木炭の類い。

それらを手際よく混ぜ合わせると、薬包の紙を再利用してきれいに丸め、空気を抜いた。

「そして、鉱石系の薬はね、うっかり混ぜ合わせて、うっかり火を付けると、苛烈な反応を起こしてしまいますの。なので古代の医師は、それらの薬をこう呼びはじめました」

さらに、調薬のために使う鉄鍋を取り出し、そこに丸めた薬を収め、微笑む。

「──『火薬』と」

艶然とした微笑に、莉莉は背筋がぞくりとするのを感じた。

「え……？」

「薬なんて役に立たないと言いましたね。わたくしたちは無力だと。けれど、そんなことはないと、証明してみせます」

さあ、と手を引かれ、鶯籠の外に出る。

小脇に抱えていた鉄鍋を、鶯籠から離れた地面に安置すると、玲琳はにこやかに振り返った。

「山火事を懸念したりもしましたが、もう知るものですか。どかんと一発、監視の方にお見舞いしてしまいましょう」

「えっ、え……」

戸惑う莉莉をよそに、玲琳は藁を縛っていた縄を解《ほど》き、爪で裂いてほぐす。

手にしていた短刀に、水晶の簪《かんざし》を打ち付けて火花を散らすと、燃えだした縄を、ひょいと鉄鍋の中に放り入れた。

「さあ、念のため水場へ逃げますよ！」

「えっ」

炎術が繋がるのを避けるためだろうか、莉莉の腕を掴み、素早く小川のほうへと走ってゆく。

「あの、いったい――」

目を白黒させた莉莉が、困惑も露《あらわ》に主人に問いかけた、そのときだ。

――ドォ……ン！

後方で、轟音と閃光が閃いて、莉莉は思わずその場に転びそうになった。

「伏せて！」

即座に玲琳が頭を抱き込んでくれるが、当の本人はと言えば、冷静な目で空を見つめている。

すでに光は消え、月に照らされた夜空に、白い煙がたなびいていた。

「ふふ、思いのほかまっすぐ上がりましたこと。鉄鍋の形状がよかったのですね。上出来です」

「な、な……っ、なっ」

莉莉の腰から力が抜けてゆく。

その場にへたり込んだ莉莉は、主人の視線を追いかけ、呆然と夜空を見上げた。

「あんた……っ、なんで爆弾を作れるんですか！」

「まあ、爆弾だなんて物騒な。夜空に花火を打ち上げただけですわ」

「いや、さっきはっきり『一発お見舞い』って言ってましたよね⁉」

莉莉が思いきり叫ぶと、玲琳は少々残念そうに頰に手を当てた。

「う一ん、柿の皮でもあれば、赤い色を付けられたかもしれませんが、ちょっと手元になくて」

「今さら花火に寄せようとしなくていいですから！」

現状打破のためなら、しれっと爆発物を生み出してしまう雛女に、突っ込みが追いつかない。

「ちなみに、薬はまだまだありますわ」

「にこやかに次の爆破宣言するのやめましょう⁉」

莉莉は、不穏に微笑む主人を素早く制したが、

「あと何発か上げれば、捜索隊もわたくしたちの居場所に気付くでしょう。助けは、必ず来ます」

優しく告げられた言葉を聞くと、不意に言葉を詰まらせ、目を潤ませた。

（玲琳様）

炎術を介して慧月と繫がってしまうことをあれだけ案じていたのに、怖がる莉莉のために、他の方法で助けを呼んでくれたのだ。

轟音とともに爆発している最中であれば、もし炎術が繋がって「炎が膨らむ」「声が聞こえる」という異常事態が起こっても、周囲に気取られることはないから。

(この人は、なんて)

揺るぎない心と、凄まじい機転に、心からの敬意を覚える。

あれだけ胸を占めていた恐怖も、爆風で吹き飛ばされたかのように、どこかに消えてしまった。

「ありがとうございます」

この人といれば、大丈夫。

高揚する思いのまま、主人と同様、顔を上げようとしたそのときだ。

「雛女様、莉莉殿。ようやく見つけました!」

がさりと背後の茂みが割れ、人影が飛び出してきたので、莉莉は驚いて振り向いた。

そして叫ぶ。

「安基殿!」

白い息を吐き出しながらやって来たのは、荷持ちの一人、安基だったのである。

「よかった! ずっと、この周辺を、捜して……。今夜は諦めようかと思っていたところに、爆発音が聞こえて、もしやと」

はあ、はあ、と疲弊した様子を見せる荷持ちに、莉莉は安堵の涙を滲ませる。

本当に助けが来たと、胸が震えた。

「ありがとうございます。皆と捜し回ってくれていたんですね！」

「いいえ、礼などとんでもない。我々が、馬を暴走などさせなければ！」

安基は誠実そうな顔を歪め、跪《ひざまず》いてみせる。

莉莉は「そんな！」と顔を上げさせるべく駆け寄ろうとしたが、それを意外にも、背後にいた玲琳が腕を引いて止めた。

「そうね」

玲琳は、月光よりも冷ややかな目で、安基を見つめていた。

「許しがたいわ」

「え……？」

殿下の胡蝶《こちょう》、黄玲琳は、誰よりも慈愛深く、寛容なはずだ。

いくら危険な目に遭ったとはいえ、そして高慢な「朱慧月」を演じる必要があるとはいえ、たった一人駆けつけてくれた使用人を責めるなんて。

「わたくしの見極めは済んで？」

だが、続く玲琳の言葉を聞いて、莉莉は大きく目を見開いた。

「え……？」

見下ろされた安基も、莉莉と同様、ぽかんとした表情でこちらを見返している。

玲琳は「演技がお上手ですこと」と微笑むと、一歩ずつ、跪く安基へと近付いていった。

「『朱 慧月《わたくし》』を見極めようとするなら、出発時点から監視をするはず――つまり、女官か荷持ちが怪しいとは、最初から思っていたわ。なので昨日は、あなたたちを、釣りに行く集団と粥を炊く集団の二つに分けた。すると事件は、粥を炊く集団でだけ、立て続けに起こった」

さく、と、冷えた野草を踏み分ける音が響く。

「ならばと今日は、粥を炊くときにいた集団をさらに二つに分けて、わたくしと黄 景行にそれぞれ付かせたわ。するとやはり、わたくしの側にあなたはいて、わたくしの側に事件は起こった。そして今、あなたがここに来た。駕籠に藁を詰めるよう指示したのは、荷持ち筆頭のあなたね？」

安基は声を震わせ、深々と頭を下げた。

「わ、私の率いる場で、立て続けに事故を許してしまい、大変申し訳ございません。ですが、馬の暴走も、山賊の乱入も、まったく予期できぬことで――」

「あなたが昏倒《こんとう》させた、あの山賊の頭領」

今一歩近付くと、玲琳は動きを止めた。

「殴られる直前、なにかを言いかけていたでしょう。『こんなの、話が違う』とでも言おうとしたのでなくて？　けれどあなたが即座に気絶させたので、続きを言えなかった」

跪いて視線を合わせることはしない。ただ、冷ややかに見下ろした。

「あともう一つ。可晴が救済を誇ったとき、あなたは顔を覆ってごまかしたけれど、何か呟いていたでしょう。『ダール』と聞こえたわ。子どもたちから聞いたけれど、丹地方に伝わる言葉だそうね」

帯に挿していた短刀を、素早く引き抜く。

玲琳は躊躇《ためら》いなく、抜き身の刃を、安基の首元に押し付けた。

「実は最近、わたくしも、どことなく異国風の殿方と出会ったの。丹の旦那と呼ばれ、たしかにその一帯の出身と言われても違和感のない、彫りの深い顔立ちをしていたわ。そうそう、殿下に調べていただいたのだけど、陛下の抱える隠密の一人に、丹の出の者がいるそうね。名はたしか」

迷いなく握られた短刀が、ぷつ、と、血の珠を生む。

「安基《アキム》」

——ガッ！

動きは、突然だった。

跪いていたはずの安基が、予備動作もなく後ろに仰《の》け反《ぞ》り、両手を突いた反動を利用して、鋭い蹴りを繰り出してきたのである。

玲琳は咄嗟《とっさ》に後ずさったが、男の長い足が手に当たり、短刀を取り落としてしまった。

「…………っ！」

掠《かす》めただけだが、凄まじい威力だ。

「大丈夫ですか——、ひっ！」

慌てて莉莉が駆け寄ろうとするが、安基が振り向きざま、何かを投げて寄越す。

どすっ、と鈍い音を立て、莉莉の裾に刺さったのは、見慣れぬ形をした、鋭利な刃物であった。

「やれやれ」

一瞬で玲琳たちを無力化した安基——アキムは、億劫《おっくう》そうに重心を片足に寄せて立つと、がりがりと頭を掻いた。

「突飛なことばかりするお雛女さんかと思いきや、意外に細かい。いや、ねちっこいというか」

きつく結わえていた髪を解き、まっすぐに当てていた額当てもぽいと投げ捨てる。

彼が「はー、きつかった」とぼやきながら髪をほぐすと、ごく一瞬、こめかみの小さな刺青《いれずみ》が月明かりに浮かんだ。

髪が乱れ、几帳面な雰囲気が消えてゆく。男が軽く顔を揉《も》むと、徐々に顔つきまで変わった。

まるで、誠実な奉公人の人格が消え失せ、代わりに、食えない男が体を乗っ取って現れたかのよう——それほどの劇的な変化だった。

「……顔つきや声まで、よくそれほど変わりますこと」

「鍼《はり》でちょいとな。もっと若作りもできる」

まだ違和感が残っているのか、アキムは顔を揉みほぐしながら肩を竦めた。

「詳しく知りたい?」

両手で頬を伸ばし、おどけてみせる仕草が、いっそ白々しい。

玲琳は挑発には乗らず、あくまでも淡々と告げてみせた。

「それで、扮装までして、わたくしを見張った成果はどうなのかしら?　あなたがどれだけわたくし

を脅そうが、追い詰めようが、わたくしはけっして道術など使わない。真実、使えないもの。被災した民まで巻き込む愚行はやめて、そろそろ、任務を終えられてはいかが？」

「んー」

静かに迫られて、アキムは首を傾げながら顎の髭を掻いた。

「まあな。雛女さん、たしかにあんたは俺の見た限り、一度も道術なんて使ってねえんだよなあ」

横で緊張しながらやり取りを窺っていた莉莉は、その発言を聞いて、わずかに肩の力を緩めた。

そう、事実ここまで、玲琳は一度も不思議な力を使わず——なにしろ道力など操れないのだから当然だ——、また炎術にすら頼ることなく、難局を乗り切ってきた。

いい加減、「朱 慧月」は術師ではない、と隠密が判じたってよい頃だ。

「うん、悪い悪い。やっぱ、俺が間違ってたみたいだ」

やがてアキムは、へらりと笑い、両手を広げた。

あまりにもいい加減な態度に、思わず莉莉が脱力しそうになる。

だが次の瞬間、アキムが笑みを獰猛《どうもう》なものにした。

「あんたの尻尾を出させるには、もっと追い込まなきゃだめだったんだな？」

「——！」

悲鳴を上げるよりも早く、彼は玲琳に向かって飛びかかった。

6・慧月、馬に乗る

時は少し遡る。

慈粥礼《じしゅくれい》の翌日、再び担当の被災地を訪れた「黄《こう》 玲琳《れいりん》」——いいや、慧月《けいげつ》たちは、昼すぎとなり、撤収の頃合いとなっても、民と親しげに会話を続けていた。

「皆、どうか元気にお過ごしくださいね」

「ありがとうございます、雛女《ひめ》様！」

「いつも丹央の地が平穏であることを祈っております」

「雛女様も、どうかお体にお気を付けて！」

恐縮しきりの民に、笑みを絶やさず話しかけ、傷や病のある者を見つければ、次々と荷車に導く。老いた女が不躾《ぶしつけ》に手を差し出してこようと、躊躇《ためら》いなくその手を握り返してやり、小さな子どもが鼻水を垂らしていたら、高価な布で惜しげもなく拭いてやった。

もちろんこれは、慧月が本心からそうしたいと望んだからではない。穢《けが》れに接すると気が蝕《むしば》まれてしまうので、汚いものなんて大嫌いだ。

だが、「黄 玲琳ならこうする」と思うからこそ、我慢するのだった。

埃《ほこり》っぽい被災地にあっても楚々として佇《たたず》み、何十人に声を掛けて疲弊しきっていても、美しい笑みを浮かべ続ける。

品よく、気高く、さりとて高慢にはならず。

人々が褒めそやす「殿下の胡蝶」とは、そうした女なのだから。

「皇太子殿下、皇太子妃殿下、万歳！」

「どうぞお元気で」

「このご恩は忘れません」

二日続けて慰労を受けた民は、すっかり感動し、慧月たちが馬車に乗り込んでも、まだ万歳を続けている。

(ふん。まだ雛女だし、黄 玲琳が皇太子妃《いちばん》に定まったわけでもないわよ)

内心では肩を竦《すく》めながらも、懸命に見送りを続ける民のため、慧月はずっと窓越しに笑みを維持していた。

「おい」

護衛が窓の掛け布を下ろし、御者が馬車を走らせはじめる。

だがまだだ。もうしばらく笑っていなければ。背中もぴんと伸ばしたほうがいい。

「おい、朱《しゅ》 慧月。もう愛嬌《あいきょう》は振りまかなくてもいいぞ」

駆け寄ってきた民が強引に掛け布をずらすこともあるかもしれない。それ以前に、黄 玲琳なら同乗者相手にも笑みを絶やさない。

いつも俗界の穢《けが》れなど知らぬげに微笑んでいる天女。それが彼女なのだから――。

「おい、朱 慧月」

「おーい、慧月殿？」

だが、向かいに掛ける男二人、すなわち皇太子・尭明《ぎょうめい》と礼武官・景彰《けいしょう》が、眉を顰《ひそ》めたり、ひらひらと片手を振ったりするのを見て、慧月ははっと我に返った。

見れば、隣に座す冬雪も、心配そうにこちらを見つめている。

「は、はい。今、なんと？」

「もう作り笑いをしなくていいと言った。民からは見えぬし、声も車輪の音に掻き消されよう」

「馬車内には僕たちしかいないから、安心していいよ」

「雲梯園《うんていえん》に着くまでの半刻ほど、しばしお寛《くつろ》ぎください」

内情を知る彼らに口々に言われ、ほっと脱力しそうになる。

だがすぐに、慧月は生来の疑り深さを発揮し、恐る恐る己の頬を揉《も》んだ。

「もしや、笑顔がぎこちなかったでしょうか」

「なにを言う」

珍しく、尭明がふっと噴き出す。

「よくできていた。いかにも慈愛深い、美しい笑みを浮かべ続けていたぞ」

「そうそう。ずっと民に優しく接し続けているので感心したよ」

皇太子が褒めると、冬雪が無言で頷き、景彰もすぐに太鼓判を押した。

「妹を見ていても思うんだけど、疲れているときに笑みを維持するのって、すごく大変じゃない？　よく最後までやりきったよ。すごい」

「まったくでございます。入れ替わったまま慈粥礼まで加わり、どうなることかと案じておりましたが、蓋を開けてみれば、陛下の追及も躱《かわ》し、行事もこなしと、頼もしいことです」

冬雪がやはり淡々と賛辞を紡ぐと、そこにさらりと、尭明も付け加えた。

「努力の成果だな」

短い、たった一言。だが、だからこそ本心と信じられる言葉を、慧月はこっそりと噛み締めた。

尭明も、冬雪も、景彰も、一度は慧月のことを嫌った者たちだ。

だが三人とも、こちらが改心し、努力をすれば、必ずそれを認めてくれる。

最近では彼らが、こうして褒め言葉を寄越すことも増えてきた。そのたびに、すべすべと美しい真珠のような言葉たちを、慧月は大切に溜め込んでは、時々取り出して眺めている。

ただ、今回について言えば、それなりの数の真珠は溜まったはずなのに、心の箱は一向に、十分な重みを帯びないのだった。振ればきっとからからと、虚しいばかりの音がする。

――それは、何よりです。ようございました。

昨夜の、黄 玲琳の反応を思い出す。

慧月が無事に、皇帝の追及を躱しきったというのに、彼女が告げたのはそれだけだった。

あの暑苦しい友人ならきっと、慧月の奮闘に対して「まあ、本当ですか⁉」と目を丸くして、「さすがは慧月様でございます!」と大はしゃぎするに違いないと思ったのに。

そして自分は、「騒がないでよ」と窘《たしな》めながら、満更でもない思いを味わう。

なんとなく、そんなやり取りを想像していたのだが、実際に返ってきたのは、穏やかな微笑と相槌だけだった。

あの、髪一つ乱さない、悠然とした佇まい。

(結局、あの女は、高みからこちらを見下ろす天女ってわけね)

慧月は内心で歯噛みした。なにかを期待していたらしい自分を恥ずかしく思ったし、これまで黄玲琳が向けてくれたと思しき友情も、実は自分の幻想だったのではないかと急に不安になった。

だって、「黄 玲琳」として過ごしていると、痛感するのだ。彼女が日々、慧月のためにどれだけ話を合わせてくれているかということを。

自分には金《きん》 清佳《せいか》のように、会話に古典を絡める教養はない。

藍《らん》 芳春《ほうしゅん》のように、自在に会話を操って利をもたらす才覚もなければ、玄《げん》 歌吹《かすい》のように、舞を披露して難局を逃れようとする技量もなかった。

一方で黄 玲琳は、そのすべてができる。

本当は、彼女もほかの雛女たちと一緒にいたほうが楽しいのではないだろうか。

同じくらいに麗しく、芸事に優れ、諸事に通じた友人に囲まれているほうが、彼女は快適なのではないだろうか。昨夜からこちら、慧月はそんなことを考えずにはいられなかった。

少なくとも、自分以外とつるんでいれば、他者の尻拭いをしたり、いつまでも進歩のない相手をいちいち褒めてやる煩雑さからは解放されるはずだ。

(彼女からはたくさん褒められてきたけど……本当は、「よかったですね」くらいのことしか思っていなかったのかも)

昨夜を除けば、黄 玲琳とはもうひと月近く、まともに顔を合わせていない。自分たちがどんな距離感で会話を交わしていたか、すっかりわからなくなってしまった。

「ありがたいお言葉ですが、もっと精進せねばなりません」

なので、慧月の口からは、ぽつりとそんな言葉が漏れた。

「黄 玲琳からすれば、わたくしの演じる『黄 玲琳』なんて、きっと不十分でしょうから」

目を閉じれば、玲琳の言葉が蘇《よみがえ》る。

――ようございました。

柔らかだけれど、温度のない相槌。

「この再訪も、陛下の追及を躱すのにも、他人の手を煩わせてばかり。一人でなにもできないわたくしに、彼女はきっと呆れたのでしょう」

自分で言っていて、心が暗くなる。

しばし、がらがらと車輪が道を踏みしめる音に耳を傾けていたが、やけに馬車内が静かだなと気付いて顔を上げた。

そして驚いた。

向かいに掛ける男二人、そして隣に座す冬雪が、酸っぱいものでも含んだような顔をしながら、まじまじとこちらを見つめているものだから。

「え?」

「いや」

「いやあ」

「なんとまあ」

三人は、ちらりと顔を見合わせ、視線だけでなにかをやり取りしている。

やがて代表するように、景彰が片手を挙手して切り出した。

「ええっと、それってもしかして、フリじゃなく、本気で言っているのかな? もし本気だとしたら、その寝ぼけた発想、もとい、悲観的な妄想は、なにを根拠に生じたのかな?」

「寝ぼけ……、妄想ですって?」

人の物思いに対して、なんという言い草だろう。

それとも、同じ馬車内でうじうじされるのは鬱陶しいからやめろ、という牽制《けんせい》だろうか。

慧月は感情のままに声を荒らげそうになったが、皇太子の御前であることを思い出し、かろうじて咳払《せきばら》いをした。

「妄想ではありません。ご存じの通り、昨夜彼女は雲梯園にやって来て、わたくしの様子も見に来たのですが、そのときの態度も、素っ気ないものでしたわ。わたくしは、陛下の追及を躱すべく努力したつもりですが、それを伝えても、彼女ときたら『ああそう』といった感じで」

話していると、怒りが込み上げる。

恥ずかしさも、不安も、怒りとして処理するしか、慧月は生きる術を知らなかった。

「昨夜は、初めて、彼女の手を煩わせずにことを成したのです。そのぶん、ほかの雛女たちや殿下たちの手は借りてしまいましたが……でも、誇らしかったし、安心もしてほしかった。なのに、首尾よくいったと告げたとき、彼女は喜ぶでもなく、ただ『それは何よりです』と言ったのです」

「待って。そのとき君は、具体的に、玲琳になんて告げたのかな？」

「え？　ですから、『あなたがいなくても無事にやれたから、心配せずとも大丈夫』と」

慧月が思い出しながら答えると、黄家の血を引く三人は同時に、頭を抱えて膝に肘を突いた。

中でも男たちは、仲よく呻いている。

「おまえ」

「それは」

「な、なんですか」

「うん、あのね。玲琳からすれば、それは、ちょっと、こう……致命傷っぽい感じに傷付いたんじゃないかな。咄嗟《とっさ》に元気さを取り繕えないほどに」

「『もう結構でございます』、だな……」

景彰はこめかみを押さえながら解説し、尭明はなにを思い出したか、少し青ざめて呟いた。

「ええ？」

慧月は、敬語を忘れてしまうほどには困惑した。

「なぜそうなるのよ。黄家は自立を愛する気風でしょう？　せっかくわたくしも、無様に頼らずに済むよう努力したのに」

「もっと頼ってほしいものなんだよ。好きな相手からはなおさらに」

反論すると、景彰が顔を上げ、こちらを見つめた。

「僕たち黄家の人間にとって、頼られるというのは、求められ、愛されることと同義だ。ずっと自分のことを見てくれていたのに、いきなりよそ見をされたら――『だめだよ』って僕なら怒るね。玲琳なら怒るというより、悲しむかも」

「そ……」

まっすぐな眼差しに、なぜだか言葉が干上がる感覚を抱き、焦った。

今は、黄家の人間の生態を解説されているだけだ。なぜどきりとしてしまったのか、自分でも訳がわからない。

だいたい、迷惑を掛けられ続けるのを喜ぶ、という黄家筋の人間の在り方が、本当に理解できなかった。被虐趣味でもあるのだろうか。

「そうかしら。でも、少なくとも彼女は、悠々としていたわ。そうよ、相変わらず、髪一筋乱さぬ優雅さで。微笑みを湛《たた》えて、静かに話して、こちらを心配する気配なんて欠片《かけら》もない……」

最初は、景彰の主張に反射的に噛みついただけだったが、次第に本気で悲しくなってきた。

「きっと彼女からすれば、皇帝からの追及を躱すくらい、できて当然のことなのでしょう。慈粥礼をそつなくこなすのも、ほかの雛女たちとうまくやるのも。だって、自分自身がそうだから」

「あの」

自分で言いながら落ち込んでいると、冬雪が神妙な声で切り出した。

「昨夜、わたくしは遠くからしか玲琳様のお姿を見られなかったので、伺いたいのですが、玲琳様は本当に悠々としていらっしゃったでしょうか」

昨夜、冬雪は慧月に張り付き、共に四阿《あずまや》にいてくれた。

回廊を渡って四阿に向かって来た、「朱 慧月」の姿をした主人のもとには、駆けつけられなかったのだ。

「わたくしの目が正しければ、四阿への橋を渡る直前、慌ただしく身なりを整えていたように思ったのですが」

「そうだね。僕も遠目でしかないけど、一旦、橋の前で立ち止まったように思う」

「え？」

景彰からも重ねて尋ねられ、慧月は目を瞬かせた。

四阿は松明《たいまつ》に照らされ、一方で橋は暗がりに沈んでいたから、駆けつけてくる前の黄 玲琳がどんな様子であったかなど、見ることができなかった。

「ど、どうかしら。でも、彼女のことだから、余裕で慈粥礼を終わらせてきたのでしょう？ 今朝、雲梯園の門前ですれ違ったときも、女官や荷持ちを従えて、なにごともない様子だったわ」

そう、今朝、出発する彼女の姿を見たとき、女官や荷持ちたちが隊列も乱さず背後に続いていることに驚いたものだった。

あの中には、可晴《かせい》たち反抗的な女官や、寄せ集めの荷持ちもいたというのに、見事な統制だ。

きっと、凄まじい天運と才覚を持つ彼女の前では、道は自然と拓け、どんな物事もうまくいくようになっているのだろう。とびきり険しい被災地を担当させられたところで、彼女にとっては、そんなもの、なんでもないのだ。

(それに引き換え、わたくしは)

再び俯《うつむ》こうとしたら、今度は尭明がそれを制した。

「それについてだが」

彼は、景彰や冬雪とは異なり、訝《いぶか》るというより、物思わしげな表情を浮かべていた。

「実は、俺も気に掛かっていてな。本人は特に大事ないと主張していたが、烈丹峰《れったんほう》でも騒動があったのではないかと、辰宇《しんう》に調べさせていた」

「え？」

思いがけぬ発言に、慧月の目が見開かれる。

こんこん、と、馬車の窓が外から叩かれたのは、その時だった。

「殿下、お待たせいたしました」

からりと窓を開けてみれば、そこに現れたのは、まさに今話していた、鷲官長《しゅうかんちょう》・辰宇である。

そういえば、彼も「黄《こ》玲琳《ちら》」に付いて皇帝からの妨害を防ぐというはずだったのに、朝から姿が見えないと不思議だったのだ。

どうやら尭明から特別に任務を言い渡されていたらしい。

辰宇は馬にまたがったまま、窓越しに折りたたんだ紙を差し出した。

「ご下命の調書です。昨日『朱 慧月』とともに烈丹峰に向かい、本日は非番を命じられていた荷持ちから話を聞きました。荷持ちは、黄 景行《けいこう》殿から『大事にするな』と命じられていたため、なかなか口を割らず、この時間となり申し訳ございません」

涼やかなはずの青い双眸《そうぼう》は、なぜだか怒りにも見える色を湛えている。

「できれば、今すぐお読みいただいたほうがよいかと」

尭明は、言われるまでもないといった様子で調書を広げたが、目を通した途端に、辰宇が苛立《いらだ》っている理由を理解した。

「……なんだと？」

そこには、昨日、烈丹峰を訪れた「朱 慧月」——玲琳のもとになにが起こっていたかが、詳細に記されていたのである。

「ちょっと失礼しますよ」

顔を引《ひ》き攣《つ》らせた尭明の横から、景彰が幼なじみの気安さで調書を覗き込む。

「どれ……『道中で荷持ちが食料の半分を落とし、到着した途端、民に囲まれ恫喝《どうかつ》された』。は？」

だが彼は、序盤に書かれた内容を読んだ時点で、どすの利いた声を上げてしまった。

「『魚を釣って食料を補うことにし、男たちを引き連れて近くの川へ。率先して薄く張った氷に踏み出し、あわや水中に落ちそうになった場面も幾度か』」

記した内容を諳記しているのであろう、辰宇も仏頂面で読み上げる。

つい先日、鑽仰礼《さんぎょうれい》で彼女が泉に落ち、見ている側まで心臓に冷水を浴びた心地になったことを、彼は忘れてはいなかった。

本当に、あの雛女はなぜ、すぐ襲われたり沈んだりするのか。

「『粥《かゆ》炊きの場では、朱 可晴をはじめとする女官数名が反抗。釜の一つに痰壺《たんつぼ》の中身を入れたうえ、叱ると開き直って暴言を吐いた。雛女は冷静な態度のまま、該当の女官に釜の傍で立つだけの罰を命じた』。……女官が？ 職務を放棄したうえ？ 玲琳様に暴言を？」

同じく向かいから調書を覗き込んだ冬雪は、同業の女官の暴虐ぶりに、ぎらりと瞳を光らせた。

「背骨を抜いたほうがよいのでは？」

だが、一同が最も衝撃を受けたのは、次の部分だった。

「『さらに、粥炊き場に山賊が襲来。男手の多くは川にいたため、雛女は粥を突沸させて賊を怯ませ、荷持ちとともに捕縛した。夕刻に山を下りたが、やけに駕籠《かご》が軽いため、黄 景行に尋ねたところ、実は雛女は陛下にまみえるため、一足先に雲梯園に向かったと説明され、口止めされた』」

全文を読み上げ、尭明は剣呑に目を細めた。

「――なにが、『問題ございません』、だ？」

「待って……。つまり彼女は、一人で山を下りてきたというの？」

聞いていた慧月も、口元を押さえ呻く。

余裕綽々《しゃくしゃく》などとんでもない。彼女は、事件に次ぐ事件、妨害に告ぐ妨害を乗り越えたうえで、慧月のもとに駆けつけていたのだ。

青ざめる慧月を視界に入れると、尭明は怒り交じりの溜め息を吐き、髪を掻き乱した。

「馬車で夕刻に出立したのでは、雲梯園にあの時刻にたどり着かなかったはずだ。おそらく玲琳は、諸々を片付け、昼過ぎには烈丹峰を出ていたのだろう。一人で。……くそ、先に行ってほしいと連絡があったときに、もっと念入りに確認すべきだった」

それを聞いて、慧月は悟る。

尭明があれほど早く雲梯園にやって来られたのは、玲琳の迎えを断念したから。

そしてそれは、偶然の産物などではなく、黄 玲琳がそう仕向けたからだ。おかげで彼女自身は、一人で山を下りざるをえなかった。

(そんな彼女に、わたくしは「来なくてもよかった」と言った、ということ?)

すう、と、頭から血の気が引いていく心地がする。

明るかった四阿と、暗がりにあった橋。不意に昨夜の光景を思い出し、息苦しさを覚えた。

あの寒く暗い橋から、松明のもと、ぬくぬくとした毛皮と他者に囲まれた自分を見て、彼女はなにを思っただろう。

「さらに付け加えると、『朱 慧月』は昨夜遅くにこっそり雲梯園の薬房を訪ね、痛み止めの薬草と、巻き布を拝借していったそうです。もっとも、被災地再訪のためと説明したそうですが」

「…………」

一同はいよいよ表情をなくし、代わりに拳を強く握り締めた。

「あの、馬鹿」

慧月が歯ぎしりせんばかりに呟く。

美しい立ち姿、少しの乱れもない裾の下に、怪我や疲労が隠されていたことに気付けなかった。

隠した彼女は馬鹿だし、見抜けなかった自分はもっと愚かだ。

「自分もしっかり、陛下に揺さぶりを掛けられていたんじゃないの……っ」

「はは。秘密主義の妹には、何日説教が必要かなあ」

景彰は低い声で笑い、尭明も険しい顔のままだった。

窓の外、遠い空に、細く稲光が閃く。

こんなところで発現してはもったいない龍気であったが、誰もそれを諫《いさ》めはしなかった。

「……？　あの烏《からす》」

と、近付いてくる暗雲を見上げるべく、窓に顔を寄せていた冬雪が、ふと眉を寄せる。

「なにか、普通とは異なりませんか」

彼女がすいと腕を伸ばすと、烏はまるで獲物を見つけたかのように、勢いよく近付いてきた。

鋭い嘴《くちばし》を持つ烏は危険だ。

外にいた辰宇は咄嗟に剣で振り払おうとしたが、しかし、黒い足に同色の布が巻き付けられているのに気付く。

剣を収めると、烏は心得た様子で降り立ち、すいと馬車の中に入ってきた。

「これは……」

行儀よく座面で翼をしまった烏から、尭明が布を取り外す。

黒ずんだ布に黒い墨――読みにくくはあったが、そこには、景行の手跡で文字が書かれていた。

『鳩が殺された場合に備え、烏でも同内容にて。烈丹峰からの帰路、雛女を乗せた駕籠が中腹で墜落。女官一人とともに行方不明。山を捜索中』

連ねられている不穏な文字に、一同ははっと息を呑んだ。

「駕籠が墜落だと？」

「これもまた、陛下の差し金か？」

「そんな……今度は『朱慧月《かのじょ》』のほうに狙いを定めたというの？」

尭明や景彰が青ざめると、慧月もまた喘《あえ》ぐように呟く。

そのまま窓から身を乗り出すと、御者に向かって大声を上げた。

「烈丹峰よ！　烈丹峰に向かいなさい！　今すぐ！」

「雛女様」

危うく窓から転げ落ちそうになった慧月のことを、冬雪が内側から慌てて引っ張り上げた。

「危のうございます」

日頃表情に乏しい顔に、今は強い焦燥を浮かべ、彼女は声を囁《ささや》きに切り替えた。

「敵が攻撃を仕掛けてくるかもしれぬ場に、うかうかと飛び込んでゆくおつもりですか。わたくしたちは……少なくとも慧月様は、烈丹峰に向かってはなりません」

慧月は信じられない思いで、隣の女官を振り返った。

「なにを言うの？　一人のうのうと、この場で待っていろとでも？」

「玲琳様が昨夜雲梯園に駆けつけたとき、あなた様もまさにそう仰《おっしゃ》ったのでは？　来るなと」

辛辣な意趣返しかと思ったが、違った。

冬雪は、苦悩に満ちた顔でこちらを見つめていた。

「責めているのではありません。言葉は乱暴でしたが、あなた様は正しかった。互いを巻き込まぬようにするのが、今回の作戦のはずです」

互いを避け続ける雛女二人を、ひと月の間見守ってきた女官は、真剣な顔で慧月の手を取った。

「玲琳様なら同じことを望むはず。だって玲琳様は、あなた様を守りたいがために、自身が揺さぶりを受けていたことを隠したのですから。そこに駆けつけて、どうなさるのですか？　雛女が一人増えても、捜索の助けにはなりません」

「そんなことないわ。道術を使えば、きっと居場所だってすぐにわかるし――」

「ずっと隠してきた道術を、揮《ふる》うのですか？　それこそが、敵の狙いかもしれないのに」

もっともな指摘を寄越されて、慧月はぐっと喉を鳴らした。

その通りだ。

黄 玲琳を救うために、自分が使える手札は道術しかない。そして道術を揮えば、追及を躱すために重ねたあらゆる努力は台無しになってしまう。

――どうしてのこのこやって来たのよ。

――とにかくあなたは、わたくしとの接触を避けて。

――あなたがいなくても、ちゃんとやれるから。

昨夜、玲琳にぶつけた言葉が、今そのまま、自分に跳ね返ってくるようで、拳が震えた。

「…………っ」

そうだ、あの女は自分が救助に来ることなど望まないだろう。慧月の道術なんて、必要ないどころか、むしろ悪い方向にしか作用しない。接触を避け、じっとここで待っているのが正解だ。

でも。

「そういう問題じゃ、ないのよ……っ」

思考の道筋を整えるよりも先に、ぽろりと言葉がこぼれた。

口を衝《つ》いて出た言葉は、慧月の心に火を灯し、まるでそれが種火であったように、どんどん炎を広げていった。

「正解、不正解とか、求められている、求められていないとかではなくて……わたくしは、そうしなくてはならないの！」

だって、それが心の欲するところだから。

「は――」

「たしかに言ったわ、『わたくしは平気、あなたは来ないで』って。そして今、真逆の立場に陥っている。相手の手出しを拒んだなら、わたくしも手出しを控えるべきでしょうね。でもごめんだわ！」

堂々とした傲慢な宣言に、冬雪が呆気に取られたように口を開いた。

「あの女は我慢すべき。でもわたくしは我慢などしない。好きなように動き、好きなように駆けつけ、好きなように助けるわ。だって、自制心も理性もない悪女だもの。悪い⁉」

不平等であり、理不尽極まりない言い草だと、血が上った頭で慧月は思った。

実際のところ、「どれだけ不利な状況でも相手を助ける」という主張になっていることに、かっとなった彼女は気付かなかった。

「――くっ」

しん、と静まり返った馬車で、最初に沈黙を破ったのは景彰である。

彼はくすくす笑うと、隣に座す従兄を振り返った。

「だそうですが。どうしますか、殿下？」

「そうだな」

尭明は片方の眉を引き上げ、軽く頷く。

てっきり、烈丹峰行きに賛成してくれるのかと、期待を込めて身を乗り出した慧月だったが、彼が窓から手を出し、「馬車を止めさせろ」と辰宇に合図したので、驚いた。

「殿下……？」

「この馬車で烈丹峰に向かうことはしない」

「そんな！」

冷徹な返事に、慧月は思わず気を荒らげかけた。

誰より愛しい婚約者が、山で失踪しているというのに、駆けつけもしないというのか。

「馬車では小回りが利かぬ。剛蹄馬《ごうていば》で、一気に山を抜けるぞ」

「え？」

だが、続く言葉が咄嗟に呑み込めず、ぽかんとしてしまった。

「剛蹄馬？　で、山を、一気に？」

「辰宇。よくぞ馬を連れてきてくれた」

「は。その場で説教をしに行きたいと思い立つこともあるかと考え、勝手ながら借り受けました」

なんと、辰宇がまたがってきたのは、雲梯園の厩舎《きゅうしゃ》で休ませていた剛蹄馬であったらしい。

馬車から降りた尭明は、辰宇から馬を受け取ると、ひらりと鞍にまたがった。

「朱 慧月、おまえも来い。居場所を知りたい。ただし、馬のたてがみは焦がすなよ」

馬上から彼が手を差し出した相手は、当然慧月だ。玲琳たちの居場所を知るためには、炎術を繋ぐ必要があるのだろう。

「えっ？　ですが、わたくし、乗馬など……」

あれだけ御者を急《せ》かしていたくせに、いざ自身で馬に乗るとなると、途端に慧月は怯んだ。

ただでさえ慣れぬ乗馬、それも急な山道、しかも術を使いながらなんて、無理だ。

「も、申し訳ございません、やはり、術を使うのは無謀な気がしてきました。陛下や手下に見咎《みとが》められては危ない、というか……」

「なにを言う」

だが、尭明は精悍《せいかん》な顔を、ふっと笑ませるだけだ。

「もはや、隠す、隠さぬと悠長なことを言っていられる状況ではない。こうして、龍気で目をくらませておけばよいのだ」

彼が凄んだ瞬間、窓の外では、パリパリと細かな雷が宙を駆ける。

「ひ……っ！　りゅ、龍気というのは、そう軽々しく使ってよいものではないと思うのですが」

渦巻く龍気にすっかり当てられた慧月は、じりっと腰を引いたが、するとなぜか、斜向《はすむ》かいの席にいた景彰が、にこやかに両手を広げて近付いてきた。

「まあまあ。だってもう、なりふり構っていられないものね」

「き、きゃああ！」

次の瞬間、彼は目にも留まらぬ速さで慧月を抱き上げ、馬車から降ろしたかと思うと、ひょいと馬上に放り投げる。

無事に尭明に受け止められた慧月は、あっという間に馬上の人となっていた。

「それじゃ、僕たちは自分の馬で追いかけますので――どうか道中ご無事で！」

見れば景彰は、馬車の後列に歩かせていた愛馬に、早くもまたがっている。

こうして、慧月の烈丹峰行きは、彼女自身が望んだ以上の早さと過激さで叶えられたのであった。

7. 玲琳、水面を見上げる

「あんたの尻尾を出させるには、もっと追い込まなきゃだめだったんだな?」

月光の下、獰猛《どうもう》な笑みを浮かべた隠密——アキムは、次の瞬間、音もなく動いた。

玲琳《れいりん》が構えを取ろうとしたときにはもう、腕で彼女の首を絞め、そのまま体を抱き上げている。

「は、な……っ」

「おや、活きがいい」

玲琳はもがいたが、男はそんな彼女をいなして、ひょいと肩まで持ち上げ、そのまま一直線に山の中を駆け抜けた。

「なに、を……!」

「はは。話してると舌噛むぜ」

軽やかな笑い声を立てながら、草むらを抜ける。

莉莉《りーりー》は後ろを必死に追いかけたが、とても追いつける速さではなかった。

やがて、枝葉の切れ目の向こうに、川が見えてくる。先ほど発見した水場だ。

まさか、と、一層激しく暴れたが、次の瞬間には、軽々と腰を掴まれた。

――ざぶん！

勢いよく、川の中へと叩き込まれたのである。

岩が大きくせり出していたその川は、立っても爪先が底に届かぬほどの深さがあり、玲琳の体はみるみる水中に吸い込まれていった。

「…………！」

息苦しさよりもまず、刺すような冷たさに悲鳴を上げそうになる。岩の近くなど、まだ表面に氷が張っているところさえあった。

反射的にもがいた瞬間、ごぼっと水が口の中に流れ込む。

噎《む》せたら一巻の終わりだと悟った玲琳は、なんとか息を止め、暴れる鼓動を無理矢理宥《なだ》めて、水面に浮上した。

「おっと。もうちょっと沈んでな」

だが、ぷはっと顔を水面から出したと思ったのも束の間、すぐに肩を足で踏みつけられ、強引に川の中へと身を押し込まれる。

身をよじり、水流を利用して足から逃れようとしたが、男はひょいと近くの岩場に移り、そこから気だるげに、再度玲琳の肩を蹴った。

空気を求めて宙に腕を伸ばすが、水面を掻き回すだけに終わる。

もがく玲琳に、アキムが水上から顔を寄せた。

「苦しいなあ?」

がぼっと、不吉な音を立てて、空気が口から逃げてゆく。

先ほど十分に息を吸えなかった。

呼吸ができない、という本能的な恐怖に、めちゃくちゃに暴れそうになってしまう。

(だめ。落ち着いて。落ち着かなくては)

暴れたら溺れる。自制心を手放しては絶対にだめだ。

だが、焦りが恐ろしい勢いで込み上げ、さしもの玲琳も叫びそうになった。

だって、この感覚を知っている——死が、目の前まで迫っている。

「はい、一旦休憩」

「——っ、は」

限界を迎える直前、突然アキムの足がどけられる。

玲琳は反動で身を浮き上がらせると、体が求めるまま息を吸い込んだ。

「ごほ……っ、ごほっ! うっ」

十分な呼吸などとんでもない。ただ噎せて苦しい思いをしただけのところに、再びアキムの足が肩口に迫った。

「それじゃ、もう一度なー」

――ざぶん。

容赦なく水中に沈められる。

命を相手の掌に握られている感覚に、凍り付くような恐怖を覚えた。

（苦しい）

苦しい、苦しい、苦しい。

頭の中がその叫びだけで占拠される。

焼き切れるような恐怖と苦痛に、視界が明滅した。

「はい、休憩。苦しいなあ？　なんでこんな思いをしなきゃならないのか……馬鹿らしいよな」

「……っ、ぅぐ、は……っ」

水面に上がらされるたび、アキムは場違いなほど穏やかな声で話しかけてくる。

耳鳴りと、忙しない己の呼吸音に紛れて、その声はまるで傷口にまぶされた毒のように、じわりと玲琳を蝕《むしば》んでいった。

「あんたさあ。なんか態度が妙なんだよ。術は使ってないが、朱《しゅ》慧月《けいげつ》本人とも思えない。評判と違いすぎる。信じがたいが、この世には入れ替わりの術を使う術師ってのもいるらしいなあ。あんたが、それなのか？」

ごぼっ、ごぼごぼ、ざぶん。

「でも、あんたは術、使えないしなあ。ってことは、本物の朱慧月――今は『黄《こう》玲琳』の体にいる

「被害者なら水責めなんてしない。ほら、教えてみな。朱　慧月に体を奪われましたって。そうしたら、すぐに水から出してやる」

ざぶっ。ごぼごぼ。

そいつが、その術師？　だとしたらあんた、体を奪われた被害者だ。可哀想になあ」


アキムの口調は、まるで子どもをあやすかのようだった。

その一方で、足は躊躇《ちゅうちょ》なく玲琳の肩を蹴り、水底へと押し込む。気絶しそうになる直前に、強引に水面に引き上げられ、かと思えば、十分に息を吸い込む前に、再び体を沈められた。

助かる、と希望を持たせた次の瞬間に叩き折る。だが体が事切れる前に、再び生と解放をちらつかせる。

繰り返されるごとに増していく絶望、そして恐怖に、頭がおかしくなりそうだった。

(落ち、着いて)

身を刺すような水の冷たさに、気が遠くなる。

ぐらぐらと揺れ、そのまま崩れてしまいそうな思考を、玲琳はなんとか掻き集めた。

(慣れている、ことではありませんか。この苦しみも、死の恐怖も)

そうとも、慣れている。

呼吸がままならない状況にも。胸をどれだけ掻きむしっても引かない苦しさにも、明日には死んでしまうと思うことの恐ろしさにも。

苦痛と恐怖を、ずっと自分は飼い慣らして生きてきた。

（入れ替わり……慧月様の、術を、知られるわけには、いかない）

なんとしてでも彼女を守る。鮮やかな日々をくれた彼女に、自分が返せるのはそれだけだから。

病弱で、人並みの生活も満足に送れなかった。唯一磨けたと言えるこの苦痛への耐性を、ここで発揮しなくてどうするのだ。

水は「朱 慧月」の弱点かもしれないが、土性の強い自分なら、克服できるはずなのだから。

（この者は、おそらく、わたくしを殺しまではしない）

口に水が流れ込むたび、喉を掻きむしる代わりに、玲琳は考えた。

あらゆる拷問に長《た》けているであろう隠密。

中でも水責めを選んだのは、きっと体に傷跡を残したくないからだ。彼は、目の前の「朱 慧月」が本当に術師でなかった場合に備え、またはそれ以外の事情かもしれないが、雛女《ひめ》が高貴性も四肢も損なわぬ方法を取っている。

つまり、黙り通していれば、助かる可能性があるということだ。

（沈黙を、貫けば）

悲鳴を上げなければ。助けを求めなければ。助かろうとしなければ。

自分が黙っていれば、慧月は助かる。

「雛女様を離せ！」

ふっと体が浮く感覚がして、水面に顔が出る。

どうやら、莉莉が追いついて、背後からアキムを引き剥がしたようだった。

「離せ！　離せったら！」

「健気だなあ」

ぐいと腕を引っ張られたアキムだが、軽く一振りするだけで、たちまち莉莉の体は岩場に叩きつけられてしまう。

「わっ！」

「お利口さんだから、そこで見てような。庶民は極力、殺したくないからさ」

(莉莉……危ない……)

ごほごほっ、と激しく噎せながら、玲琳は莉莉の身を案じた。

「もうやめろよ！　見りゃわかんだろ!?　この人は術師なんかじゃない！」

「いやあ。でもなんか、底知れない感じするし。もっと責めたら、意外な事実が出てくるかもしれないだろ？」

「その前に死んじまう！」

尻餅をついても、莉莉は即座に反論してみせた。

アキムが少しでも岩場に注意を向けてくれれば、玲琳が水面に上がる時間が長くなる。そう考えて、時間稼ぎをしてくれているようだ。

「貴族の娘なんだぞ!?　冬の川になんか浸かったら、凍えちまう！　本当に無実なのに、殺しちまったらどうすんだ！　この人は術師じゃない、なんの罪もない！　ほかの誰より善良だってのに！」

「ダール」

莉莉が力の限り怒鳴ると、隠密の男はやれやれといった様子で何事かを呟いた。

まただ。異国の響き。

「善良な貴族なんて、この世に存在しねえよ」

アキムは、笑っているようだった。

面白がっているというのではない。冷え切った侮蔑を含んだ笑い。

「あんた、下町出身だろう？　たしか、貴族に母親を手籠めにされて生まれたんじゃなかったか。あんたは『こっち側』に近い人間だと思ってたんだけどなあ。憎くないのか、貴族が？」

尋ねておきながら、さして答えを求めているわけでもないようで、アキムは莉莉に背を向けると、再び玲琳の肩に足を乗せて沈めた。

「――……ぐ、ごぼっ」

「やめろ！」

「俺は憎かったよ。なあ、烈丹峰《れつたんほう》みたいな辺鄙《へんぴ》な土地に、なんで人が集まるか知ってるか？　移民を受け入れたくない金《きん》家《け》や玄《げん》家《け》の領主が、土地を与えると言って、領境に追い払うからだよ。言葉もろくにわからない移民や、困窮したやつらは、突然与えられた土地に、大喜びでやって来る」

玲琳はがむしゃらに指を伸ばし、足を振り払おうとしたが、するとアキムはその手を掴み、わざわざゆっくりと水中に押し込んでみせた。

「その土地が、毎年のように水害に苦しめられるとも知らずに」

宙を求めてもがいた腕は、強い力によって、なすすべもなく沈んだ。

「ぐっ、ごぼ……っ」

「不作とか眼病が流行るとか、その程度の水害じゃない。夏が近付くと川の氷が溶けて、この一帯は水で押し流される。厄介者が死んで、領主は満足というわけ。そういう姥捨《うばす》て山《やま》みたいな土地が、このへんにはいくつかあってなあ。俺も、その一つの出身ってわけだ」

「ぐ、ぅ……っ」

「どれだけ被害を訴えようと、周辺の貴族どもは、領境なのを理由に、手助けなんて一切しない。それはそうだ、不要な民を処分するのが目的なんだから。そのくせ、気まぐれに炊き出しなんてしてみせる。皇家への点数稼ぎにな」

足掻くと水面が揺れ、水越しにこちらを覗いているアキムの顔が歪《ゆが》んで見える。

ちょうどそれは、感極まった様子で顔を歪めていた、「安基《あんき》」の姿を思い起こさせた。

——もし私が幼かった頃、こうして優しい言葉を掛けてくださる貴族の方がいたら、と。

おそらく、彼が被災地の出身であるというのは事実だったのだろう。宛てがわれた土地に逃れ、なにかの機会に功を立て、隠密として取り立てられた。

ただし彼は、それを「温かな記憶」などとは思っていなかったはずだ。

むしろ、彼を災害ばかり起こす土地に誘い込み、なんの手助けもしなかった貴族のことを、憎んでいたのだろう。

だからあの告白を始める直前、彼は噴き出したのだ。

「慧月様は二日も米と慈愛を賜った」と誇る可晴《かせい》が、あまりに愚かだと思ったから。

たった数杯の粥《かゆ》を差し出しただけで、「すっかり民を救った」と考える貴族の態度が、あまりにくだらなかったから。

それで、泣き真似なんかをしてごまかした。

「やだ……やめろ、やめろよ！」

「口先だけの貴族ってのが、俺は大嫌いでねえ。見ると殺したくなる。というかまあ、当時のクソみたいな金家の領主は殺したわけだけど。隠密の身分に感謝だ」

さらりと過去を語り終えると、アキムは「あーあ」とでも言うように肩を竦《すく》めてみせた。

「だがどうだ、二十年程度経っただけで、やつらときたら、また同じようなことを始める。本当に、貴族っていうのは救いようがないよなあ」

場違いにのんびりとした口調で、「だからまあ、術師じゃないなら殺す必要がないのはたしかだが」と希望を持たせるような発言をした直後、彼は唐突に、水中の玲琳へと笑いかけた。

「うっかり死んでも、それはそれでよくないか？」

ひときわ強く体を蹴られて、衝撃に息が詰まる。

受け身を取ろうとしたが、寒さにやられた体はこわばり、もがくことさえできなかった。

ずぶ、と体が沈んでいくのを感じる。

遠ざかっていく水面を見上げながら、ああ、この男の攻撃性を見誤っていたと思った。

彼は飄々《ひょうひょう》として、己の過去すら特に隠そうとしない。家族を失ったときの苛烈な憎悪など、とうに枯れてしまったのだろう。

貴族を見ると殺したくなる、と言いながら、いざこちらを攻撃するときの彼は、どこか億劫《おっくう》そうで、顔にはなんの感情も浮かんでいなかった。

なのでうまくすれば助かると思っていたが――実際には、だからこそ、彼は「うっかり」で人を殺してしまえるのだろう。

「やめろおおおお！」

「はいはい。怖いんなら、ちょっと寝てような」

莉莉は再度、アキムに取りすがろうとしたらしい。だがすぐに、声が聞こえなくなってしまった。

気絶させられたのかもしれない。

（莉、莉……。だめ、意識が）

水面に伸ばそうとしていた腕が、うまく持ち上がらず、そのまま水中に流されてゆく。

もし意識を失ったら、アキムは自分を引き上げるだろうか。それとも、見殺しにするだろうか。

どちらも等しくありえる気がする。

(いけません……これは、慧月様の体)

生きなくては。この体を傷付けてはならない。

(気絶してはだめ……水面に……。息、を)

必ず、生き延びなくては。攻撃をやり過ごし、浮上の隙を窺《うかが》うべきだ。

耐えられる。耐えてみせる。

(耐えるのは……得意のはずでしょう?)

玲琳は次第に、今の自分が、闘病中の寝台にくるまっているような気がしてきた。

朝まだ遠き、闇の中。

どれだけ身を丸めたところで容赦なく襲いかかる病魔を、息を殺してやり過ごす。

泣いても叫んでも、誰も助けてくれない。

当然だ、この苦しみを引き受けるのは自分しかいないのだから。涙をこぼしたところで、周囲の苦痛を増やすだけ。

ならば、悲鳴なんて上げない。命乞いなどもってのほかだ。

見苦しい様など誰にも見せない。たった一人で、戦い抜いてみせる。

ずっとずっと、そうしてきた。

――――さっさと、「助けて」って言いなさいよ!

不意に、耳の奥で金切り声が蘇《よみがえ》って、玲琳はかすかに笑った。

大切な友人。

ぶっきらぼうで、すぐ人を突き放すくせに、本当は誰より愛情深い。

彼女に助けを求められたら、どんなによかったか。呼吸するように奇跡をもたらしてくれる彼女なら、玲琳の内なる叫びにすら、反応してくれる気がした。あの美しい、道術を使って。

（いいえ、だめ……。巻き込んでは）

だが辛うじて残っていた理性が、玲琳を止めた。

離れることこそが、慧月の身を守ること。

これからどんどん、人の輪の中で魅力を開花させてゆく彼女にとって、今の自分など重荷でしかない。

それに、救いの求め方なんて、とうに忘れてしまった――。

ゆらりと、暗い水面が頭上で揺れる。

静寂に満ちた真っ暗な世界を、ぼんやりと見上げていた、そのときだ。

――ごお……っ！

水面の向こうを、鮮烈な朱色の光が横切っていったので、玲琳は目を見開いた。

（え？）

まるで、夜空を駆けるほうき星。

圧倒的な閃光を振りまき、まっすぐ闇を切り裂いてゆく。

「なにをしているのよ！」

一拍遅れて、女の怒声が響く。水で隔たれていてさえはっきりと耳に届く、きんと鋭い声だ。

まさか、と思うのと同時に、思いがけなく体が浮き上がり、突然肺に届いた空気に、玲琳は激しく噎せた。

「掴まれ！　こちらだ！」

ぐいと脇の下に手を差し入れられ、身を引き寄せられる。

その力強い手の感触、そして耳に馴染む低い声に、玲琳は咳《せ》き込みながら声を上げた。

「ごほ……っ、で、んか……？」

「話すな。泳ぐぞ！」

尭明《ぎょうめい》だった。

川の対岸から飛び込んで来たらしい彼は、玲琳の肩にぐいと腕を回すと、再び元の岸へと引き返してゆく。刺すように冷たい水をものともせず、力強く泳ぐ様は、さすが水を司る玄家筋の男だ。

彼が玲琳を岸に引き上げる間にも、頭上をいくつもの閃光が飛んでいった。

「許さない。焼き殺してやる！　よくも！」

いいや、閃光ではない。炎だ。

岸に立つ人物が、川を挟んだ岩場に向かって身を乗り出すたびに、彼女の周囲から炎が生まれ、それが弓矢のようにアキムを襲っているのであった。

憤怒の炎を身にまとった、彼女――朱 慧月。

呆然と岸にもたれる玲琳の瞳に、慧月の放つ炎が、朱色の光となって幾筋も映り込んだ。

(慧月、様)

「よくも!」

血を吐くような叫びとともに、ひときわ大きな炎が駆け抜けてゆく。

それは、すでに放たれていた炎と合流して巨大な火柱となり、アキムの体を包み込んだ。

「うわ」

熟練の隠密は、それまでの攻撃は飛び退いて躱《かわ》していたようだが、さすがにこれには驚いたのか、声を上げる。

だが即座に川に飛び込み、衣に付いた炎を消した。

「火矢、じゃねえな。信じられねえ。これが道術? ってことは」

ざぶんと水上に顔を出し、目を見開きながら濡れた髪を掻き上げる。

ひゅう、と口笛を鳴らしながら、彼は水中からなにかを投擲《とうてき》する素振りを見せた。

「あんたが術師で確定だ、な!」

――シュッ!

勢いよく投げられたそれは、目にも留まらぬ速さでこちらに飛んでくる。

玲琳は咄嗟《とっさ》に、傍らに立つ慧月を庇《かば》おうとしたが、それよりも早く、キンッ！　と金属的な音が響いた。

「させるものか」

飛んできた暗器――飛鏢《ひひょう》を弾き返したのは、剣をかざした景彰《けいしょう》だった。

「小兄様」

「彼、暗器を扱うのも得意そうだ。君たちは下がって。ここは僕が」

真剣な眼差しをした兄は、玲琳と慧月を後ろ手に庇う。

すると尭明が「いや」と短く制し、次々と指示を飛ばした。

「景彰、おまえはそこで二人を守れ。父上の手の者なら、俺と辰宇《しんう》で対処したほうがいい。辰宇！」

「は！」

辰宇はすでに、尭明の意を汲んだのか走り出している。

アキムはすぐ岸に上がったが、その間に、辰宇もまた川にそびえる岩を次々と飛び渡り、あっという間に対岸へと迫った。

「気を付けろ！　やつは短刀と飛鏢を同時に扱うようだ！」

「承知」

尭明が敵の手札を見極め叫ぶと、辰宇は短く応じ、剣を繰り出す。尭明もまた、濡れた体のまま岩場を走り、剣を取って加勢した。

「おいおい、二対一とは卑怯じゃないか」

アキムはまだ軽口を叩いているが、双方向から攻められ、さすがに先ほどまでの余裕はなくなったようだ。顔つきが真剣になっている。

「莉莉はわたくしが避難させます」

さらには横から、見知った藤黄《とうおう》女官の声まで響き、玲琳は目を丸くした。

冬雪《とうせつ》は水のように滑らかに岩場を移動すると、ぐったりしている莉莉のもとに駆け寄り、戦闘の中心地から距離を取らせた。

「よくも。よくも！　殺してやる！　火だるまにしてやる！」

「ちょっ、慧月殿、殿下たちにも当たるからいったん抑えて！」

慧月はまだ怒り心頭といった様子で岩場に立ち、身を乗り出している。

横の景彰が、「どうどう」と声を掛けると、慧月ははっとしたように顎を引き、それから勢いよく、ずぶ濡れになったままの玲琳を振り返った。

「……無事なの？」

息は上がり、声は掠《かす》れている。

「生きて、いるわね？」

「は……」

睨むようにこちらを見下ろす彼女に、玲琳はなんと答えたものか、わからなくなってしまった。

（慧月様）

驚きと、安堵《あんど》と、あとは言葉にならないなにか。

ぐちゃぐちゃに絡み合ったそれらが、胸を押し潰すほどの勢いで膨れ上がり、一気に喉元まで込み上げた。

「なぜ」

目元を駆け下りた滴は、川の水かもしれないし、そうでないかもしれない。

無事です、だとか、ありがとうございます、と告げるより先に、その呟きが漏れてしまった。

「なぜ」

ああ、どうして彼女は、いつも闇の中から自分を救い出してくれるのか。

こんなにも力強く輝いて。悲鳴すら上げずにいた自分の手を、強引に掴むようにして。

（わたくしの、ほうき星）

感情のまま、周囲に炎を浮かべる彼女の、なんと美しいことだろう。

その苛烈な輝きに圧倒されて、同時に、彼女に術を使わせてしまったのだという事実を痛感して、

玲琳はくしゃりと顔を歪めた。

「なぜ、術を、使ってしまったのですか」

だって、どうしたらいい。

縋《すが》るのを我慢したのに。自分にできるのはそれだけだったのに。

また、弱い己の存在が、彼女を不利な状況に追いやってしまった。

「わたくしなんかのために」

「焼き殺すわよ！」

だが次の瞬間、全身が炎に包まれたので、玲琳は驚いた。

朱色の光はごうっと渦巻き、衣を宙にはためかせる。

炎が肌を滑る瞬間、こしらえていた傷の数々がちりりと痛んだが、不思議な炎は皮膚を焦がすことなく、すぐに溶けるようにして消えた。

恐ろしい、というよりも、温かい、と思った。

実際、身を凍らせるようだった水が、たちどころに乾き、体が今や、うっとりとするような温もりに包まれていた。

「なんなのよ！　どうしてあなたって、すぐ溺れたり凍えたりするの!?　そのくせ、助けに来てやったのに『どうしてそんなことを』ですって？　ふざけるのも大概にしなさいよね！」

自身もそれに近いことをしていたはずだったが、堂々とそれを棚に上げて彼女は叫んだ。

火性の強い慧月は、濡れることや凍えることが心底嫌いのようだ。いかにもおぞましそうに、そして憤ろしそうに詰《なじ》るので、玲琳はむっとするよりなにより、面食らってしまった。

「だって、ずっと道術を隠してきましたのに。ここで堂々と炎を操っては、すべて台無し……」

「その通りよ！　どうしてくれるの!?」

呆然としたまま呟く玲琳に、慧月は苛々《いらいら》とした様子で叫び返す。

「でも仕方ないじゃない！　だってあなたときたら、すぐ死にかけるのだもの！」

「そのまま、捨て置いてくだされば……。わたくし、ちゃんと秘密を守って」

――ぱんっ！

すべてを言い終えるよりも早く、頬を叩かれていた。

「ぶつわよ！」

「えっと、すでにぶって……」

「あなたねえ……！　あなたねえ！」

かなりの勢いで叩かれた頬を押さえ、玲琳は抗議しようと振り向いたが、慧月がぼろぼろと泣き出してしまったので、言葉は途中で掻き消えてしまった。

「あなたねえ！」

「慧月様、ごめんなさい」

ひっ、ひっ、と声を詰まらせる友人の背を、玲琳はおろおろと撫でる。

「泣かないでくださいませ」

「あーあ」

狼狽《ろうばい》も露《あらわ》に、横に立つ景彰を見上げると、彼は剣だけは外に構えたまま、おどけてみせた。

「泣ーかせた。じゃあ僕は泣く子の味方だ。玲琳、君は向こう三日の説教ね」

「小兄様」

いつになく意地悪な兄に眉尻を下げていると、景彰は、またも飛んできた飛鏢をカンッと弾き返しながら、「君はさ、玲琳」と静かな声で続けた。

「必死で救助に駆けつけた相手から、『必要なかった』と言われる悲しみを、知っているんじゃないのかい？　そして想像するべきだ。目の前で友人が、または妹が、足蹴にされ水に沈められているのを見た人間が、どんな思いをするものか」

軽い口調には、しかし強い怒りが滲《にじ》んでいる。

「必ず殺してやる」

目は、いまだ尭明たちと攻防を続けるアキムを見据えていた。

玲琳は打たれたように、背筋を伸ばした。皆の思いが、ようやく身に沁みたからだ。

「慧月様。まことに申し訳ございませんでした」

「ほ、本当よ！　ぜ、絶対許さない」

恐る恐る手を伸ばすと、乱暴に振り払われる。

「ごめんなさい」

それでもめげずに握ると、今度は痛いほどの力で握り返された。

「覚えていらっしゃい」

「ええ、いつまでも」

二人は手を取り合ったまま、川岸で戦う男たちを見つめた。

「やあ、殺気立ってるなあ」

隠密の男は、右に左にと繰り出される剣戟《けんげき》を避けながら、ひょいと岩場に手を突く。かと思えば、その腕を支柱に突然回し蹴りをしたり、右手の短刀で剣を防ぎながら、左手で飛鏢を飛ばしたりと、巧みに攻撃をいなしていた。

「若き皇太子殿下と鷲官長《しゅうかんちょう》が、二人がかりで、足腰弱った中年男をいたぶって、どうなのかなあ。恥ずかしくない？　女ひとりのためにさ。雛女なんて、いくらでも替えが利くだろうに」

男の動きには型がない。突発的で、変則的。武芸としての美しさを欠く代わりに、実戦で鍛え抜かれたからこその、鋭さと迫力があった。

今もまた、川の水を足で強く跳ね上げ、尭明たちに浴びせようとする。

二人は咄嗟に袖と剣で水を防ぎ、水に鏢《ひょう》が紛れ込ませてあったことに気付いた尭明は、剣呑に目を細めた。

「卑劣な犯行現場を押さえられたら、大抵の刺客は引くものだが。それだけ大胆な所業に出るのは、やはり陛下直属だからだな？」

「まあな」

会話の隙に繰り出された剣を避けながら、アキムは濡れた髪を掻き上げてみせた。

「この刺青《いれずみ》がある限り、少なくとも雛女を殺した程度じゃ、俺は罰されない」

「ほう。この国唯一の皇太子に刃を向けたとなれば、陛下の天秤はどちらに傾くだろうか」

「気になるねえ。たしかにあいつ、子の数は異常なほど絞ってきたから」

皇帝のことを「あいつ」と呼べるほどに、アキムは弦耀《げんよう》と気安い仲であるようだ。

「まあでも、いい勝負になるんじゃないか？　俺が重用されているって意味じゃなく、あんたらが、あいつにとって俺と同じくらいどうでもいい存在、って意味でな」

この世で二番目に尊い身分の尭明のことを、大胆にこき下ろし、アキムはひゅっと、予備動作もなく足を払った。踵裏《かかとうら》に鉄が打ち付けてあるそれを、今度は辰宇の剣が防ぐ。

「ちょこまかと小細工を」

「おじさんだから、道具に頼らないと体力がちょっと」

口ではそう言いながらも、アキムは呼吸を荒らげることもなく構えを取った。

「あんたらに用はないんだけどなあ。そこの雛女さんだけ連れて帰らせてくれねえ？」

「笑止。そうしたいなら、まずは俺を殺すことだな」

「困るなあ。唯一の皇太子とはいえ、あんたが死んだら、きっと前代くらいまで遡って誰かしら後継者が出てくるんだからさ。あまり身分が切り札になると思わないほうがいい」

武技を誇る男二人に囲まれてなお、アキムの余裕は崩れない。

「なあ。直属の隠密を殺したら、陛下に刃を向けたことになる。雛女を庇ったら、あんたは道術を擁護した謀反人だ。廃太子になるより、女の一人や二人、見捨てたほうがいいだろ？」

なにを躊躇うのか、と肩を竦めた次の瞬間、アキムは突然堯明へと肉薄してきた。

「……！」

「尊いお方は得意だろ、女子どもを見捨てるの。邪魔な民は水底に沈めればいいし、厄介な婚約者は殺せばいい」

「くっ」

右拳で殴打を、かと思えば左足で蹴りを。避けた先には飛鏢を構えた他の手足が待っている。剣の手練《てだれ》である辰宇でさえ横から割って入れぬほど、アキムの攻撃は激しかった。

「大丈夫。しばらくは復讐心に悶《もだ》えても、そのうちそれも枯れてくる。保証するよ」

「ふざけたことを」

——キンッ！

仰《の》け反《ぞ》って避ける、と見せた堯明が素早く剣を突き出すと、アキムは飛鏢でそれを受け止めた。ぎ、と不穏な音を立て、互いの刃先が食い込んでゆく。

「どうせ、黄家の雛女のほうなんて、病弱でどのみちすぐ死んでたろう？　運命をたどるだけさ」

アキムの言い放った言葉を堯明が聞いた途端、森を轟かすような雷鳴が走った。

——ドォ……ン！

「死ぬ運命にあるのはおまえだけだ」

「きゃああっ！」

尭明のすぐ近くの岩場には、慧月の起こした火柱を上回るほどの巨大な光の柱が立ち、バリバリと音を立てて岩を砕く。

真っ白な閃光と轟音に、アキム本人より、川を隔てて聞いていた慧月のほうが悲鳴を上げた。

「ひ……っ、ひっ！　あの、龍気」

先ほどまでぼろぼろとこぼしていた涙を引っ込め、震える手で、隣に座す玲琳の肩を揺さぶる。

「い、息苦しいほどなのだけど。と、止め……っ」

「そうですね」

玲琳もまた、慧月の背をさすってやりながら、わずかな怯えを滲ませて男たちを見た。

「これ以上、戦いが激化しなければよいのですが……」

だが玲琳の願いとは裏腹に、アキムは剣を弾き返しながら、さらに意地悪く付け足した。

「それとも朱家の雛女のほうにご執心なのかな。いいじゃねえか、あの程度の顔、なおさら替えはいるって」

――ドォ……ン！

再度、尭明の雷が落ちる。

「きゃあああ！」

「は？」

慧月は頭を覆って叫び、一方の玲琳はといえば、さきほどまでのおずおずとした態度から一転、どすの利いた呟きを漏らした。

「今なんと？」

「何あなたまで怒っているのよ！　は、早く止まないかしら、この雷……っ」

「殿下、やっておしまいなさいませ」

震える慧月の隣にいるのは、もはや死にかけて目を潤ませていた女ではない。据わった両目に、親友を侮辱された怒りを宿す鬼神だった。

今にも「やーれ、やーれ」と相の手でも入れそうな雰囲気だ。

「わかる。ああいう、飄々とした感じを気取る輩《やから》って、見るも無惨に敗れてほしいよね」

「ですよね、小兄様。本当に腹立たしいこと。雷でうまく脳天を狙えぬものでしょうか」

「加勢してきていい？」

「いえ、念のためここで慧月様をお守りくださいませ」

緊迫した戦闘の場だというのに、黄家兄妹はよくわからぬことで腹を立てている。

その間にも、次々と雷は落ちるし、合間を縫って飛鏢は飛ぶ。

剣を切り結ぶ音は止まないし、龍気は今にも肺腑を押し潰しそうな濃度で渦巻くし、慧月は次第に、恐怖で錯乱しそうになってきた。

「もう、……もうやめてよ」

べつに平和主義というわけではないし、敵の死は願ってやまない。

けれどどうか、自分に害の及ばない範囲でやってくれと叫びたかった。

「もう、早く、終わりにしてちょうだい！」

慧月が悲愴《ひそう》な訴えをする横では、玲琳が唇に指を当て考えはじめる。

「ただ……、今後のことを考えると、あの方を殺したところで、第二、第三の隠密は来るし、わたくしたちは罪人で確定してしまうしで、よいことにはなりませんね」

うーん、と宙に向かってしかめっ面をした彼女は、次の瞬間、はっと目を見開いた。

「大兄様！」

「え？」

思いがけない名前の登場に、涙目の慧月がつられて顔を上げる。

視線の先、森にせり出す暗い崖の上に、ちかっと火花のようなものが閃き、かと思えばそれはぐんぐんと距離を詰め、アキムが立っていた岸のすぐ近くに鈍い音を立てて刺さった。

「おいおい」

――ドォン！

アキムがぼやきながらぱっと身をよじった瞬間、刺さったそれが爆発する。

「火箭《かせん》までご登場とは」

崖の上から放たれた凶器。それは、火薬の筒を括《くく》りつけた矢であった。

「悪い！　ちと遅れた！」

崖の上に立った人物、黄景行《けいこう》は、ぶんぶん片手を振って声を張り、次の火箭をつがえはじめる。

「あの距離でこれだけ正確に狙うとは、どんな腕前なのですか……」

いつの間にか、莉莉を連れてこちら岸に渡ってきていた冬雪が、どこか妬ましそうに呟いた。

素早い剣で追い込む辰宇と、雷を炸裂させる尭明、そして不意打ちで火箭を放つ景行。

武技に優れた三者に囲まれ、さすがにアキムも顔を顰《しか》める。

逃亡に舵を切ったか、ぐっと低く身構えたのを見て取り、玲琳は素早くその場に立ち上がった。

「お待ちを」

凛と声を張った瞬間、男たちが緊張感を湛《たた》えたまま一斉に振り返る。

戦いの均衡を崩さぬよう留意しながら、玲琳はひたりとアキムを見つめた。

「交渉しませんか」

そして切り出す。

数の利でアキムを殺すことはできようが、それは皇帝への反逆を意味する。

できるなら彼に思いとどまってもらうよう、話し合いで決着を付ける必要があった。

「最初に申し上げておきますが、わたくしたちはあなたを刺殺も爆殺もできる。今、戦局を握っているのはこちらです」

「さて、それはどうだろう。俺を殺したら、もれなくあんたらも処刑されることになるけどな」

交渉で上位に立とうとすると、アキムはすぐに肩を竦めて応じた。

もちろん彼も、この程度の揺さぶりには飲まれないということだ。

だが玲琳もまた、悠然とした笑みを浮かべてみせた。

「だとしても、先にあなたが命を落とすのです。殺しても殺さなくてもいい程度の女のために」

焦りを見せてはおしまいだ。

大丈夫、余裕を取り繕うことに掛けて、自分の右に出る者はいない。

玲琳はついと片手を頬に当て、小首を傾げてみせた。

「それって——とても、『ダール』ではございません？」

ダール。おそらくは、「くだらない」だとか「無意味」という意味の言葉。

遊牧民族に伝わるという異国語を、あえて引用してみせると、アキムは軽く目を見開き、噴き出した。

「まったくだ。くだらない《ダール》。まさにな」

「ならば、無意味なことに命を費やすのはやめませんか」

ほんの少し、相手の気を引けたその隙に、玲琳は畳みかけた。

「たしかに道術はこの国において、謀反であり禁忌。でもあなたはべつに、この国や陛下に、心からの忠誠を誓っているわけではないのでしょう？」

「さて。無能な貴族を好き勝手殺していい、って許可をくれた陛下には、それなりに恩義を感じてるけどなあ。思い上がった貴族を殺すのは、わりと楽しい仕事だよ」

「思い上がった貴族」

アキムの言葉を反芻《はんすう》しながら、玲琳は慎重に核心に近付いていった。

この男は、純粋な忠誠心も、苛烈な復讐心も持ち合わせてはいない。

貴族を殺すのが楽しい、と口では言いつつも、玲琳を水責めにするときも、尭明たちに応戦するときも、一貫して飄々とし、億劫そうですらあった。

感情の起伏が乏しいぶん、こちらがどれだけ揺さぶったり、寄り添ったりしたところで、心を動かすことはないだろう。

（ならば――どれだけ興に乗せられるかが勝負です）

今こちらの手にある、たった一つの「切り札」を使うべく、玲琳は話運びを整えた。

「あなたがそう仰《おっしゃ》るのは、わたくしたちが、粥一杯を振る舞って、悦に入っているように見えるからですね？」

「ああ、そのくらいの自覚はあるんだな」

「それはもう」

そうとも、アキムに侮辱なんかされずとも、自分が無力なことなどわかっていた。

癒やし、補うのが陰《おんな》の役目。

粥を炊いて飢えを宥め、優しい微笑みを振りまいて心を慰めることこそが、雛女に求められる役割だ。重要なことだとは理解している。

だが粥一杯ぶんの慰めを与えたところで、民を根本的に救ったことになるだろうか。

自分たちが去った後、民は相変わらず、家が水に攫《さら》われるかもしれぬ恐怖に、作物がろくに育たぬ焦燥に、飢えに、悲しみに、苛《さいな》まれ続けるのではないだろうか。

かといって、雛女である自分に、治水工事を命じたり、他領の民に安全な土地を分け与えたりする権限などない。

政《まつりごと》に関与できぬ身の上――己の腕があまりに細く、届く範囲が狭いことを、玲琳はずっともどかしく思っていたのだ。

「烈丹峰でも、ある少女に言われてしまいました。粥をもらったところで、夏になればどうせ水害に襲われる。この地はどうせ変わらない、と」

手首に巻いたままの腕紐を撫でながら、リアンの横顔を思い出す。

どうせ変わらない。どうせ救いは訪れない。そうやって、期待することを己に禁じてしまった少女の姿を。

あれは、慧月に出会う前の自分、そのものだった。

だからこそ玲琳は思ったのだ。彼女にもほうき星が訪れてほしい。

暗闇を引き裂いて、煌々《こうこう》と周囲を照らす奇跡の訪れを、目の当たりにしてほしいと。

「わたくしは彼女に告げました。そんなことはない、状況は変えられる。そして、もしわたくしが奇跡を起こせたら、信じてみてほしいと」

すっと、高らかに片手を挙げてみせる。

指三本を立てたその仕草は、詠国《えいこく》の人間が、天地人に誓いを立てるときのものだった。

崖の上にいる景行が、驚いたようにこちらを見返す。

玲琳はしっかりと視線を合わせ、頷きを返した。

「天地人に誓って、わたくしは、民のために尽くします。短いこの腕であっても、届く範囲の民をすべて、掬《すく》い上げる――そんな奇跡を起こしてみせる」

凛と言い放ったが、アキムはせせら笑うだけだった。

「決意表明だけされてもなあ」

「ですよねえ。やはりこうしたことは、具体的な成果を伴わなくては」

「そうそう」

アキムは剣を突き付けられ続けてなお、相変わらず脱力した態度を崩さない。

逆に言えばそれは、終始こちらを侮っているということだ。

「だってどうせ、『なので釣りを教えました、すごいでしょう』って続くんだろう？」

「いいえ」

皮肉っぽく眉を吊り上げたアキムに、玲琳はこう言い放ってやった。

「川に爆薬を仕掛けました」

「は？」

――ドガガァアア……ンッ！

一拍遅れて、周囲に轟音が響き渡る。

鬱蒼《うっそう》と茂った森の向こう側で、ごうっと爆風が吹き上がり、木々を超えるほどの高さにまで、白い飛沫が舞い散った！

「きゃあああ！」

ぎょっとした慧月が再度腰を抜かし、逆に莉莉は目を覚まして飛び上がり、男たちも咄嗟に警戒の構えを取る。

それほどの振動と、轟音だった。

「結構すごい音がしますね。やはり、住人たちに説明を済ませた後に実行したかったものですが」

驚いた鳥たちが一斉に森から飛び立つのを見て、玲琳は困ったように微笑み、アキムを拗《す》ねたように睨み付けた。

「ですが、この方が成果を急かすのですもの。仕方ありませんね」

「は……？」

アキムもさすがに呆気に取られた顔をしている。

「なっ、ななな、なにを」

だがそれ以上に泡を食ったのは慧月のほうだ。

急展開についていけなかった彼女は、今が差し迫った交渉の最中だということも忘れ、がくがくと玲琳の袖を揺さぶった。

「なにをしたのよ⁉」

「ですから、氷河を爆破したのです」

「直前まで『民を救いたい』と言っていた女が、なぜ爆破行為を働くの！」

「対策するためです」

叫ぶ友人に、玲琳は真剣な声で応じる。

「慧月様。烈丹峰を含むこの一帯は、夏前になると、毎年のように洪水や水害に苦しめられる。なぜなのかと、不思議に思いませんでしたか？」

「なぜって、それは……そういう土地だから」

「そう。そういう土地――そういう地形だからです」

曖昧に答えた慧月を否定せず、玲琳は目の前を流れる川、そこから続く上流を指差してみせた。

「この山にはいくつもの川が流れ、冬になるとその一部は凍ります。春先になると氷が緩み、その中途半端に溶けた氷同士がくっついて、川の水を堰《せ》き止《と》めてしまう。そして夏前になると、堤防となっていた氷が溶け、溜まっていた大量の水が溢れて、下流の集落を押し流すのです」

地形など、雛女には最も縁遠い学問分野だ。

慧月は目を白黒させながら内容を飲み込み、話の先を理解した。

「待って……、ということは」

「ええ。冬の内に氷を砕いてしまえば、夏の水害はなくなる。ですから、これぞという氷河に予《あらかじ》め爆薬を仕掛け、たった今、大兄様に火箭で点火していただいたのです」

にこやかに語った玲琳は、三本に揃えた指を軽く振ってみせる。

先ほど指先を天に向けてみせたのは、誓いを立てるためではなく、点火の合図をするためだったらしい。

だがいったい、いつの間にそんな合図を決めていたのか。氾濫を防ぐために氷を爆破すると思いつくのも、実際に火薬を用意するのも、一朝一夕にはいかないはずだ。

「いったい、いつから……」

「実は氷河を砕くこと自体は、烈丹峰を訪れる前から考えていたのですよ。なので道中も、兄と一緒に川を見て回り、頻繁に打ち合わせをしていました。今日も火薬を仕込んでもらって……二手に分かれたせいで、このような事態に陥ってはしまいましたが」

いまだ崖の上に立つ兄に手を振ると、景行もぶんぶんと手を振り返してくる。

「水害が起こった後の、大がかりな土木工事を命じる権限は、雛女にはございません。だからこそ、『予防』ができないか。そう考えたのですわ」

数々の病に苦しめられ、それゆえ予防医療と日頃の鍛錬の重要さを思い知っている、黄 玲琳だからこその発想だった。

「――さて、そろそろでしょうか」

ふと、玲琳は、上流に向かって目を細める。

いまだ川中の岩場で剣を構えていた尭明や辰宇に、「こちらへ！」と声を張ると、水を司る玄家筋の男たちはすぐに意図を察し、素早くこちら岸へと飛び移った。

——どおおお……っ！

途端に、一気に嵩《かさ》を増した水が、岩場にぶつかるようにして押し寄せてくる。

森の向こうで氷を砕かれた川、それが勢いよく流れだしたことで、玲琳たちがいる川まで一時的に増水したのだ。

鉄砲水と呼ばれる濁流は、先ほどまで男たちが立っていた岩場をざぶりと覆い、夜目にもわかるほどの飛沫を立てた。

「うおっ」

足を掬われたアキムは、さすがに体勢を崩し、数歩ぶんほどの距離を押し流される。

しかし敵も然《さ》る者、すぐに手近な岩を掴むと体勢を立て直し、水面に浮上した。

「ぷはっ！　クソほど寒ぃな」

——こつ。

そこに、岩を踏みしめて、玲琳が近付く。

背後に佇《たたず》む男たちは、皆アキムに向かって剣先を突き付けていた。

「ねえ、アキム。もう一度言います。取引をしませんか？」

岸辺に立つ女から、水に沈む男へ向けた、優しい囁《ささや》き。

それはちょうど、先ほどの光景を反転させたようだった。

「お可哀想に。さしたる使命感もないのに、任務で命を落とすなど。ほら、仰って。わたくしたちを見逃すと。そうすれば、すぐに水から出して差し上げる」

アキムは、まじまじとこちらを見上げている。

憎悪ではないし、苛立ちでもない。ただ、好奇心が覗く目つき。

玲琳なりの「意趣返し」に、彼はむしろ愉快さを覚えたようだった。

「あなたにとって、陛下の命は絶対ではない。そして、この通り有言実行のわたくしたちは、あなたの嫌いな『思い上がった貴族』というわけでもないのでは？　ならば、このままわたくしたちを見逃してもよいではありませんか」

どうか見逃してくれ、と卑屈に縋り付く気はなかった。

ただ、とびきり魅力的な選択肢に己を見せたいとは思った。

自分たちには、民を救う覚悟がある。かつてのアキムや、今のリアンたちを見捨てた貴族たちとは違う。正義がある。向こう見ずさと、勝ち気さと、夢がある。

つまらないと嘯《うそぶ》きながら任務をこなすくらいなら、たまには心躍る札に賭けてみては――？

「……氷が割れたときって、こんな音がするんだな」

しばしの沈黙の後、アキムが呟いたのは、そんな言葉だった。

「え？」

「森の向こうで、ぎしぎし言ってる。あれ、砕けた氷が流れるときの音だろ」

なにを黙り込んでいたかと思えば、流氷の音に耳を澄ませていたらしい。

「そうですね……？」

意図を掴めなかった玲琳が曖昧に頷くと、隠密の男は鼻を擦《こす》り、なぜか唐突に笑みを浮かべた。

「いいねえ」

「はい？」

そのまま、突き付けられた剣をものともせず、腕力だけを頼りにざぶりと岸に上がる。

「――――！」

「いいよ。俺、あんたらに賭けてみるわ。氷にヒビを入れてくれたから。ただし、見逃すのは一日だけな」

警戒する男たちの前で、アキムはけろりと言い放ち、手にしていた飛鏢をぽいぽい放り投げる。

あっという間に丸腰になってみせた隠密に、玲琳たちは思わず顔を見合わせた。

たしかに意表は突けたと思うのだが、こんなにあっさり。

しかも、直接の理由が、命の危機を覚えたから、ではなく、「氷にヒビを入れてくれたから」とはどういうことなのだろうか。

（まあ、興が乗った、ということで、いいのですよね……？）

思い返してみれば、世の中には、恫喝《どうかつ》したら惚れ込んでくる藍《らん》芳春《ほうしゅん》のような変人もいるわけだし、なにが相手にとっての「ツボ」なのかなんて、本人にしかわからないことである。

無理矢理自分を納得させると、玲琳は次なる一手に出ることにした。

「ご理解いただけて嬉しいです。そうだ、いつまでも濡れたままでは、凍傷になってしまいますね。もはやわたくしたちは仲間ですもの、乾かして差し上げたいです。慧月様、お願いできます？」

「はあ!?　なんでそこまでしてやるのよ！」

ぎょっと声を上げたのは、突然話を振られた慧月だ。

アキムの裏切りを警戒している彼女の耳に口を寄せ、短く真意を打ち明けると、慧月は軽く舌打ちしながら、炎を呼び寄せてくれた。

「ふん。便利屋ではなくてよ」

ぼっと巨大な火柱がアキムを包み込み、やがて消える。

「おー、不思議。さっきと違って火傷しないなあ。どうなってんの？」

アキムはすっかり温まった自身の体を見下ろし、それから挑発的に笑ってみせる。

「手当てまでしてもらえるとは、信用されたもので。ここから俺が暴れるとは思わないのか？」

「ふふ」

だが、意地の悪い発言にも、玲琳は頬に手を当て、おっとりと微笑むだけだった。

「今、こめかみの刺青が、じりっとしませんでした？」

「うん？」

アキムが咄嗟にこめかみに触れかけ、その手を軽く握りしめる。

「……さあ。どうだったかな」

「したでしょう。それはそうです、だって今、あなたを呪いましたもの」

男は、一拍置いてから、こちらを見返した。

「なんだって？」

「隠密であることを証《あか》す刺青に、印を付けました。術のことを話せないように。たとえどれだけ離れていても、あなたが術について陛下に告げれば、たちまち全身から炎が噴き出します」

聞いていた慧月は、思わずにやつきそうになった。

この女ときたら、なんて堂々とはったりを利かせることか！

たしかに先ほど、アキムはこめかみに痛みを感じたことだろう。

だって刺青は古傷とも言えるし、いくら術によるものとはいえ、炎に包まれれば、傷付いた皮膚は特別痛みを訴えるだろうから。

――脅したいので、こめかみを特にこんがり焼いてくださいませ。

それに、先ほど玲琳に頼まれた通り、慧月はアキムのこめかみあたりに、特別強く炎をぶつけてみせたのだから。

考えてみれば、黄 玲琳は慈愛深いが、敵は絶対に許さない。

己の体を川に沈め、友人を侮辱した相手のことを、そう簡単に野放しにするはずもなかった。

この女は、呼吸するように人に手を差し伸べ——けれど敵に対しては、その同じ手で躊躇いなく息の根を止めにかかる、大層な悪女なのだ。

男は相変わらず軽い口調で呟くが、声はわずかに強ばっている。

「嘘だよな？」

「えー。冗談だろ？」

尋ねられた男性陣が一斉に顔を逸《そ》らすと、さすがのアキムも「え」と顔を引き攣《ひ》《つ》らせた。

道術を知らない彼には、術によってなにが可能で、なにが不可能かなどわからないのだろう。

単に古傷が焼かれた痛みか、呪いを刻まれた痛みかなど、区別が付くわけもなかった。

(呪いって、そんなお手軽に発動できるものではないけどね)

そんな実情は胸の内に押し隠し、慧月は、玲琳の肩に片手を置いて、小首を傾げてみせた。

「試してみれば？」

「慧月様ったら、過激なのですから」

挑発的で、攻撃的。苛烈な慧月の様子に、玲琳は嬉しそうに笑った。

「まあ、いいさ。きれいごとばかりのお雛女さんかと思いきや、なかなか腹黒い。頼もしい限りだ」

アキムは「一本取られた」と苦笑し、首を傾げる。

「で、時間稼ぎをして、どうするつもりなんだ？　言っておくが、今夜のことを俺が見逃したところで、あいつに目を付けられている状況は変わらない」

「そんなの――」

今すぐ入れ替わりを解消して、証拠を隠滅するに決まっている。

むっとした慧月はそう言い返そうとしたが、それを遮り、玲琳が一同に微笑みかけた。

「ええ、まさにそれについてなのですが、皆さま」

ぽんと両手を合わせた様子は、無邪気さと愛らしさに満ちている。

「目を付けられている状況は変わりませんし――もう、皇帝陛下に直訴しにまいりません？」

まるで、「米がないので、夕飯は芋にしません？」というくらいの軽やかさだ。

慧月は裏返った声を上げた。

「はあっ⁉」

「なんだと？」

「なんだって？」

尭明や辰宇、景彰や冬雪、莉莉も、皆目を丸くしている。

当然だ。だって、ずっと弦耀に道術を気取られないようにと、皆それればかりを思ってこのひと月を過ごしてきたのだから。

「せっかく見逃されたっていうのに、なんだってこちらを弾圧する相手のもとに、のこのこ出向いていくのよ！　この命懸けの駆け引きはなんだったわけ⁉」

「無理矢理引き立てられるのと、準備をしたうえで相手のもとへ赴くのでは、全然異なりますわ」

「どれだけ入念に準備したところで無意味よ。相手は指の一振りで雛女でも処刑できる皇帝陛下なのよ、本当にわかっているの⁉」

「そうですね、相手は皇帝陛下。国の最高権力者だからこそ、わたくしたちも必死に、術を隠そう、隠そうと努力してまいりました」

声を荒らげる慧月をよそに、玲琳は頰に手を当て、うんうんと頷いている。

「それが愚かだったのです」

「なんですって？」

今、玲琳の脳裏には、闇をまっすぐ切り裂く炎があった。

暗い水底から見上げた、希望の光。

慧月が紡ぐ、ほうき星のように美しい道術に、玲琳は見惚れた。

そして、こう思うようになったのだ。

こんなにも輝かしい奇跡を、なぜ自分たちは躍起になって隠そうとしていたのだろうか、と。

「考えてみれば、たとえ皇帝陛下であろうと、こんなにも素晴らしい道術を弾圧しようとするほうが愚かなのです。それをご理解いただくべきでした」

「ちょっと、さすがに不敬よ」

先ほどまで自信満々だった慧月が、顔を引き攣らせているが、気にしない。

（だってもう、ひとかけらだって我慢なんてしたくありませんもの）

友人の秘密を守るために、自分ができるのは、離れ、耐えることしかないと思っていた。

けれど前提が間違っていたのだ。

慧月の道術は、そもそも世に恥じるものではない。秘したり、禁じたりすべきものではない。

皇帝が弾圧するからと慧月を隠すのではなく、よくもこの誇らしい友人を侮辱したなと、彼の胸ぐらを掴み上げに行くべきだったのだ。

どうせ今回だけ証拠を隠滅したところで、追及は続くのかもしれないのだから、いっそ根本から解決してしまったほうがいい。

「逃げるより、攻めることを。国の最高権力者がなんだというのでしょう」

「ちょ、ちょっと、それ以上はやめなさいよ、ねえ」

慧月は、その最高権力者の息子である尭明を、怯えた表情でちらちらと窺ったが、彼は怒るでもなく、過激な婚約者に苦笑するだけだった。

「まあ、息子としては、殴り込みに行くよりかは、対話を求めたいものだな。実際のところ、朱慧月が雛女であるのは、話し合いに有利に作用するだろう」

「そうですね」

玲琳も尭明を振り返り、にこやかに頷く。突飛な提案だったにもかかわらず、あっさり受け入れてくれる婚約者の態度が嬉しかったからだ。

「そう、なの？　わたくしが雛女であることが？」

「ええ。下手に有力な家臣や、民であっても殿方が道術を学んでいたなら、謀反の疑いは免れないでしょう。けれど、雛女ならば皇太子殿下と子を成せますもの」

「こ、子を成す……」

思わず生々しい想像をして言葉を詰まらせた慧月に対して、玲琳は不思議そうに首を傾げた。

「つまり、その強大な神秘の力を血筋に取り込んで、皇族のものにしてしまえるということです」

「謀反を恐れるどころか、むしろ道術を手に入れられる、と説得するわけだな。どんな根拠を用意したものか」

尭明もまた顎に手を当て頷く。

生まれつき高貴な二人は、どうも時折、恋愛感情や情緒というものを飛ばして、血や権力の継承を云々《うんぬん》してしまうきらいがあった。

「まず、野心がないことは強調しておきたいですよね。わたくしたちは、単に入れ替わってしまっただけ。謀反を起こす気なんて――」

「あー、盛り上がってるとこ、悪いんだけどさ」

とそこに、間延びした声が響く。

口を噤《つぐ》んだ一同が振り返ってみれば、声の主は岩場にあぐらをかいたアキムだった。

「いいいいいい、入れ替わりのほうが問題なんだよなあ」

「え……?」

咄嗟に意味が呑み込めなかった玲琳たちに向かって、彼は、やれやれと両手を広げる。

「あんたらさ。玄家の最も濃い血を受け継ぐあいつが、権威を守るだとか謀反を防ぐだとか、そんな真っ当な理由で術師を捜しているとでも思ってた?」

思いがけない指摘に、玲琳はどくりと心臓が跳ねるのを感じた。

弦耀が慧月を狙うのは、もちろん歴代皇帝と同様、謀反を懸念しているからだと思っていた。

だが、もしや自分たちは、根本的なところを見落としていたのだろうか――?

「いやいや、むしろあいつは、国なんて滅べばいいとすら思っているだろうさ」

弦耀の息子である尭明と辰宇もまた、はっとして顔を見合わせた。

不意に腑に落ちるものがあったからだ。

何事にも囚われない、玄家の血。

淡々として、その心は大抵、湖面のように凪《な》いでいる。

そう。執着すると決めた、ただ一人のために荒ぶる時を除けば。

「血筋に利益をもたらすから弾圧はやめようって、そんなまともな判断なんてきっとしねえよ。だってあいつの動機は、政治的理由じゃない。単なる復讐なんだから。そして復讐ってのは、ほかのどんな理由より、切実で、凶暴で、訳がわからない」

常に穏やかで、政はほぼ家臣任せの皇帝・弦耀。

後宮にはほとんど干渉せず、子も二人しか儲《もう》けなかった。

彼には、権力も、色も金も、どうでもいいのだ。きっと、民のことさえ。

ただしたったひとつ――どれだけ時間を掛けてでも、どれだけ迂遠な方法を取ってでも、成し遂げたいことがある。

「なんの、復讐なのですか？」

収束するかに見えた事態が、奇妙な方向に転がり出したような、不穏な予感がする。

玲琳は鼓動の速まる胸を押さえ、掠れた声で問うた。

なぜか、昨晩耳にした、悲しげな鎮魂歌の旋律が耳に蘇った。

いまだ真意が掴めぬ皇帝。いつだって感情を見せず、底知れぬ冷ややかさだけがある。

だがその言動の裏側に、あの笛の音のような、聞く者の胸が締め付けられるような慟哭《どうこく》が隠されていたのなら。

「誰のための、復讐なのですか？」

言い直すと、アキムはふっと笑い、岸の下を流れる川を見た。

耳を澄ませば、森の向こうからも、ぎし、ぎし、と氷が軋《きし》む音がする。

止まっていた時間が、勢いを得て、ようやく春に向かって流れはじめたかのようだった。

「……いいもん見せてもらったし、そのぶんだけ、話してやろうかね」

独りごちて、一同を振り返る。

互いが互いを守ろうと、警戒心を漲《みなぎ》らせ、固唾を呑んでこちらを見ている彼ら。

その挑むような瞳の、なんと若く、向こう見ずで、そして美しいことか。

（あいつも、これくらい若々しい感じで復讐できりゃいいのにな）

弦耀の抱える過去を、アキムはべつに、心情ごと把握しているわけではない。

ただ、ほかの誰より近しい隠密の一員として、弦耀の復讐はまるで、川に張った分厚い氷のようだと思っていた。

硬くて、いつまでも凍り付いていて、もはや自分では流れ出すこともできない。

（まあでも、この雛女さんたちが火薬になってくれるかもしれねえし）

救いたいから爆破します、というこの娘の発想は、なかなか痛快だった。

それを言うなら、森の中で鉄鍋を爆発させたときも、粥釜を突沸させたときもそうだったが。

この無謀な雛女には、状況を打破してくれるのではと、人に期待させるなにかがある。

なのでアキムは、飄々とした態度にほんの少しの期待を込めて、このように答えた。

「あいつの異母兄――廃嫡された第一皇子、護明《ごめい》のための復讐だよ」

と。

特別編

砕氷

アキムが家族とともに、詠国金領《えいこくきんりょう》の辺境に位置する「騰丹渓《とうたんけい》」に移住してきたのは、十八の春のことだった。

元の彼らの身分は、丹と呼ばれる国の外れを、気ままに移動する遊牧民だ。

家畜を世話し、天幕を張り、夏はより涼しい高地へ、冬はより暖かな低地へと、牧草を求めて移住する。そうして得た乳製品や肉や毛皮を交易に当て、生計を立てていた。

アキムは元は捨て子だったが、数ある部族の中でも最も良心的と評判の一族に拾われて育ち、将来は族長になると噂されるほどにまでなった。

ところが数ヶ月前、そのお人好しの養父が部族間の闘争に巻き込まれ、家畜すべてを奪われてしまったのである。

闘争に負けた部族は、勝者側の奴隷となるのが丹の掟《おきて》だ。

屈辱の日々を覚悟したアキムたちだったが、意外にもそのとき、養父の旧友だという他の部族の長が仲裁を買って出て、一家を詠国の騰丹渓へと逃してくれた。

騰丹渓は、最近の領土争いによって、丹国から詠国金領へ明け渡された土地だ。

詠国は開墾に乗り出したものの、人手が足りずに難儀しているらしい。

土地を耕す開拓民となるならば、という条件で、丹国の人間にも、戸籍を用意してくれるというのだ。

すでに生命線の家畜を奪われた身。女子どもを犯され、奴隷となるよりは、ということで、養父は自らの部族を解体するのと引き換えに、詠国への逃亡を許されたのだった。

着いてみれば騰丹渓は、起伏が激しく山がちで、住みにくさはあるものの、あちこちに川が流れており、農業は容易と見える。

住民の九割は詠国人で、言葉も通じなかったが、彼らもまた各地から寄せ集められた開拓民であるために、むしろ移民のアキムたちも混ざりやすい。

なんとかやっていけそうだ、と考えた一行は、手綱の代わりに鍬《くわ》を握り、この地で農民となることを決めたのである。

一日目、割り当てられた廃屋を修繕し、わずかな荷物や、配給された食糧を運び込む。

二日目、開墾担当地域として割り当てられた土地を確かめたり、山を探検したりして過ごす。

そして三日目――早くもアキムは、集落の男たち複数を相手に、乱闘騒ぎを引き起こした。

『信じ、られ、ない、わよ、アキム。移住三日目にして乱闘騒ぎだなんて！』

怒りのあまりぶつ切りになった丹国語で叫びながら、女は己の膝に寝かせたアキムを睨んだ。

彼女の名はファトマ。亜麻色の髪と焦げ茶の瞳を持つ、アキムより一つだけ年上の女だ。

ファトマは元族長、つまり養父の娘で、アキムにとっては義理の姉にあたる。

ただし、強気で世話焼きの彼女は、誰にとっても姉同然であったので、部族の皆から親しみを込めて「姉さん《ウーカ》」と呼ばれていた。

彼女は、泥だらけになったアキムの顔を布で拭い、怪我を確かめているところだった。

『ほら、口の中までよく見せなさい。歯は折れてない？　頬の内側は？』

『平地の色白男に一発でも殴られると思うなんて、さすがに見くびりすぎだろ。全員のしたよ。こういうのは最初に序列を示しておかないと、ウーカたちが襲われでもしたら大変だし』

『やめてよね。明日からはきっと「ムラハチブ」ってやつに遭っちゃう』

膝枕をされたままアキムが答えると、真面目なファトマは呻く。

『もう遊牧民生活とは違うのよ。問題があったらすぐ立ち去る、ってわけにもいかないし、部族以外の人ともうまくやらなきゃいけないの。ここは詠国で、私たちのほうが異邦人なのよ、バドゥ？』

彼女はアキムのことを、親しみを込めて『弟《バドゥ》』と呼ぶ。

木陰に打ち捨てられていた彼を拾ったときから、彼女にとってアキムは世話の焼ける弟のようなものだったからだ。

だが、ファトマの指の感触を堪能していたアキムは、それを聞くとぱちりと片目を開け、愉快そうに笑った。

『いろいろ間違えてる、ウーカ。まず、俺はもうバドゥじゃなくて、夫《エール》だ』

そう。ファトマはアキムにとって姉のような存在だったが、先月からは妻にもなったのだ。

婚姻は、族長であった養父がアキムを後継者に見込んだからだったが、二人が想い合っていたからでもあった。

怒ったときでもどこか朗らかさを含んだファトマの声や、彼女のまとう陽だまりのような匂いは、いつもアキムの心を和ませる。

顔の周りに垂れていた、ファトマの亜麻色の髪を一筋掬《すく》いながら、アキムは続けた。

『そしてエールは、家の女と家畜を守るために威厳を示すべきだし、大抵の相手は殴って優位に立ったほうが「うまくやれる」』

『ああ言えばこう言う！　それを言うなら、私だってもうウーカじゃなくて、妻《アヤ》でしょ』

怒りっぽいファトマは、呆れたとばかりに息を吐いたが、そのわりには親愛の籠もった仕草で、アキムの鼻を摘《つま》み、右に左にと揺さぶった。

ひねくれ者のアキムの鼻っ柱を折るのは、いつだって彼女だけに許された行為だったから。

『でも正直、あんたが騰丹渓《とうたんけい》の男たちを牽制《けんせい》してくれて、助かったわ』

ファトマが口調を和らげ、膝枕をしたまま、こつんとアキムに額を寄せる。

『父さんや母さんも、あの人たちとどう距離を取っていいか悩んでいたもの。だって彼らって、少し……柄が悪いじゃない？』

『少しというか、かなりな。だからわからせてやったんだ、俺たちのほうが上だ、手を出すなって』

言葉を選びながら告げた妻に対し、アキムはあっさりと肩を竦《すく》めた。

彼からすれば、この騰丹渓が柄の悪い土地だということは、一目瞭然だったからだ。

言葉が通じないせいかもしれないが、それを差し引いても住人たちの語気は荒く聞こえるし、血気盛んな者や、刺青《いれずみ》を施している者も多い。

住人は寄せ集めの開拓民ばかりだからか、ろくな組織や掟もなく、ただ皆が点々と下流域一帯に小屋を構え、連携することもなく田畑を耕している。

法も掟もないこの土地で、舐められたら一巻の終わり——アキムはそう考えたからこそ、ファトマに下卑た視線を寄越していた男たちのことを殴り、序列を示したのだった。

『そうね、村としての歴史が浅いぶん、統制が取れてないのは事実だけど……。でも、詠国っていうのは本来、皇帝の定めた法を皆が守る、素晴らしい国なんでしょ？』

陰口を嫌うファトマは、気を取り直すように笑みを浮かべた。

『移民の私たちのこともあっさり受け入れて、当面の食料を配給してくれたし、廃屋だけど小屋までくれた。きちんと税を納めれば、民は教育を受けられて、職も手当してもらえて、災害のときには助けてくれるんだって。楽園みたいな土地よね』

自助努力が基本だった遊牧民生活との違いを次々に挙げ、神に感謝を唱える。

『この地に逃がしてくれた、旧友の族長にも感謝しなきゃ。やっぱり友情って、身を救うのねえ』

『……まあな』

上機嫌な妻の膝から身を起こし、アキムは曖昧に頷く。

幼少期に親に捨てられて以降、疑り深い性格になったアキムだから思うことだが、この世に純粋な善意なんて存在しない。

養父たちが勝者部族の奴隷になりかけたとき、旧友だという族長がそれを止めたのは、友情のためなんかではなく、単に勝利部族の勢力を、これ以上拡大させたくなかったからだ。

だが、そんな事実を突き付けるのも無粋に思え、アキムはこうした話題が出たとき、いつも素っ気なく頷くに留めるのだった。

『なによ、そのいい加減な相槌。族長の恩に報いるためにも、この地でうまくやっていかなきゃ』

『まあ、そこまで気負わなくていいんじゃないか。ここでの暮らしが性に合わなければ、こっそり丹に戻って、また一から遊牧民族としてやり直せばいい。俺だって部族の中で、ずっと交易を担当してたんだ。そのくらいはできると思うよ』

気合いとともに拳を握る妻に対し、思わずそんな言葉を掛けてしまう。

ファトマたちは、すぐに「この地に順応しなくては」などと言うが、アキムからすれば、己の人生に制約を課す必要なんてない。

嫌なら農民などやめればいいいし、合わなければ騰丹渓など去ればいいのだ。

絶対にこの手から離してはならない存在などというのは、養父母とファトマと自分、この四人から成る家族だけ。

それ以外のものは、捨て去ろうが、消えゆこうが、まったく構わなかった。

だが、ファトマはそんなアキムの姿を見ると、ちょっと困ったように口を曲げる。

それから話題を変えるように、壁に吊していた香辛料の束を見た。

『ねえ、やっぱりやりすぎた気もするから、明日にでも、あんたが殴った相手に、香辛料をお裾分けしてこようかな。逆恨み防止にもなると思うし』

『ダール。あんなやつらの歓心を買う必要なんてない。つけ上がるだけだ』

『でも、何度も言うけど、農作業のことを私たちはほとんど知らないのよ。教えを請わなきゃ』

『ダール。農作業なんて――』

心配性の妻に首を振り続けていたら、細い指がぴたりと唇に当てられた。

『あんたの悪い口癖よ。なんでも斜に構えていたら、幸運が逃げちゃうんだから』

大地を思わせる色の目が、むっとしたように細められている。これは完全に、弟に説教するときの姉の目だ。

『いい、アキム。あんたには人生を受け入れようとする度量が足りない。私たちはもうここで暮らすと決めたのよ。すぐに投げ出そうとしたり、「くだらない」って切り捨てるんじゃなくて、じっくりと腰を据えて、楽しいことを見つけていかなきゃ。ほら、前向きに！』

ファトマや養父は、すぐにこの手のことを言う。

住処を転々としてきた彼らの部族。だったら周囲との関係なんてどうでもいいじゃないかと思うのに、いいやだからこそ、些細《ささい》な縁でも大切にしなくてはと、信じているのだ。

『たとえば……ずっと同じ場所に住むのだから、近所に友達ができれば、その相手とは一年中会えるのよね。きっとそれってすごく楽しいわ』

『毎日会ってたら、すぐに飽きるんじゃないか？　話すこともなくなる』

『だからこそ、些細なことを大げさに祝うのよ、きっとね。今日は晴れたね、ってお酒を飲んで、今日は暖かいね、って歓声を上げるんじゃないかしら。想像だけど』

『暇なやつらだな』

馬鹿らしいと思う。そんなことだから足を掬われるのだとも。

だが、焦げ茶の目を楽しげに輝かせ、唇にたっぷりと笑みを含まれてしまうと、途端に反論する気が失せてしまう。

そして思うのだ。まあ、彼女たちのもとにだけは、そんな世界が存在していてもいいと。

『それでほら、妻は井戸端会議っていうのを一日中するの。あんたは田畑の世話をして、私は機《はた》を織る。旦那の悪口で盛り上がりながらね。長年続く友達を作って、毎日のようにつるむ』

『そりゃあ楽しそうだ』

『全然楽しくなさそうに言わないの。そうだ、家の改装にも手を付けなきゃ。今は泥煉瓦と板だけだけど、最終的には石造りの家に住みたいな。すごく広くて頑丈な家。終《つい》の棲家《すみか》、って感じでしょ』

季節ごとに住処を変える彼らにとって、「終の棲家」というのは、未知の響きを帯びた言葉だ。

そしたら、と、ファトマは優しくアキムの首に手を回し、耳元にそっと囁《ささや》いた。

『きっとどれだけ子どもが生まれても、家が壊れる心配をしなくて済む』

『それはいい』

すり、と、日差しの匂いがする頬に頬をすり合わせる。

『やる気が出てきたよ、奥さん《アヤ》』

先ほど膝枕から身を起こしたばかりだというのに、アキムはもうファトマの頭の裏に手を差し入れ、再び床に横たわった。手首に口づけを落とせば、先月贈ったばかりの紅玉の腕輪が光る。

暖かな日差しが注ぐ場所。陽だまりの匂いを放つ女。

妻が先ほど仕掛けてくれた鍋は、竈《かまど》でことことと音を立てている。

まあたしかに、楽園のような土地だと、言えなくもなかった。


さて、移住してから三月ほど過ぎた頃だ。

冷え切っていた空気も、徐々に夏らしさを含むようになり、日中に農作業に励んでいると、軽く汗ばむほどになってきた。

アキムたちに割り当てられた畑は、川のすぐ近くにある。

水やりには苦労しないのだが、慣れない鍬を三月も振り続けた結果、養父母はすっかり腰を悪くしてしまったので、小屋で休んでもらい、ファトマもまた、最近収穫した麻で機を織るというので、今日は一人きりの農作業だった。

本当はアキムとて、農作業なんて投げ出してしまいたいのだが、最初に配給された食糧も、そろそろ底を突こうとしている。自分たちの食い扶持を稼ぐためだけでも、鍬は振るい続けなければならなかった。

ちょうど春小麦の収穫を終える時期にあたるため、金領からは時折、徴税官がやって来た。

こぎれいな恰好をした彼らは、聞けば、領内でそこそこの地位を占める貴族の子息だという。

アキムたちが不慣れに育てた小麦を、彼らは横柄な態度で検分し、不満顔で荷車に収めさせた。

その後も、騰丹渓をつぶさに見て回り、土を掬ったり、畑に立つ住人を見つめたりしては、何事かを話し合っている。

(「ヤハリ、チシツが、悪いな」。「ジュウニンのシツモ」?「ショウキ」、「アタイシナイ」?)

アキムはしばしば鍬を持つ手を休め、彼らの会話に聞き耳を立てていた。

周囲との交流なんてさらさらするつもりもないが、いつどこの世だって、情報は多く握ったほうがいいに違いない。

幅広の布を額に巻いて移民らしさを出し、「詠国語なんてわかりません」とばかりにきょとんとしていれば、徴税官はすっかり油断して、内情をこぼし合う。

この三月、住人同士のやりとりで身に付けた詠国語は低俗なものが多く、貴族の話す小難しい単語はほとんど聞き取れなかったが、それでもアキムは、優れた記憶力を生かして、響きごと彼らの言葉を蓄え込んだ。

(なーんか、やな感じがするんだよな)

見上げれば、今にも雨が降り出しそうな曇り空。

川べりのあちこちで畑を耕す住人は投げやりで、徴税官もうんざり顔で、湿気を多く含んだ空気はべたつき、諸方向に不快だ。

やがて徴税官たちは立ち去ることにしたらしく、畑に佇《たたず》むアキムたちをちらりと見回し、なんとも言えない笑みを浮かべた。

溺れる虫でも見守るような、嫌悪と愉悦の交じった表情。

(なんだ……?)

と、アキムが訝《いぶか》しんでいると、背後から「おいっ」という叫びとともに、ある男が徴税官の前へ飛び出してきた。

三月前、この集落に来たばかりのアキムが殴った相手だ。

彼は、詠国内から移動してきた住人たちの中では古株らしく、もっとも傲慢で、もっとも荒々しい男だった。名はたしか、雄《ゆう》といったか。

ここ半月ほど、彼の取り巻きともども畑で姿を見かけなかったので、集落を去ったのかと思っていたのだが、違ったらしい。

雄は徴税官たちの腕を掴み、唾を飛ばしながら、なにかを訴えかけている。

（「ジキニ」、「キョウニモ」「ハヤク」……くそ、聞き取れないな）

時折天を指差したり、荷車に積まれた小麦を指し示したりしながら、大声で怒鳴っていたが、あまりに口調が荒いのと早口だったのとで、ほとんど理解することはできなかった。

態度が威圧的だったからか、はたまた、雄の身なりが汚らしかったからか。徴税官たちは雄の手を不快げに振り払うと、何事かを叫び返した。

（「クソ」「ブンザイで」、「オトナシク」？）

彼らが何について話し合っているのかはわからない。

いずれにせよ交渉は決裂したらしく、徴税官たちは会話を打ち切ると、さっさと馬車に引き上げてしまった。

「クソが！」

雄もまた畑の土を蹴り上げると、鼻息荒く踵《きびす》を返す。

彼が向かったのは、畑の近くに構えたおんぼろ小屋だった。

丸めた布団や古着、短刀に日持ちする食料、そして麻で作った嚢など、旅行でもするかのような荷物を背負うと、憤然とした様子で、森へと分け入ってゆく。

小屋が点在する下流域とは反対方向、山に続く森へとだ。

(なんだ?)

彼が大荷物を持って、いきなり登山を始める理由がわからない。

行動を不可解に思ったアキムは、雄を追ってみることにした。

鍬を投げ捨て、畑を後にする。

雄が道とも呼べない獣道を歩き、本格的に山を登りはじめたら、アキムもそれに続いた。

「なあ、雄!」

じきに雨が降り出しそうだったが、こうした不穏な直感を得たときは、勘に従ったほうがいいと経験上知っていた。

「待てよ」

すでに、カタコトの日常会話程度なら、詠国の言葉を操れるようになっていた。

「すぐ、雨、降る。山、危ない。何、する?」

話しかけても、雄は歩みを止めない。そのままずんずんと、山の上部に向かって進み続ける。

雨をおしてまで、なぜ山に登るのかが気にかかる。上等な獲物でもいるのだろうか。

だがそれにしては、川の上流域を目指すというわけでもなく、むしろどんどん川から離れるように、高台へと踏み込んでいくのが不思議だった。獣を狩るなら、水辺を狙ったほうが早いのに。

それとも彼は、この集落を出て行こうとしているのだろうか。だとしたらなぜ、金領へと繋がる麓を下ってゆくのではなく、無人の、山の中腹へと登ってゆくのだろう。

雄が行動を起こしたのは、徴税官と言い争った直後だから、もしかしたら彼らの発言となにか関係があるのかもしれない。

ならばいったい徴税官たちはなんと言っていたのか、アキムも知りたい。

そう思わされるほど、あの役人たちの笑みは下卑ていて、不吉だった。

「なあ。雨、強い、なる。危ない」

しつこく話しかけていると、雄はちっと舌打ちし、一層足を速めた。

その間にも、雨は勢いを増し、とうとう木々に覆われた地面まで濡らしはじめる。

天然の傘に守られて、ぽつぽつと足を濡らす程度だったのが、アキムたちが山の高台にたどり着く頃には、桶《おけ》をひっくり返したような大雨になっていた。

(この地域では、この時期に大雨が降るのか)

一瞬で様変わりした山の気候に感心する。これを溜めておけば、井戸に行く手間が省けそうだ。

だがそれにしたって、急勾配の地で迎える大雨というのは、少々心許《こころもと》なかった。

落石や土砂崩れの危険もありそうで、早く帰らねばファトマを心配させてしまうかもしれない。

「なあ。なぜ、今、山、登る?」

「うるせえ。下手くそな詠国語で話しかけるな」

「そうだ、下手くそだから、教えろ。さっき、男たち、なに、言ってた」

苛々《いらいら》と髪を掻きむしる男に、アキムは平然と問い続ける。

べつに、この男に嫌われようが罵られようが、知ったことではないのだ。

「教えなきゃ、殴る」

だが、雄が暗く沈んだ目で、こう続けたのには眉を寄せた。

「……あの集落は、流される」

「は？」

流される、という言葉の意味が、すぐには呑み込めなかったのだ。

だがその直後、まるで天がアキムに解説するかのように、事態が大きく動いた。

――どおおお……っ！

背後の森から、全身を震わすような轟音が上がったのだ。

「え……？」

「始まった」

雄は再び舌打ちをし、忌々しそうに森を振り返る。

森の先には崖があり、その下には、川が流れているはずだった。

さほど広くはない川だ。あんな、恐ろしい音など立てるはずもない、穏やかな川。

だが、嫌な予感に急《せ》かされるまま森を抜け、崖に身を乗り出したアキムの目に飛び込んできたのは、どうどうと渦巻く濁流だった。異様に水量が増え、川幅まで広がっている。

「な……」

「くそ、今年はまたえらい嵩《かさ》だ。田畑も家も、ひとたまりもねえな」

呆然としていると、追いついてきた雄が、物見高く崖を見下ろす。

えらい嵩、田畑、家、ひとたまりもない。

知らない単語が交じる。だが、なぜだか意味はわかった。

この川が流れる先――下流域には、アキムたちがつい先ほどまで耕していた畑や、寝泊まりする小屋がある。

『どういうことだ』

気付けば、母国語を叫んで雄の胸ぐらを掴み上げていた。

『川が氾濫したのか⁉』

相手を激しく揺さぶり、しかしすぐに手を離す。

こんなことをしている場合ではなかった。すぐに麓に戻らなくては。

アキムは濡れるのも構わず、泥を跳ね飛ばしながら、来た道を全速力で下りていった。

『ファトマ！』

今日の彼女は畑には出ず、家に籠もって機を織ると言っていた。安全な小屋の中にいる。だから
きっと大丈夫だ。

だがすぐに、もう一人の自分が恐ろしい声で叫んだ。

あの川幅を見たか。唸りを上げて猛《たけ》り狂う濁流を。

中流域であれだったのだ。下流域ではさらに川幅は広がり、アキムたちが建てたささやかな小屋など、丸ごと飲み込んでしまうだろう。

何度も斜面を滑り落ち、鼓動をめちゃくちゃに乱しながら、麓に急ぐ。

——果たして、不吉なことばかり告げる、もう一人の自分は正しかった。

アキムが森を抜け、麓にたどり着いたとき、田畑や小屋は、跡形もなく流されていたのだから。

集落のあったはずの場所には、濁流が広がるばかり。アキムは川辺からだいぶ離れた、小高い岩場から、すっかり川と化してしまった一帯を見下ろすことしかできなかった。

『嘘だろう……』

川は、どうどうと音を立てて流れ続ける。

岩か、それとも川底の小屋に水流がぶつかるのか、まるで海のように波を立てた。

流されてきたどこかの柱が、鈍い音を立てて岩場にぶつかる。

農具、屋根の一部、衣、ありとあらゆる物が、一瞬波間に浮かび、また押し流されていった。

雨空は暗く、泥を孕《はら》んだ川もまた濁っている。

暗い色調で描き出される地獄を前に、しばし言葉も忘れて立ち尽くした。

『ファトマ……親父さん、義母さん』

やがて、我に返ったアキムの足が、ざぶんと濁流に向かって踏み出される。

だが、いったいどこに向かえば？

『ファトマ』

おかしい。

つい数刻前まで、あんなに穏やかな川だったのに、こんな化け物のように膨れるだなんて。

『ウーカ・ファトマ！』

血を吐くような叫びは、獣の唸り声のような川の音に、あっさり掻き消されてしまった。


ファトマたちの捜索は難航を極めた。

川の水自体は、雨が止んだ後、二日ほどで引いた。だが、集落だった場所が掻き回された結果、あちこちで泥や建材が堆積し、川底がいつまで経っても見えない。

時間が経つにつれ、流された家畜や魚、そして人の遺体が激臭を放ち始める。

徐々に暑さを増していく中で、川はどんどん濁りを増し、自身の飲み水を確保することすら困難だった。

周囲に助けを求めようにも、移住してきたばかりの民は皆、ファトマ同様、小屋ごと押し流されていた。

一方で、雄のように氾濫の恐れを把握していた古参の住人は、自身の安全のみを考えて、ばらばらに高台に退避していた。最近彼らの姿を見かけなかったのは、この時期になると川が高確率で氾濫すると知り、小屋を山奥に移していたからなのだ。

孤立無援。時間が過ぎるほどに、これまでに見かけた水死体と、ファトマたちの笑顔が交互に脳裏をよぎった。

静まり返った昼下がりの集落跡地で、人影を見つけたのは、そのときだった。

「ひどい臭いだ」

「早く終わらせて帰ろう」

数日前、この地に視察に来ていた、詠国金領の徴税官たちだ。

顔を顰《しか》め、泥溜まりを蹴って歩く彼らを見て、アキムははっと顔を上げた。

そうだ。詠国では、部族の結束がない代わりに、国が民の面倒を見るのだ。納税と引き換えに、庇護が与えられる。

彼ら役人は水害を知り、この場に駆けつけてくれたのだ。

「助け、ください」

平地に住む軟弱な男たち。小馬鹿にしていたことも忘れ、アキムは彼らに縋《すが》り付いた。

「妻、家族。どこ、わからない。捜す、ください」

好きでもない詠国の言語を話す。みっともなかろうが、媚《こ》びて見えようが、なんでもいい。

偉そうな顔をした貴族の登場を、アキムは生まれて初めて歓迎した。

数十人、いや、十人程度でもいい、捜索に人員を割いてもらえれば。

「早く――」

「触るな、下賤《げせん》な移民が」

だが、次の瞬間、泥溜まりに突き飛ばされ、目を見開いた。

言葉はよく聞き取れなかった。

だが少なくとも、救助に駆けつけた人間のする行為ではない。

「臭いな、鼻が曲がりそうだ。おい、さっさと触れを貼って帰るぞ」

「くだらんな。どうせ字を読める人間もいないのに。この泥地のどこに杭を打てって？」

「我らが金家領主殿は形にこだわるお方なんだから、仕方ないだろう。触れ台まで立てなくていい。その辺に広げておけ。台ごと雨で流されてしまいました、ってことでな」

男たちは肩を竦めたり、にやついたりしながら、ぽいと泥に紙を放り投げる。

隅に金彩が施され、印まで捺されたそれには、端然とした文字が並んでいた。

『おい、それはなんだ？　何をしている？　救助に来たんじゃないのか？』

踵を返そうとする男たちの腕をアキムが掴むと、彼らはおぞましそうに顔を歪《ゆが》め、振り払う。

泥で汚れた袖を神経質にこすり、唾を吐きながら何事かを叫んだ。

「触るな、汚らしい！　この地は『救う価値なし』と判断されたんだ」

『なんと言っている⁉　その紙にはなんて書いてあるんだ⁉』

「ああ、臭いな。移民に罪人を寄せ集めた、掃き溜めみたいな場所だ。反吐が出る」

両者の会話は一向に噛み合わない。

やがて苛立った徴税官の一人が、泥溜まりを大きく蹴り上げた。

「クソは大人しく野垂れ死んでろ！」

腐った遺体を飲み込んだ不浄の泥だ。

目や口に入らぬよう、咄嗟《とっさ》にアキムが身をよじった間に、彼らは「汚いものを踏んだ」と嘆きながら、さっさとその場を去ってしまった。

「あーあ、まだ全然泥が乾いてねえな。ひでえ臭いだ」

とそこに、背後から声を掛ける者がある。

鼻を摘み、顔を顰めてやって来たのは、この数日、山の高い場所に避難していた雄だった。

「また形ばっかの触れなんて出しやがって。必死の訴えも握り潰しておいて、白々しい。ほとぼりが冷めた頃にゃ、どうせ、しれっと税をせっつきに来るくせによ。なあ？」

返事をしないアキムをよそに、雄は舌打ちをしながら紙を拾い上げる。

「『不浄を助くるは、これ天への反逆なり。ただ天意に従い汚穢《おわい》を清めんとす』ね。出たよ」

どうやら彼は、字が読めるようだ。

アキムは泥溜まりを見下ろしながら、背後の雄に問うた。

「どういう、意味だ」

「ああ？　だから、『税もろくに取れねえ、罪人や移民しかいない汚ねえ土地なんて、助けたら天意に反するって皇帝サマが言うので、金家はこの地を放置します』って――」

気迫の滲《にじ》む声に圧され、雄は思わずといった様子で答えたが、どうせ伝わらないだろうと考えたのか、平易な言葉に言い換えた。

「クソみてえな場所だから、皇帝は見捨てるってよ」

濡れた触れから泥を振り落とし、投げて寄越す。

「――そうか」

胸に当たった紙は、衣を汚し、ずるりと再び地に落ちようとした。

アキムはそれを、無意識に受け止め、握り締めた。

救う価値がない。掃き溜めのような場所。清める。皇帝。見捨てる。

言葉の意味の、すべてがわかるわけではない。だが、これだけは理解した。

皇帝や、貴族連中とやらにとって、自分たちは「クソ」で、それはたった一枚の触れ、皇帝なる男のたった一言で、「清める」ことが許される。

「そうか」

足元の泥溜まりを、アキムはいつまでも見つめていた。

先ほど徴税官が蹴り上げたために、ぬるりと底を見せた泥濘《ぬかるみ》。

腐った魚の死骸と、元の色もわからぬほど汚れた織物に紛れて、紅玉の腕輪を嵌《は》めた女の腕が、力なく横たわっていた。


それから最初のひと月を、アキムは騰丹渓に残って過ごした。

ファトマたちの遺体をすべて見つけ、洗い清め、赤子の姿勢を取らせて棺に入れた。

棺は山奥まで引きずって、高台に埋めた。

『だってもう、川の近くなんか懲り懲りだろ?』

棺を埋めた場所に、アキムは何日も何日も、座り続けていた。雨が降ろうと、夜になろうと、食事も取らず、ただずっとそうしていた。

『もう怖くないよ、ウーカ』

月光の下、盛り上がった土を撫でる。ファトマは、アキムが首や背中を撫でると、身をくねらせてくすくす笑ったものだった。

だが今、湿気を含んだ土は、ただ沈黙を返すばかり。

『……間違えた。アヤだったな』

おかしい、とアキムはぼんやりした頭で考えた。

ファトマは、ウーカではなくアヤなのに。

呼び間違えても、彼女があの朗らかな声で訂正してくれない。

そう、彼女はアキムの妻《アヤ》だったのに。なのに、アキムは彼女を死なせてしまった。

川の氾濫を予期できなかった。

徴税官たちが、たった一枚の触れで民を見殺しにするのを、まんまと見過ごしてしまった。

『いろいろ、間違えた』

落ちくぼんだ眼窩《がんか》の奥に、暗い光が宿る。

彼は高台から、真っ暗な麓を、そしてそこから続く、いくつもの灯火に照らされた詠国金領を見下ろした。

自分は間違えた。訂正してくれる相手は、もういない。

だから自力で正さなくてはならないのだ。

ファトマたちの死からちょうどひと月が経ったその夜、アキムは騰丹渓を抜け出した。


アキムは騰丹渓を下りた後、詠国金領の領都に向かい、そこで自ら、豪農の奴隷となった。

瞬く間に詠国語を覚え、持ち前の機転を発揮して、主人のお気に入りの座を掴む。

そうやって少しずつ行動範囲を広げ、情報を集めていった。

彼は同時に、この国、特に貴族という生き物の生態についても理解を深めた。騰丹渓がどういう土地であったかということも。

つまるところ、あの地は詠国金領にとっての姥捨《うばす》て山《やま》だったのだ。

目障りな罪人や被災民を、無償で土地を与えると称して辺境に呼び込み、領都から追い払う。

外国からの移民だって、抵抗なく受け入れた。

領の中央で暴れられるよりも、価値のない土地に追い払って満足させてしまったほうが、面倒がないからだ。

まがりなりにも民がいれば、税を取り立てることができる。ひとまず領土として確保しておき、意外に農業が上手くいったり、特産品が生まれたり――つまり地価が上がれば、そのときは本格的に重税を課して開拓を進める。

どこまでも不毛の土地だというなら、頻繁に起こる水害に任せてしまえばいい。冬の寒さで凍った川は、夏前に溶けて一気に流れ、下流の集落を押し流す。

すると、不要な民は一掃され、土地だけは残るという寸法だ。

救助なんて論外だ。そうやって、天が勝手に更地にしてくれるのを待つ。

調べてみれば、そうした土地は、他国と国境を接する金領や玄領《げんりょう》の周辺に散見された。

人を人とも思わぬ貴族どもに、アキムは吐き気を催した。

埃《ほこり》を摘み上げてひょいと捨てる、それくらいの気軽さで民を殺す彼らのほうこそ、蟻のようにあっけなく、無為に踏み潰されればいいのに。

胸の内で日に日に憎悪は深まり、一方で体は、みるみる詠国式の文化や言語を吸収し、「気さくな青年」の演技を上達させていった。

味もしない食事を、さも美味そうに食べる。酔えもしない酒を、さも楽しそうに飲む。

日中は同僚たちと肩を叩いて笑い合い、自室に戻ると虚空を眺め、ただ夜が過ぎるのを待った。

時々、こっそり持ち歩いていたあの日の触れを机に広げ、染みこんだ泥汚れを指先でなぞる。

そんな日々を半年ほど繰り返した後、機会はようやく訪れた。

豪農の主人のもとに、徴税官たちが視察の名目でやってきたのだ。

それはアキムが豪農の家に足を踏み入れたときから、ずっと望んでいた展開であった。

主人が徴税官たちのために開いた宴に潜り込み、アキムはまず酒で彼らを潰した。

ついで、よく出来た使用人そのものの動きで、彼らを客室に運び込んだ。

酔っ払った徴税官たちは、もちろんアキムの顔など覚えていなかった。

そこでアキムは彼らを縄で縛り上げ、酔いが覚めるのを待ってからことに及んだ。

触れを投げ捨てて集落を見殺しにした者のことは、住人と同様水に溺れさせ、アキムたちを罵りファトマの死体を蹴り上げた者のことは、罪人にするのと同様、膝を叩き割って首を落とした。

「ゆ、許してくれ！　命令だったんだ！　集落の放棄は陛下のご意志、天命だったんだ！」

殺し際、騰丹渓の名を出した途端、彼らは青ざめて命乞いをしてきたものだ。

言い訳もされたし、涙ながらの謝罪も聞いた。

だがそれでも、アキムの気は一向に晴れなかった。

だってファトマの死は、下卑た男の、汚らしい涙まみれの謝罪で釣り合いが取れるようなものではない。

では徴税官を殺せば、多少はすっきりするのかと思えば、そんなこともなかった。

ただ、愚かで脆弱《ぜいじゃく》な男が二人、死んだだけ。

醜い死体が転がる床を眺めながら、アキムは、どうしてだろうと考えた。

この復讐が間違っていたとは思わない。ファトマなら、「復讐からはなにも生まれない」だなんてきれいごとを言いそうだが、アキムに「やり返さない」などという選択肢はなかった。

だとすると、徴税官を殺したところでなんの感慨も湧かないのは、報復が足りていないからだ。獲物があまりに貧相だったから。

そうとも、この男たちもしきりと、被災地の放棄は皇帝の命だと訴えていた。

であるならば、皇帝自身に、己がどれだけ愚かな所業を働いたのかを「理解」させなければ、報復を果たしたと言えないのではないか。

小物にやり返して悦に入っているようではだめだ。より根源にいる存在に報いを与えなくては。

金家領主、いいや、彼に命じたという皇帝。この国のすべて。

——詠国っていうのは本来、皇帝の定めた法を皆が守る、素晴らしい国なんでしょ?

懸命にこの地に馴染もうとしていたファトマの声を思い出し、アキムは次の目標を定めた。

皇帝に、死という名の泥を啜《すす》らせてやらねばならない。

徴税官たちを殺した夜、アキムは豪農の主人に事情を告げることもなく姿を消し、王都に出た。貯めておいた金で身なりを整え、今度は、大きな商館に奉公人として転がり込む。なにかと器用で、頭の回転が速く、身体能力にも優れたアキムは、すぐに商館の主人に気に入られ、安基《あんき》の字を当てることを許された。

その時点で、ファトマの死から一年が経とうとしていた。

アキムはそこからさらに一年を掛け、商人としてゆっくりと、皇城への接点を広げていった。まずは主人の荷物持ちとして、本宮の調達部門に出入りを果たす。

巧みな話術と、惜しみない賄賂を使い、徐々に後宮にまで行動範囲を広げていった。

そうして学ぶのは、宦官《かんがん》や下働きについてだ。彼らは何人いて、どこで寝起きし、何時にどの道を通り、なんの仕事をこなすのか。

慣れてくると、アキムは彼らの官服や装身具を偽造し、変装することまでしてみせた。

巨大な帝国を支える大量の人員を、すべて記憶している人間などいない。

そしてまたこの広大な後宮には、いくつもの地域から集められた奴隷や下働きがおり、異国風の顔立ちの男が紛れ込むのも容易であった。

皇帝の周囲は、常に精鋭の武官たちに守られている。

だが、煤《すす》を取る宦官が、花瓶の水を替える下働きが、多少いつもと顔が違ったところで、いったい誰が気にするだろう。

死を恐れないからこそ、アキムは堂々としていた。あたかも正規の、それも古参の宦官であるかのように振る舞い、新人に仕事の進め方を尋ねられたときはさすがに笑った。

当時の皇帝は、齢《よわい》五十を数える壮年の男。

最近、立て続けに皇子たちが不審死を遂げていることから、かなり神経質になっていて、夜ともなると、后妃すら寝室に近付けないという。

ならば白日のもと、殺すまで。

ファトマたちの死から二年が経ったその日、アキムは空が白々としはじめた頃合いに、手水と手拭いを持って現れた。

皇帝の玉体を拭うのは、さすがに近侍の役目だ。

だがその近侍に、水を張った盥を渡すのは下働きの仕事だった。

まずは近侍を控え室に呼び出し、盥を渡す際に気絶させる。素早く衣を取り替えて、近侍になりすますと、アキムは悠々と皇帝の横たわる寝台へと近付いていった。

幾万の民を支配する、偉大な皇帝の寝所。

だというのに、腹をくってしまえば、接近することすら、なんてたやすい。

「恐れながら皇帝陛下に申し上げます。日出《にっしゅつ》の刻でございます」

まずは相手を起こさねば、とアキムは思った。

自分がこれから殺されること、そしてその理由を、しっかりと突き付けてやらねばならない。

「手水をお持ちいたしました」

大陸中の財と民を思うままにできる男は、いったいどんな顔で寝ているだろう。

安らかに？　それとも楽しげに。

まずは、幸福な眠りから呼び覚まし、地獄に叩き落としてやらなくては。

だが。

「陛下――」

寝台に横たわる男の顔を視界に入れた瞬間、アキムは思わず口を噤《つぐ》んだ。

最高級の眠りに包まれているはずの男が、苦悶《くもん》に目を見開き、硬直していたからだ。

『なんだ……？』

「残念だが、その男はすでに死んでいるぞ」

寝台の奥から声が掛かったのは、その時だった。

隠し持っていた短刀を構え、寝台を覆っていた帳《とばり》を勢いよく切り裂く。

裂いた布の先では、剣も持たない優雅な男が、椅子に掛けて書をめくっていたので、アキムは眉を顰《ひそ》めた。

「どこからの刺客かは知らんが、一足遅かったな。この男は、皇后の手配した毒に倒れ、先ほど事切れた。私が確かめたので、間違いない」

闇を思わせる黒髪に、同色の瞳。一切表情の滲まぬ整った顔は、まるで冬の湖のように冷ややかで、近寄りがたさを見る者に抱かせる。

青年は、短刀を構えたアキムをちらりと見やると、すぐにまた、書へと視線を戻した。

「おまえを下手人として捕縛してやってもよいが、そうすると筋書きが狂うのでな。見逃してやるから、さっさと立ち去ることだ」

男はゆっくりと話しているというのに、意味がよく呑み込めない。

アキムが辛うじて思いついたのは、この青年も皇帝殺害を目論む復讐者か、刺客なのではないか、ということだった。

「……あんたは何者だ？　皇后が放った刺客か？」

「まさか」

すると青年は、出来の悪い冗談を耳にしたときのように、不快げに顔を顰めた。

ついで、書に栞《しおり》を挟みながら、予想外の返事を寄越した。

「その男の息子だ」

「なんだって？」

つまり、皇帝の息子——皇子ということではないか。

「なんだって皇子が、皇帝の寝所に」

疑問の呟きを漏らしながら、脳裏では忙しく皇族譜を広げる。

ここ最近、不審死が続く皇帝の子どもたち。

十人いた皇子たちは、そのほとんどが「事故死」か「病死」で命を落とし、引き換えに台頭しはじめたのは、これまで誰も見向きもしなかった、玄家筋の末皇子――。

「あんた、詠 弦耀《げんよう》か」

素早く仮説を組み立てる。

玄家皇后が躍起になって皇太子に仕立てようとした末皇子。

息子を盛り立てるため、皇后は辣腕を揮《ふる》って、他家の皇子たちを次々に殺害したと言われる。

だが皇帝は、最初に皇太子に指名していた第一皇子を廃嫡こそしたものの、なかなか末皇子の立太子に踏み切らない。

だから焦れて、ことを起こしたか。

きっと、皇后が手を回し、息子である弦耀は、毒殺の現場を見届けに来たのだ。

「恐れ入るね、皇族サマってのは。玉座のためなら、実の父親を見殺しにするとは」

「笑止。誰がこの男の掛けていた椅子など欲しがるものか」

鼻で笑う相手のもとに、アキムは短刀を構えたまま、ゆっくりと寝台を回り込んでゆく。

それでもなお、弦耀は腰掛けたまま悠然としていた。

「この男が死んだのは、愚かだったせいだ。無駄に種を撒《ま》き散らして諍《いさか》いを招き、讒言《ざんげん》を鵜呑《うの》みにした。そのツケを払わされただけのこと」

「へえ、さようで」

弦耀の発言は抽象的で、彼が父帝に恨みがあるということくらいしか理解できない。

だがたったひとつ、この上なくよく理解できることがあった。

アキムの復讐は、この男に先を越され、台無しにされてしまったということだ。

「あんたのお陰で、こちらの計画はめちゃくちゃだ」

座ったままの相手の胸ぐらを勢いよく掴み、首に短刀を突き付ける。

――じわ……。

高貴な首筋から紅玉のような血が溢れると、弦耀は馬鹿にするように目を細め、こう呟いた。

「せっかく見逃してやると言っているのに、次期皇帝に刃を向けるとは、愚かなことだな」

「次期皇帝だからだよ」

対するアキムも、おどけるように片方の眉を引き上げてみせた。

「俺は皇帝ってやつに、『気に入らない飯を捨てるみたいに、民を殺しちゃいけません』って教えてやろうと思っていたんだ。二年もかけたのに、相手がいなくなっちまうなんて番狂わせもいいところだろう？　せめてその次の皇帝にでも、言い聞かせてやらなきゃな」

「ほう」

アキムが首筋に冷たい感触を覚えたのは、そのときだった。

「大願が叶うまで、生きていられるといいな」

いつの間にか、弦耀が書に挟んであった栞を引き抜き、アキムの首筋に押し当てていたのだ。

栞に見えたそれは、実際にはごく薄い、剥き出しの刃で、首の上で少しでも横に滑らせれば、たちまちアキムの太い血管を切ってしまうだろうものだった。

「…………」

両者は沈黙したまま、互いを見つめ合う。

その静けさは、強い力で切り結んだ剣が互いに食い込み、ぴくりとも動かなくなってしまうのによく似ていた。

「先ほど、異国語を呟いていたな。それに、その顔立ち。おまえは、丹地方の者か」

先に沈黙を破ったのは、弦耀のほうだった。

「『気に入らない飯を捨てるみたいに民を殺す』――さては浄化政策に巻き込まれたか？」

「浄化政策だと？」

「厄介な難民や罪人を辺境地に集めて、天災などで自然に間引きさせようとする策だ」

あまりにも端的で、非人道的な物言いに、アキムは皮肉っぽく口の端を引き上げた。

「虐殺を『浄化』とは。あんたらの名付けの才能には恐れ入るよ」

「一年半ほど前に、金領で徴税官が惨殺されたと話題になっていた。あれも、おまえの仕業か」

「まあな。触れ紙一枚で民を見殺しにするやり口に、ちょっとばかり腹が立ったものだから」

アキムはやはり淡々と答え、このように付け足した。

「だが、下っ端だけを処分するんじゃなくて、諸悪の根源を罰しなきゃって、後から反省したんだ」

目の前に腰掛ける青年を、真正面から見つめる。

彼は、思いのほか腕が立つようだ。

音もなく動き、風も起こさずに武器を操る。

おしゃべりはこのくらいにして、さっさと殺してしまわねば、こちらの命が危ういだろう。

均衡状態と見せかけたまま、どの間合いで刃を相手の首に突き刺すか――。

アキムはひそかに手に力を込め直したが、そのとき、弦耀が思いがけない問いを寄越した。

「触れ紙とやらに捺されていた印の、龍の爪は何本だった?」

「なんだと?」

問うだけ問うと、なんと弦耀は、脅す価値もないとばかり、アキムの首からあっさりと刃を退け、書に挟みなおしてしまった。

整った口元には、微かな笑みさえ浮かべていた。

「難民や罪人などいつでも処刑できる皇帝が、間引きなど迂遠な方法を取るものか。浄化政策を取りたがるのは各家の領主たちだ。だが民の恨みを買いたくないばかりに、一部の領主は『皇帝の命』だと偽る。本当に詔《みことのり》のときは、五本爪の金璽《きんじ》を捺すものだが、民はそんなことなど知らぬものな」

アキムは思わず目を見開いた。

泥にまみれたあの日の触れは、折りたたみ、今も胸元に潜ませてある。

幾夜も眺めたものだから、文言も、捺された印の意匠だって、すっかり覚えてしまっていた。

たしかに触れ紙には、龍をあしらった印が捺されていたが――その爪は、四本しかなかった。

アキムが突き付けつづけていた短刀を、弦耀はこともなげに素手で掴み、己の首から遠ざけた。

「金家領主は、代々怠慢でな。その上、選民思想に凝り固まった潔癖症で、弱者を前にすると、手を差し伸べるより排除することを考える。そのくせ、排除するときには皇帝の威を借りるものだから、こちらとしても迷惑していた」

黙り込んだ相手を見て、おおよそのことを悟ったのだろう。

弦耀は先ほどのアキムを真似するように、片方の眉を引き上げた。

「復讐の順番を間違えて、二年も無駄にしたようだな」

――だんっ！

皮肉を聞くと、アキムは瞳に凶暴な光を宿し、無言のまま短刀を床に叩きつけた。

かなりの膂力《りょりょく》で投げ捨てられたそれは、堅牢な床を、ありえぬほど深く貫く。

わずかに瞠目《どうもく》した弦耀をよそに、アキムは怒りを堪《こら》えるように目を瞑《つぶ》り、息を吐き出した。

「……はあ」

次に目を開けたときには、彼はつまらなそうな表情を取り戻していた。

「ご丁寧にどうも」

ぞんざいに呟き、手ぶらで寝所を後にしようとする。

皇帝はすでに死んでいるし、諸悪の根源は彼というより、その名を騙《かた》った金家領主のほうだった。

ここまでの期間を棒に振ったことに苛立ちは抑えられないが、だからこそせめて次善の策は、迅速に打たねばならない。

だがそのとき、背後から弦耀がこう声を掛けてきた。

「一つ教えてやろう」

振り返ってみれば、彼は物憂げに肘置きに頬杖を突いたまま、こちらを見ていた。

「おまえがこれから殺しにいくのだろう前金家領主は、半年ほど前に息子に家督を譲り、今は放浪の旅に出ている。居場所を特定するのは、難しいだろうな。おまけに高齢で、はたして報復が間に合うかどうか」

アキムの喉から、思わず唸り声が漏れた。

「あんた、人の神経を逆撫でする才能があるよ」

機を逃すとはこのことだ。

「そこで提案なのだが」

苛立つアキムの前で、弦耀は書を寝台に投げ捨て、初めて椅子から立ち上がった。

「おまえ、私直属の隠密にならないか」

「……なんだって?」

この半刻だけで、自分はもう何回「なんだって?」と問い返しただろう。

それほどまでに、目の前の男の言動は突飛だった。

彼は訝しむアキムのもとに、悠然と寝台を回り込み、近付いてきた。

「私はじきに皇帝になる。そして皇帝のもとには、ありとあらゆる情報が集まる。隠遁《いんとん》した領主の居所だろうが、なんでもな。かつ、私の隠密ならば、貴族を殺したところで罰されることはない」

さらに言えば、弦耀の政敵には、前金家領主のほかにも、浄化政策を推し進めてきた貴族が多く含まれるという。

「私の庇護下にさえあれば、前金家領主だけでなく、おまえが嫌う類いの貴族を存分に殺せるということだ。なかなか楽しいと思わないか」

彼の提案は、今のアキムが必要とするものを、すべて差し出してくれるようなものだった。

「信じられないな。二年も棒に振った間抜けな男を、どうして雇おうなんて思う?」

あまりにうますぎる話に警戒心を抱くと、弦耀は薄い唇をわずかに笑ませた。

「二年も、とは言ったが、たった二年で皇帝の寝所まで潜入を果たしたおまえの能力を、私は評価する。身のこなしも俊敏だし、頭もそこそこ回りそうだ」

それに、と、彼は静かに付け足した。

「五家のどの家の息も掛かっていない、私だけの駒がほしい。私の復讐を成すために」

私の復讐を成すために。

ほかのどんな言葉より、その一言が、アキムの心を動かした。

復讐。打算よりも切実で、権力欲より凶暴で、感情的で、訳がわからない情動。

「――あんたにも、殺したいやつがいるのか」

気が付けば、口からそんな問いが飛び出していた。

そして返答もまた、早かった。

「いる」

浮かべていた微笑を手放し、弦耀は低い声で応じた。

「何度心の中で切り裂いてやったかわからないほどの相手がな」

青年の黒い瞳は、アキムを睨み据えてはいない。ただ虚空に向かって細められただけだ。

だが、その怨念を凝《ここ》らせたかのような色合いに、アキムは背筋がぞくりとするのを感じた。

同時に本能で理解した。

彼は自分と同類なのだと。

この二年、いいや、義家族に拾われて平穏に過ごしていた時にさえ感じたことのなかった、奇妙な感慨を、そのときのアキムは抱いた。

それはおそらく、ファトマの好む言い方をするならば、「信頼」、のようなもの。

実際には、もっとねじれていて、陰鬱で、後ろ暗いなにかだ。

いずれにせよ、アキムは扉を出るのをやめて、再び寝台へと一歩、踏み出した。

「……どうやって契約する？」

豪華な寝台の前で二人は向かい合い、今度はアキムが切り出した。

「この一年半ほどは商人をやって来たんだ。俺に身分と任務を与えるというなら、それを証《あか》すものがほしい」

「道理だな」

弦耀は、寝台脇の文机に身を乗り出すと、手近な紙を取り出し、すらすらと字を書き付けた。

「名は？」

「アキムでも、安基《あんき》でも、丹人《たんじん》でも」

互いの名。報酬。求める役割。

契約に必要な内容を次々に書き出し、最後に弦耀はこう記した。

――契約期間、両者の復讐が成るまで。

「なんて曖昧な。何年見込めばいいかわからないじゃないか」

「おまえが有能なら早く済む。優れた者がいればいくらでも部下にしろ。組織は好きなように整えていい」

破格の条件だ。

そう思ってからアキムはすぐに、己の感想を訂正した。

いいや、この男は単に、なりふり構わないだけだなと。

彼は、復讐にすべてを懸けているのだ。ほかの何もかもがどうでもよく感じるほど。

「で、あんたの望む復讐の内容とやらを、当然詳しく聞かせてもらえるんだろうな？」

「その前に言葉遣いを改めろ。私が主人で、おまえは手足だ」

「はいはい、仰せのままに。次期皇帝陛下」

すぐ脇の寝台には、天下一尊い――いや、尊かった身分の男が死んでいる。

だが二人とも、もうそれには目もくれなかった。

夜明けを迎えた寝室が、徐々に明るくなってゆく。

本物の下働きが手水を持って来たとき、アキムはすでに、弦耀の隠密になっていた。


その後、結論から言えば、アキムの復讐はあっさりと終わった。

前金家領主の足取りを掴み、断罪する。

皇帝のもとに日々大量に寄せられる情報を使えば、それらは児戯に等しく、あっけなさを覚えるほどだった。

なぜ命を狙われるのかすら理解できず、ぽかんとしている相手に、水害で死んだ女の話をする。

死体がどれだけ膨れ上がっていたか、生前の彼女たちはどれだけ朗らかな人物であったかを語ったところで、前領主はまるで、「なぜ蟻に話しかけられているのかわからない」とでも言わんばかりに、最後まで呆然とするばかり。

彼を殺せば、今度こそ、雲が切れて日差しが注ぐような心地を味わえるのだろうかと思ったが、実際には、徴税官たちを殺したときと、なんら状況は変わらなかった。

天に正義の雷鳴が轟くでもなければ、目に涙が込み上げるわけでもない。

復讐というのはなにやら、掃除か、さもなければ排泄のようだと思った。

汚物を淡々と取り除く作業だ。それをしないという選択肢はないが、しおおせたからといって、いつまでも甘美な達成感に身を委ねられるようなものでもない。

養父たちを唆《そそのか》した丹の族長も殺してみた。他領で同様のことをする貴族のことも殺してみた。

見苦しい死体が転がっているだけの床を、アキムはその都度見下ろし、己にも、天にも、なんら劇的な変化が起こらないことを理解すると、毎度肩を竦めて外に出た。

ただそれの繰り返しだった。

しかも、仇を殺しおおせてしまえば、そのぶん生きる目的はなくなってゆく。

復讐を終えたアキムを待っていたのは、味気のない日々だった。

思い上がった貴族を殺す、という大義名分《にんむ》がなかったら、きっと退屈で死んでしまっていたところだ。

いいや、正直なところ、それらの任務にもそろそろ飽きようとしていた。

――いい、アキム。あんたには人生を受け入れようとする度量が足りない。

時折、しかめっ面をしたファトマの声が蘇《よみがえ》る。

その通りだと思った。器用なぶん飽きっぽかったアキムは、生まれてこの方、じっくり腰を据えてなにかに取り組んだことなど、ほとんどない。

うまく行かなければ次、うまく行ってしまったらその場合も次、という具合に、とりとめもなく生きてきた。アキムは時折、磨《す》り硝子《ガラス》越しに世界を見ているような気分になる。

引き換え、弦耀ときたらどうだろう。

彼の復讐は、結局のところ二十五年が経っても実現の糸口さえ掴めず、黒い瞳はいまだ深い憎悪を湛《たた》えたまま。

生々しい復讐の渦中にある皇帝のことを、アキムは羨ましいとも、哀れとも思う。

なにしろ二十年以上も側にいたのだ。彼はまるで長年連れ添った友人、いいや、友人というのすら通り越して、分身のようなものだった。彼は、復讐を終えられなかった世界の自分だ。

アキムの復讐心は激しく燃え上がり、燃え切った後は灰になってしまった。

一方で、弦耀がいまだに抱えるそれは、氷のようだ。

幾重にも層を増し、時を重ねるほどに堅固になり、身動きも取れない。

だが――。

「川に爆薬を仕掛けました」

たおやかに微笑み、轟音とともに氷河を割り砕いてしまった雛女《ひめ》には、意表を突かれた。

冬の間に氷を砕き、自然の堤防ができてしまうのを回避すれば、夏に水害が起こるのを防げるという。

大がかりな土木工事を命じるのでもなく、こんなにあっさりと、そして根本的に被災地を救ってみせた雛女に、久々に愉快な気持ちが込み上げた。

そう来るか。

「ねえ、アキム。もう一度言います。取引をしませんか？」

大切な相手のためなら、この雛女は、皇帝を敵に回すことすら厭《いと》わない。

その無鉄砲さは、復讐のため皇帝暗殺を目論んだかつての自分や、目の前で皇帝の死を見届けた弦耀と、なんら変わらなかった。

だが自分は、そしてあの男は、こんなにも朗らかであったろうか。目を輝かせ、堂々と立ち、口元に不敵な笑みを浮かべていただろうか。

（若いなあ）

森の向こうで、ぎしぎしと氷が軋《きし》む音がする。

ひび割れて、流れを取り戻した氷河は、こんな音を立てるのか。

――すぐに「くだらない」って切り捨てるんじゃなくて、楽しいことを見つけていかなきゃ。ほら、前向きに！

本当に久しぶりに、ファトマの笑みを思い出した気がする。

彼女はバドゥを叱るとき、声だけは怒ったように、けれど口元はわずかに綻《ほころ》ばせて、鼻を摘んできたものだっけ。

「いいねえ」

妻の指の感触をたどるように、無意識に鼻を擦《こす》る。

氷河は今夜、砕かれた。

もしかしたら今年の烈丹峰《れつたんほう》には、雨空と濁流ではなく、日差しに溢れた夏が来るのかもしれない。

(お手並み拝見といこうじゃないか)

物見高く目を細めつつ、アキムはざぶりと、岸に上がった。

あとがき

こんにちは、中村颯希です。お陰様で、第五幕「道術我慢の鎮魂祭」編が開幕となりました。

今幕ではいよいよ、最大レベルの強敵と対峙することになった玲琳たち。七巻のようなコミカル回も大好物ですが、いやあ、強敵に立ち向かう展開も本編感があっていいですよね。大好きです。

ところで、クライマックス感を醸し出しておいて恐縮なのですが、皆さまにお知らせが。

なんとこの「ふつつか」、ご声援のお陰で、五幕以降も続くことになりました！　えっ!?　となると全十巻超えは確実ですが!?　よろしいのですか!?　いや全力で乗っかりますけども！　やったね！

W主人公の成長に五雛女の友情、某カップルの恋路に、男性陣（忘れないであげて）の活躍。掘り下げたい要素はまだあります。お気楽なコメディも、涙溢れるシリアスも書きたい書きたい！

こんなにも作品を生きながらえさせてくださった皆さまに、改めて御礼申し上げます。

八巻刊行記念にキャラクター人気投票も実施していただいたので、ぜひご応募くださいね。上位キャラにはきっといいことが起こるはず！

熱心に伴走してくださる編集者さんや、ゆき哉先生、尾羊先生、デザイナーさまにも心からの感謝を。まだ祭りは続くので、声出していきましょう！　今後ともどうぞよろしくお願いいたします。

二〇二四年四月　　中村颯希

●本書は書き下ろしです。

2024年4月5日　初版発行

著者　中村《なかむら》颯希《さつき》

イラスト　ゆき哉《かな》

発行者：野内雅宏

発行所：株式会社一迅社
〒160-0022　東京都新宿区新宿3-1-13　京王新宿追分ビル5F
電話　03-5312-7432（編集）
電話　03-5312-6150（販売）
発売元：株式会社講談社（講談社・一迅社）

印刷・製本：大日本印刷株式会社

DTP：株式会社三協美術

装丁：伸童舎

ISBN 978-4-7580-9632-4

おたよりの宛先
〒160-0022　東京都新宿区新宿3-1-13　京王新宿追分ビル5F
株式会社一迅社　ノベル編集部
中村颯希先生・ゆき哉先生

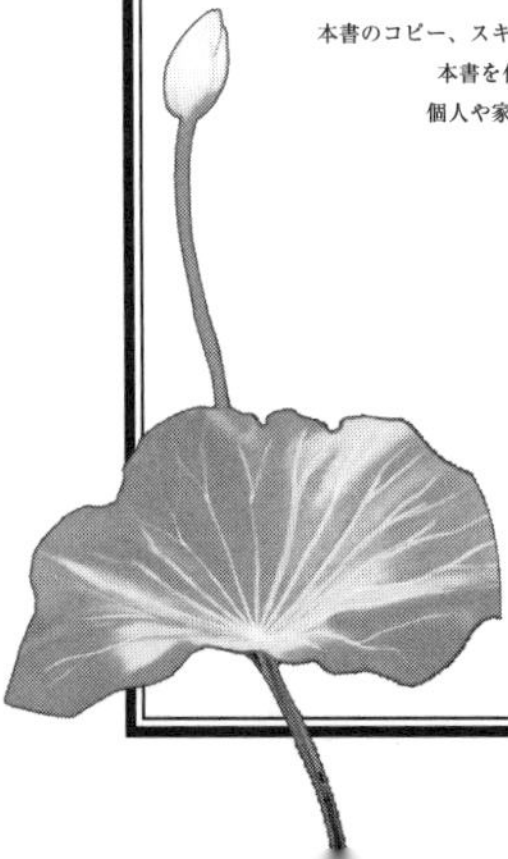

ふつつかな悪《あく》女《じょ》ではございますが
～雛宮蝶鼠とりかえ伝～
8